OLIVIA MILES

NO sweeter SUMMER

Roman

Ins Deutsche übertragen
von Yvonne Eglinger

LYX

LYX in der Bastei Lübbe AG
Dieser Titel ist auch als E-Book erschienen.

MIX
Papier aus verantwortungsvollen Quellen
FSC® C083411

Die Originalausgabe erschien 2015 unter dem Titel
»Sweeter in the Summer« bei Rosewood Press.

Textredaktion: Andrea Euerle
Umschlaggestaltung: © Guter Punkt unter Verwendung von
Motiven von © inesbazdar / Adobe Stock und © / getty-images
Satz: Greiner & Reichel, Köln
Gesetzt aus der New Caledonia
Druck und Verarbeitung: CPI books GmbH, Leck – Germany
ISBN 978-3-7363-0833-6

1 3 5 7 6 4 2

Sie finden uns im Internet unter www.lyx-verlag.de
Bitte beachten Sie auch: www.luebbe.de und www.lesejury.de

1

Lila Harris warf einen letzten Blick auf die altehrwürdige Kuckucksuhr an der Wand und wartete, dass das kleine Holztürchen sich öffnen und der geschnitzte blaue Hüttensänger hervorschnellen würde. Unter höchster Anspannung tickten die Sekunden dahin, bis …

Lila zuckte zusammen, wie immer, wenn die Uhr zu schlagen begann, und lachte leise auf. Sie atmete einmal tief durch, stand vom Stuhl auf und strich sich den Rock glatt. Die Umhängetasche auf ihrem Schreibtisch war fertig gepackt, die Nägel waren frisch lackiert, die Schuhe neu.

Als sie hinausging, hob ihre Assistentin aufmunternd den Daumen in die Höhe, und Lila lächelte zum Dank nervös, stieß die Eingangstür auf und eilte mit locker das Geländer streifenden Fingern das Treppenhaus hinunter. Unten angekommen, hielt sie gleich Ausschau nach einem Taxi. Die Sonne brannte auf den Asphalt und versprach einen weiteren warmen Tag. Lila hob schützend die Hand vors Gesicht und spähte die Straße hinunter.

»Hey, Lila!«, rief Jim Watson, dessen Anwaltskanzlei im zweiten Stock des Sandsteingebäudes in Lincoln Park lag, direkt über ihrem Büro. Er kam auf sie zu und lächelte. »Fühlt sich langsam richtig nach Sommer an, was?«

»Ja, endlich«, stimmte sie ihm zu und hob rasch die Hand, um einen nach Fahrgästen Ausschau haltenden Taxifahrer heranzuwinken. Die Dachanzeige leuchtete auf, und kurz beschleunigte sich ihr Puls. »Dir einen guten Appetit!«

Jim hob zum Gruß die Papiertüte mit seinem Mittagessen in die Höhe und stieg die Stufen zum Haupteingang hinauf. »Dir auch!«

Im Taxi war es heiß und stickig, aber wenn Lila die Augen schloss, konnte sie sich beinahe einbilden, sie säße am Strand, mit Sand zwischen den Zehen und Wind im Haar. Am Wochenende hatte sie eine Verabredung mit dem Michigansee. Aber heute … Ihr Magen zog sich angstvoll zusammen. Heute hatte sie eine Mission.

Das Taxi glitt durch Lincoln Park und folgte verschlafenen Wohnstraßen, in denen Mütter Kinderwagen vor sich herschoben und Nachbarn auf der Türschwelle ein Schwätzchen hielten, während ihre Kleinen tropfendes Eis am Stiel schleckten oder mit Kreide den Bürgersteig vollmalten. Schließlich bog der Wagen auf den Lake Shore Drive ein und beschleunigte. Lila versuchte, sich auf die Gebäude ringsum zu konzentrieren, auf die hübsche Architektur, die sie stets aufs Neue gern betrachtete, den Blick auf den See und dann auf den Fluss. Schließlich kam das Taxi sanft zum Stehen, und Lila reichte dem Fahrer einen Zwanziger, ohne das Wechselgeld zu verlangen, obwohl es ein großzügiges Trinkgeld war und sie derzeit jeden Dollar gut gebrauchen konnte. Doch wenn sie jetzt zögerte, würde sie am Ende noch die Nerven verlieren – in diesem Fall war Selbstbewusstsein alles.

Lila stieg aus dem Taxi in den Sonnenschein, verspürte einen stechenden Schmerz und biss sich auf die Unterlippe: An ihrer linken Ferse bildete sich gerade eine dicke Blase. Sie schlängelte sich auf dem Bürgersteig durch die Menschenmassen bis zum Restaurant. Dessen Eingangstüren waren riesig; dunkel und unheilverkündend und eindeutig zu mysteriös. Was mochte dahinterliegen? Wartete man bereits auf sie?

Vielleicht schon. Das wäre nicht das Schlechteste, sagte sie sich und straffte die Schultern. Dann hatte sie eben weiche Knie und einen derart verknoteten Magen, dass sie kaum atmen konnte – das würden die anderen gar nicht bemerken. Was sie dagegen sehr wohl bemerken würden: ob sie gut auf das Treffen vorbereitet war oder nicht. Und wie begierig sie war – *nein, nicht begierig*, dachte sie schnell, als eine vertraute Übelkeit sie überfiel. Sie wollte definitiv nicht begierig wirken, selbst wenn sie es war.

Im Grunde benahm sie sich einfach albern. Sie hatte schon Dutzende Meetings dieser Art gemeistert. Was war schon dabei, dass Reed Sugar … Wieder dieses Ziehen in der Magengrube. Wem wollte sie hier eigentlich etwas vormachen? Ein Treffen mit einer landesweit führenden Haushaltsmarke war definitiv eine große Sache.

Der Türgriff fühlte sich warm an, und sie wusste, dass sie viel zu lange zögerte. Ein Mann mittleren Alters tauchte hinter ihr auf und runzelte ungeduldig die Stirn. Er starrte sie an, als wäre sie halb verrückt, und Lila seufzte kurz auf. Also, los jetzt.

»Kann ich Ihnen helfen?« Eine lächelnde Empfangsdame stellte sich ihr in den Weg, als sie das schwach beleuchtete Restaurant betrat.

»Ich bin mit Jeremy Reed verabredet«, erklärte Lila und suchte den Eingangsbereich nach ihrem alten Klassenkameraden aus der Highschool ab. Mit diesem Kontakt hatte sie bereits halb gewonnen; der Rest lag an ihr.

Die Frau ging die Reservierungen durch. »Sie sind die Erste. Möchten Sie an der Bar warten?«

Lila nickte, durchquerte den Raum und hockte sich auf die Kante eines freien Stuhls, bereit, jeden Augenblick wieder aufzuspringen. Sie legte die Hände flach auf die Knie, spürte die glitschige Schweißschicht auf ihrer Haut und drückte die Finger fest gegen die Schenkel, bis ihre Nerven sich ein wenig beruhigt hatten.

Möglichst ohne dabei wie eine Stalkerin oder *begierig* oder so ähnlich zu wirken, richtete sie ihre Aufmerksamkeit ganz auf den Empfangstisch, wo die zuständige Dame gerade über irgendetwas kicherte, was ein anderer Gast zu ihr gesagt hatte. Lila beugte sich ein Stück vor, froh über diese Ablenkung und den Vorwand, ihre Umgebung kurz auszublenden und diese nervenzerfetzende Aufregung zu unterdrücken, die von Sekunde zu Sekunde wuchs.

Der Mann trug einen dunklen, gut geschnittenen Anzug, und die Ärmel seines strahlend weißen Hemdes wurden von zwei auf Hochglanz polierten Manschettenknöpfen zusammengehalten. Die Empfangsdame griff nach dem Telefonhörer während sie irgendetwas erwiderte, und der Mann lachte. Es war ein tiefes, warmes Lachen, satt und ungekünstelt. Und merkwürdig vertraut.

Lila spürte einen Anflug von Panik, und ein beunruhigender Gedanke machte sich in ihr breit. Das konnte nicht sein. Nicht *er*. Okay, der Mann hatte braune Haare und in etwa die passende Größe, und sein Lachen kam ihr wirklich furchtbar bekannt vor, aber er war schließlich nicht der Erste, der über die Jahre diese höchst unliebsame Erinnerung in ihr wachrief. Sicher würde er sich jede Sekunde umdrehen und ihr vor Augen führen, wie albern das alles war. Wahrscheinlich hatte er das Gesicht voller Sommersprossen und braune Augen und – *oh nein*.

Ihr Magen krampfte sich zusammen, und das Herz schlug ihr bis zum Hals. Lila senkte langsam den Blick und bemühte sich, eine unbeteiligte Miene aufzusetzen, als hätte sie ihn gar nicht gesehen. Sie wandte sich ein wenig zur Seite, den Rücken zur Bar.

Du lieber Himmel. Es war Sam.

***

Er hätte sie überall wiedererkannt.

Sam Crawford umfasste den Griff seiner Aktentasche etwas fester und starrte Lilas Hinterkopf an, während er sich fragte, was zum Teufel er jetzt tun und was er zu ihr sagen sollte. Ob er überhaupt etwas sagen sollte. Er wusste, dass sie zurück in ihre Heimatstadt gezogen war, nachdem sie New York verlassen hatte, aber er hätte niemals damit gerechnet, ihr einfach so über den Weg zu laufen. Seit ihrer letzten, schmerzlichen Auseinandersetzung vor vielen Jahren war er bereits mehrere Male in Chicago gewesen, und immer hatte er die Augen offen gehalten und auf eine Zufallsbegegnung gehofft, einen Vorwand für ein Gespräch, einen zwanglosen Anlass, um den Kontakt wieder aufzunehmen, ohne dabei die unschöne Vergangenheit erneut ans Licht zu zerren.

Ausgerechnet heute. Das Timing hätte kaum schlechter sein können.

Er wandte sich wieder der Empfangsdame zu und rang sich ein Lächeln ab. »Ich habe da vorn zufällig eine Freundin entdeckt. Wenn Sie mir bitte einfach kurz Bescheid geben, sobald meine Geschäftspartner eintreffen? Da wäre ich Ihnen dankbar.«

Freundin war wirklich zu viel gesagt. Es war Jahre her, dass er Lila zum letzten Mal gesprochen hatte, und ihr Abschied war alles andere als freundschaftlich ausgefallen. Mit entschlossenen Schritten ging Sam zur Bar hinüber und bestellte einen Whiskey, während er Lila aus dem Augenwinkel aufmerksam beobachtete. Sie hatte ihn noch nicht bemerkt, oder falls doch, überspielte sie es verdammt gut. Und diese Vorstellung störte ihn. Mehr, als er sich eingestehen wollte.

Sie war noch immer schön, stellte er fest, und die Beobachtung löste sowohl Freude als auch Ärger in ihm aus. Wenn überhaupt, hatte sie sich in den letzten Jahren zu ihrem Vorteil verändert und von einem naiven, leicht überforderten Mädchen in eine anmutige junge Frau verwandelt. Ihr ovales Gesicht wirkte blass, aber selbstbewusst. Das kastanienbraune Haar trug sie zurückgebunden, sodass man den langen, grazilen Hals sah. Aufgrund ihrer Kleidung konnte Sam bloß raten, dass sie auf einen Kollegen oder eine andere geschäftliche Verabredung wartete, und kurz verspürte er Erleichterung, dass sie wohl nicht auf einem Date war.

Als ob das irgendeinen Unterschied machte.

Er nahm einen tiefen Schluck von seinem Drink und betrachtete sie weiter über den Rand des Glases hinweg. Die Bar füllte sich rasch mit den üblichen Mittagsgästen, und seine eigenen Geschäftspartner würden jeden Augenblick auftauchen. Er musste sich entscheiden, schließlich konnte er nicht ewig hier herumstehen und grübeln. Er könnte zu ihr hinübergehen und Hallo sagen, oder er könnte die Vergangenheit auf sich beruhen lassen.

Lila wandte leicht den Kopf, gerade weit genug, dass er zu einer schnellen Entscheidung gezwungen war, und bevor sie den Blick wieder abwenden konnte, hob er die Hand. *Kein Zurück mehr.* Er lächelte breit, und es fiel ihm leichter, als er sich eingestehen wollte. Als Erwiderung schenkte sie ihm nur ein sehr zurückhaltendes Lächeln.

Sam stellte sein Glas ab und lockerte die Krawatte. Mehr Zuspruch ihrerseits brauchte er nicht.

***

Lila sah Sam hilflos entgegen, als er nun auf sie zukam. Er hatte eine Hand lässig in die Hosentasche geschoben, und in der anderen trug er eine Aktentasche. Sein Gesicht war ihr so unglaublich vertraut, aber wie es ihr Glück wollte, wirkten seine Züge sogar noch schöner, als sie sich in der Erinnerung je eingestanden hätte. Die Zeit hatte es gut mit ihm gemeint; seit sie ihn vor sechs Jahren zum letzten

Mal gesehen hatte, waren ein paar Fältchen um seine Augen hinzugekommen, aber außer ihr wäre das wohl kaum jemandem aufgefallen. Sie hatte sich sein Gesicht so haargenau eingeprägt; den Schwung seiner Lippen, wenn er lächelte, seine verwuschelten Haare im Schlaf …

»Lila Harris«, sagte Sam ruhig und lächelte sie freundlich an. Lila stand auf, um ihn zu begrüßen. Sie straffte die Schultern in dem vergeblichen Bemühen, die Fassung zurückzugewinnen. Leicht hob sie den Kopf, sodass sie sich Auge in Auge gegenüberstanden. Diese blauen Augen waren schon immer ihr Verderben gewesen.

»Sam.« Sie klang heiser. Verlegen räusperte sie sich und spürte, wie ihr die Hitze in die Wangen schoss, während er sie weiterhin unverwandt ansah. »Das ist ja eine Überraschung.« Sie lächelte gequält.

»Hoffentlich eine nette.«

Sie versuchte angestrengt, seine Miene zu deuten. War er froh? Ängstlich? Zerknirscht? Aber vielleicht ließ ihn ihr Wiedersehen auch vollkommen kalt. Vielleicht gehörte sie für ihn schlicht und einfach der Vergangenheit an, eine Frau, die er längst abgeschrieben hatte.

Sie wartete, bis die brennende Hitze auf ihrem Gesicht nachließ, und hoffte, dass der Raum schummrig genug war, damit man ihr nichts anmerkte.

»Was führt dich nach Chicago?«, brachte sie schließlich heraus. Immer schön eine Frage nach der anderen. Ein paar Minuten Smalltalk, dann wäre das auch wieder vorbei. Wie schon einmal. Sie würde das schaffen. »Ich dachte, du bist immer noch in New York.«

»Ich bin für einen Termin in der Stadt«, erwiderte Sam

sanft und sah ihr weiter geradewegs in die Augen. »Ich bin erst heute früh gelandet.«

Lila warf einen flüchtigen Blick zur Eingangstür und war froh, Sams eindringlicher Musterung so für einen Moment zu entgehen. Noch immer keine Spur von Jeremy, aber vermutlich war das auch besser so. Was hätte sie sagen sollen, wenn er jetzt hereingekommen wäre und sie ihm völlig durcheinander und mit hochrotem Kopf hätte entgegentreten müssen? Himmel, und jetzt perlte ihr auch noch ein Schweißtropfen den Nacken hinunter. Sie atmete entschlossen ein und wandte sich wieder an Sam. »Die Welt ist klein«, meinte sie.

»Das kannst du laut sagen«, stimmte er gelassen zu und schenkte ihr sein unwiderstehlichstes Lächeln.

Sie sah ihn scharf an. Für ihn schien das alles so einfach zu sein. *Zu* einfach.

»Machst du immer noch Werbung?«

Oh Mann, war das lahm. Sam machte nicht einfach nur Werbung. Er *war* die Werbung.

Ein amüsiertes Funkeln huschte über sein Gesicht, aber er antwortete ihr mit einem einfachen: »Ja.«

»Und, läuft's gut?«, fragte sie ein wenig schnippischer als beabsichtigt. Noch Jahre, nachdem er sie auf so großartige Weise abserviert hatte, hatte sie genau diese Art von zufälliger Begegnung wieder und wieder im Kopf durchgespielt. Was sie anhaben würde. Wie ihr Haar frisiert wäre. Was sie ihm sagen würde. Sie hatte gehofft, dann bereits einen dicken Klunker am Finger zu tragen, von jemandem, dem sie wirklich etwas bedeutete. Sie würde Sams besorgte Bemerkungen über das Ende ihrer Beziehung mit einem Lachen abtun, beim ersten Anzeichen von Reue seinerseits locker abwinken und ihm unmissverständlich klarmachen, dass sie über ihn hinweg war. Auch wenn das in Wahrheit noch immer nicht stimmte.

»Ja, ausgezeichnet.« Sam grinste verschmitzt und deutete auf ihre seriöse Aufmachung. »Und selbst?«

Lila spürte, wie eine alte Wunde wieder aufriss. »Bei mir läuft's auch ziemlich gut. Ich arbeite jetzt selbstständig als Werbetexterin, wenn du's genau wissen willst.«

»Für Agenturen oder für Direktkunden?«

»Kommt beides vor.« Sie war stolz auf ihre Arbeit, stolz darauf, wie weit sie es seit dem kleinen Zwischenfall in New York gebracht hatte.

»Ist besser, sein eigener Chef zu sein, was?« Sams Lächeln wurde jetzt ein wenig reumütig.

Jedenfalls besser, als dich *zum Chef zu haben,* dachte sie bei sich. »Mir gefällt's. Gleich hab ich übrigens ein Treffen mit Reed Sugar. Du hast sicher schon von ihnen gehört«, bemerkte sie mit schwachem Lächeln.

Ihr Blick huschte ein weiteres Mal in Richtung Eingang, gerade rechtzeitig, um Jeremy Reed an den Empfangstisch treten zu sehen. Ihm folgten ein älterer Herr, der Jeremy sehr ähnlich sah, höchstwahrscheinlich sein Vater, und zwei weitere, makellos gekleidete Führungskräfte. Lilas Magen zog sich zusammen. Was nun?

Sie sah zu Sam auf, bereit, sich zu entschuldigen und sich aus dem Staub zu machen, sich diesmal ein für allemal von ihm zu verabschieden. Diesen kurzen Zusammenstoß gleich wieder zu vergessen. In ihr eigenes Leben zurückzukehren, zu den Menschen, die wirklich zählten. »Sam, ich – «

»Sam Crawford!«, dröhnte Jeremy Reed und überging sie dabei völlig. Mit großen Schritten kam er auf sie zu, lächelte herzlich und schüttelte Sam ausgiebig die Hand. »Jeremy Reed.«

Lila blinzelte verwirrt und stellte fest, dass Sam von dieser Begrüßung kein bisschen überrascht schien. Bevor sie überhaupt durchschaut hatte, was vor sich ging, schüttelte sie ihrerseits Hände und plauderte lächelnd mit den Herren in Jeremys Gefolge, als wäre das alles vollkommen normal.

»Sind alle da?« Lächelnd tauchte die Empfangsdame hinter Jeremy auf.

Während Lilas Füße sich wie von selbst einen Weg zwischen den Tischen hindurch suchten, ließ sie sich ein paar Schritte hinter das Team von Reed zurückfallen; ihr Gehirn arbeitete auf Hochtouren. Bevor sich alle hinsetzten, ergriff sie die Gelegenheit und zischte Sam über die Schulter hinweg zu: »Wusstest du, dass – «

»Ich hatte keine Ahnung«, flüsterte er zurück, und die Dringlichkeit in seiner Stimme sagte ihr, dass ihm die Situation ebenso wenig behagte wie ihr.

***

Jeremy machte es sich auf einem Stuhl gemütlich und blickte von Lila zu Sam. »Kennen Sie beide sich etwa schon?«

War das so offensichtlich? Lila unterdrückte ein Stöhnen und setzte stattdessen ein noch strahlenderes Lächeln auf.

»Lila und ich haben tatsächlich mal zusammengearbeitet«, erwiderte Sam gepresst, während er die Speisekarte überflog.

»Die Welt ist klein«, meinte Jeremy schmunzelnd.

Das ist sie wirklich. Lila knetete die schwere Stoffserviette in ihrem Schoß und wünschte, das Ding wäre stattdessen aus Papier, denn dann hätte sie es in Fetzen reißen können. Als sie heute früh aufgestanden war, hatte sie unmöglich ahnen können, dass sie nur wenige Stunden später ausgerechnet neben ihrem Ex-Freund sitzen würde. An jedem einzelnen Tag mühte sie sich nach Kräften, bloß nicht an ihn zu denken. Nach vorn zu schauen. Nicht zurück. Und hier saß er nun. In ihrem Revier. Ihrer Stadt. Ihrem großen Meeting.

In den fünf Minuten, seit er das Restaurant betreten hatte, schienen sich die letzten sechs Jahre einfach in Luft aufgelöst zu haben.

»Sie fragen sich bestimmt, warum ich Sie beide zu diesem Termin eingeladen habe«, setzte Jeremy an.

Allerdings. Lila beugte sich vor und bemerkte leicht irritiert, dass Sam sich entspannt in seinem Stuhl zurückgelehnt hatte, mit einem selbstgefälligen Lächeln im Gesicht. Das hier war ein ganz normaler Arbeitstag für ihn, mit einem Kunden unter vielen, den er für sich gewinnen konnte oder auch nicht. Ihm war das alles nicht so wichtig wie ihr. Und für ihn war es auch nicht so ausschlaggebend. Sam war bereits mit goldenem Löffel im Mund geboren worden, er konnte sich überhaupt nicht vorstellen, wie es war, aus Notwendigkeit auf etwas hinzuarbeiten, und nicht nur aus Raffgier.

Sie dachte daran, was von diesem Geschäftsabschluss für sie abhing, und ihr Magen zog sich noch etwas mehr zusammen. Sie durfte ihren Gesprächspartnern auf keinen Fall zeigen, wie viel für sie auf dem Spiel stand. Nicht wenn Sam ihr derart lässig gegenübersaß, als könnte er ebenso gut alles hinwerfen.

»Jeder, der irgendetwas davon versteht, weiß, dass der Name Crawford und das Wort Werbung quasi gleichbedeutend sind«, meinte Jeremys Vater Mitch Reed, und Lila knüllte ihre Serviette noch ein wenig stärker zusammen. Das klang überhaupt nicht gut. »Aber ich lege großen Wert auf Tradition, und ich unterstütze gern Unternehmen hier in Chicago, wo Reed Sugar gegründet wurde.«

Bei diesen Worten merkte Lila interessiert auf. Sie sah zu Sam hinüber und drückte den Rücken fest gegen die Stuhllehne.

»Lila, Ihr Portfolio gefällt uns, und von Jeremy höre ich nur das Beste über Sie.«

Lila lächelte ihrem alten Schulfreund dankbar zu.

»Deshalb würden wir Sie gern mit ins Boot holen«, schloss Mitch Reed.

Lila schwieg einen Augenblick. Sollte sie etwa mit Sam zusammenarbeiten? Niemals, nicht noch einmal. Sie konnte sich noch zu gut daran erinnern, wie es das letzte Mal geendet hatte. Mit Pleite und Liebeskummer nämlich. Eine erbärmliche Mischung.

»Also, was meinen Sie?«, fragte Jeremy erwartungsvoll an sie und Sam gewandt. Aller Augen waren jetzt auf sie gerichtet. »Ich bin sicher, PC Advertising arbeitet auch mit Freelancern.«

»Gelegentlich«, erwiderte Sam diplomatisch. »Aber wir behalten die Dinge eigentlich lieber im eigenen Haus. Und ohne Lila zu nahe treten zu wollen …« Er warf ihr einen entschuldigenden Blick zu und richtete seine Aufmerksamkeit gleich wieder auf Mitch Reed. »Wir spielen hier nicht in der Kreisliga, meine Herren.«

»Ist schon in Ordnung, Sam.« Lila lächelte ihm kühl zu, kniff die Augen jedoch gerade so sehr zusammen, dass ihm ihr lodernder Zorn nicht entgehen konnte. Sie hielt inne, bereitete sich innerlich auf ihre nächsten Worte vor und wandte sich dann an Jeremys Vater: »Da ich in der Vergangenheit bereits die … *Ehre* hatte, mit Sam zusammenzuarbeiten, muss ich Ihnen leider sagen, dass unsere kreativen Vorstellungen geringfügig voneinander abweichen.«

Jeremy machte eine abwehrende Geste. »Wenn ihr euch zusammensetzt, fällt euch sicher was Brillantes ein, da hab ich gar keinen Zweifel.«

»PC Advertising hat hervorragende eigene Werbetexter«, bemerkte Sam unverhohlen.

Lila runzelte unwillkürlich die Stirn. Falls er hier gerade versuchte, sie um ihre große Chance zu bringen, war sie nur zu gern bereit, den Kampf mit ihm aufzunehmen. Sie bedachte ihn mit einem langen, unnachgiebigen Blick. Sie traute es ihm glatt zu.

»Falls Sie sich um zusätzliche Kosten sorgen, das haben wir schon alles durchdacht«, sagte Jeremy. »Unser Angebot ist fair und attraktiv, und ich bin überzeugt, dass es für Sie beide interessant sein dürfte.«

Sam hob höflich die Hand, zweifellos, um erneut zu protestieren, doch Mitch Reed ließ ihn gar nicht erst zu Wort kommen. »Mir sind in letzter Zeit interessante Gerüchte über Ihre Agentur zu Ohren gekommen. Dabei fiel immer wieder der Name einer gewissen großen Kette.«

Lila schaute verwirrt drein, doch an ihrer Seite schien Sam zu erstarren. Er lockerte seine Seidenkrawatte und stieß ein leises, kehliges Glucksen aus. »Sie sind gut«, räumte er ein und lächelte anerkennend.

»Das wissen wir«, erwiderte Jeremy. »Deshalb wollen wir ja auch die Besten. Und Sie sind doch immer noch die Besten, nicht wahr, Mr. Crawford?«

»Was wollen Sie damit andeuten?«, fragte Sam knapp.

»Zeigen Sie uns, was Ihnen zu der Sache einfällt, und in zwei Wochen reden wir weiter«, meinte Reed Senior.

Gespannte Stille machte sich breit. Schließlich zuckte Sam mit den Achseln und wandte sich an Lila. »Was meinst du?«, fragte er und zwinkerte ihr beiläufig zu, sodass ihr Herz rein aus Reflex einen Schlag aussetzte. »Um der alten Zeiten willen?«

Alle Blicke hefteten sich nun auf sie, alle waren gespannt auf ihre Antwort. Sie starrte Sam mit großen Augen an und suchte sein Gesicht nach dem leisesten Anflug von Spott ab, doch als sie stattdessen für einen Sekundenbruchteil Unsicherheit darin aufflackern sah, zuckte sie beinahe zusammen. Wollte er ernsthaft auf diesen aberwitzigen Vorschlag eingehen? War es ihm wirklich so wichtig, oder arbeitete er lieber mit ihr zusammen, als ihr die Beute allein zu überlassen? Sie wusste es nicht, aber als sich sein Gesicht für einen Augenblick verschattete, bestärkte es sie nur in ihrem Verdacht. Irgendetwas war im Busch, und Sam würde sich seine Chance nicht entgehen lassen.

Tja, sie auch nicht.

Lila rang nach Worten und wünschte, sie könnte irgendein Argument anführen, um nicht mit Sam kooperieren zu müssen, aber sie wusste, dass es aussichtslos war. Sie konnte es sich nicht leisten, dieses Angebot auszuschlagen, und eine ähnliche Chance würde ihr so bald nicht in den Schoß fallen.

Mitch Reed legte die Hände zusammen und ließ sie vor sich auf dem Tisch ruhen. »Viele Ihrer Konkurrenten würden sich um so eine einmalige Gelegenheit reißen.«

Nie hatte sich ein so hoffnungsvoller Satz so belastend angefühlt.

Eine einmalige Gelegenheit. Um nicht zu sagen: die Chance ihres Lebens. Ja, das war es. Und niemand – am allerwenigsten Sam Crawford – würde sie davon abhalten, diese Chance zu ergreifen.

2

Lila wartete, bis sie weit genug vom Restaurant entfernt war, ließ sich dann auf eine Bank fallen und schob behutsam einen Schuh von der Ferse. Seufzend wackelte sie mit den Zehen. Sie wusste, dass ihre Schwester bereits ängstlich auf Neuigkeiten über das Meeting wartete, aber noch brachte Lila es nicht über sich, sie anzurufen. Sie musste erst einen klaren Kopf gewinnen und begreifen, was da eben passiert war.

Sam Crawford. Das war einfach unmöglich!

Als sie Sam zuletzt gesehen hatte, ahnte sie noch nicht, dass es für sie das letzte Mal sein sollte. Bis zum heutigen Tag zumindest. Sie war zur Arbeit gegangen, so wie jeden Morgen, und dann … *Zack*. Kein Job mehr, kein Freund, wie aus dem Nichts.

Tja, inzwischen war sie auf der Hut. Aber ihr Herz … Ihr Herz blieb diesem Mann für immer verschlossen. Alles andere war undenkbar.

Also gut. Sie streifte den Schuh wieder über den schmerzenden Fuß, biss die Zähne zusammen und hinkte weiter den Bürgersteig entlang. Sie hatte gehofft, der kurze Fußweg würde sie wieder zu Sinnen kommen lassen, doch vergeblich. Ihre Gedanken rasten. Bilder von Sam. Erinnerungen an ihre gemeinsame Zeit und daran, wie er heute aussah.

Sie nahm die Hochbahn nach Norden, und sobald sie die Gegend um Lincoln Park erreichte, fühlte sie sich schon besser. Mit seinen Szeneläden, schicken Restaurants und alten Sandsteinhäusern hatte das Viertel wenig mit der Hektik in Chicagos Zentrum gemein, und das war für Lila der Hauptgrund gewesen, hier ein Büro anzumieten. Sie hatte es mit der großen Geschäftswelt versucht, aber ihre Inspiration fand sie hier.

Da sie innerlich noch nicht bereit war, ins Büro zurückzukehren, legte sie einen Zwischenstopp in ihrem Lieblingscafé an der Ecke ein. Es war eine alltägliche Gewohnheit, die sich zum Ritual ausgewachsen hatte, als sie Freundschaft mit der Inhaberin schloss; und egal wie mies ihr Tag auch lief, nach einem guten Kaffee und ein paar harmlosen Scherzen mit Hailey fühlte sie sich gleich besser.

»Das Übliche?«, fragte Hailey augenzwinkernd, als Lila an den Tresen trat.

Lila grinste. Normalerweise beäugte sie sehnsüchtig all die Leckereien, um dann leicht schmollend doch nur einen Filterkaffee mit entrahmter Milch zu bestellen. Oh, wenn es mal einen Grund zum Feiern gab, gönnte sie sich durchaus ein Teilchen, und wenn sie sich gerade in Selbstmitleid suhlte, musste unbedingt etwas Schokoladiges her, aber in den allermeisten Fällen fiel ihr Trinkgeld höher aus als die Rechnung.

Hungrig musterte sie die Vitrine mit all den Muffins und Cookies, die Hailey, wie sie wusste, jeden Morgen frisch backte. Ihr Mittagessen hatte sie kaum angerührt, und ein luftiges Schokobrötchen wäre jetzt genau das

Richtige, um ihren vor Sorge verknoteten Magen ein wenig zu lockern. »Ich nehme das Schokobrötchen da. Und heute zur Abwechslung mal einen Mokka.«

»Mit Sahne?« Hailey zog die Brauen hoch.

»Warum nicht?« Lila seufzte. »Und mit dunklen Schokoraspeln. Eine Extraportion, wenn's geht.«

»Lass mich raten: Du hast mal wieder einen schlechten Tag.« Hailey wirbelte ihren Pferdeschwanz über die Schulter und ging zur Espressomaschine hinüber.

Das kannst du laut sagen, dachte Lila. »Wo ich schon dabei bin, nehme ich auch noch einen von den Brownies. Für Penny«, fügte sie rasch hinzu. Ihre Assistentin hatte in letzter Zeit ein wenig niedergeschlagen gewirkt. Mal wieder war eine ihrer Internetbekanntschaften geplatzt.

Lila nahm den Kaffee und eine knisternde weiße Papiertüte entgegen und winkte ihrer Freundin zum Abschied zu, auch wenn sie lieber noch geblieben wäre und ein bisschen geplaudert hätte. Doch sie wusste, dass sie dafür jetzt keine Zeit hatte. Sie musste sich wieder an die Arbeit machen. Diesen ganzen Schlamassel irgendwie auflösen. Langsam lief sie zurück zum Büro, viel ernüchterter als noch zwei Stunden zuvor, als so vieles möglich schien.

Inzwischen kam es ihr völlig undenkbar vor, den Auftrag von Reed Sugar noch irgendwie zu ergattern.

»Hier ist ein Anruf für dich«, sagte Penny, als Lila den kleinen Vorraum betrat, in dem lediglich ein Schreibtisch, zwei Besucherstühle und eine mickrige Topfpflanze namens Fred Platz fanden.

Bestimmt war Mary am Telefon, die mehr erfahren wollte. Lila gefiel die Vorstellung nicht, dass ihre Schwester vermutlich alle naselang auf die Uhr sah, die Daumen drückte und auf die Neuigkeiten wartete, die ihr Leben verändern konnten. Aber noch weniger gefiel ihr die Aussicht, ihrer Schwester diese Hoffnung höchstpersönlich zu nehmen.

»Leite ihn einfach auf den AB um, bitte. Ich muss jetzt frustessen.« Lila griff in ihre Papiertüte und zog einen klebrigen Brownie mit Käsekuchenfüllung hervor. »Hier, für dich.«

»Oh, wow, genau das hab ich jetzt nötig«, rief Penny. »Glaub mir, ich bin fast so weit, dass ich die Männer komplett abschreibe!«

Lila nickte knapp. »Ja, versteh ich gut.«

»Allerdings gibt's da vielleicht jemand Neuen. Wir haben uns schon ein paar Mails geschrieben, und … also, man weiß ja nie!«

Lila rang sich ein ermunterndes Lächeln ab, obwohl es ihr schwerfiel. Ihr Herz schien Tonnen zu wiegen, ihr war übel, in ihrem Kopf spukten Gedanken an Sam herum, und sie musste sich sehr zusammennehmen, um den ziehenden Schmerz in ihrer Brust nicht allzu sehr zu beachten. Sie wusste, dass sie sich jetzt konzentrieren und an die Arbeit machen musste, ohne das geringste Zögern. Doch sie bekam diese hellblauen Augen einfach nicht mehr aus dem Kopf, sein Lächeln und die Hochspannung, in die seine Gegenwart sie augenblicklich versetzte, als wäre sie mit jeder seiner Bewegungen völlig in Einklang.

»Ich schätze, das Meeting lief nicht so gut, was?«, fragte Penny besorgt.

»Sagen wir so: Es lief anders als erwartet«, antwortete Lila.

»Na, dann heitert dich das hier vielleicht auf«, sagte Penny und hob vielsagend eine Augenbraue. Sie senkte die Stimme, als teilten sie beide ein höchst aufregendes Geheimnis: »Dein Anrufer ist ein Typ namens Sam. Und er hängt schon seit mindestens *zehn* Minuten in der Leitung.«

Lila zwang sich, keine Miene zu verziehen, was ihr wirklich nicht leichtfiel. Einfach typisch, dass er seinen Nachnamen nicht genannt hatte. Als wäre er der einzige Sam auf der Welt.

Tja, leider war er zumindest der einzige Sam in *ihrer* Welt.

»Stell ihn durch«, sagte sie mit einem Seufzer und sackte leicht in sich zusammen. Sie sah zu, wie Penny den entsprechenden Knopf drückte, den Hörer auflegte und glücklich in ihren Brownie biss.

Lila ging in ihr angrenzendes Büro hinüber und zog die Flügeltüren mit lautem Klicken hinter sich zu. Sie überlegte, was genau sie sagen sollte, wenn sie gleich das Gespräch entgegennahm. Oh, ihr fielen so einige handverlesene Worte ein, aber die würden sie ihrem Ziel, Reed Sugar für sich zu gewinnen, sicher nicht näherbringen.

Sie setzte sich in ihren Bürostuhl und ließ das Telefon noch zweimal klingeln. Das Geräusch schien in dem kleinen Raum widerzuhallen wie ein Alarmton.

»Lila Harris?«, meldete sie sich dann so forsch und professionell wie möglich.

»Lila Harris«, erwiderte Sam weich, und sofort schlug ihr Herz ein klein wenig schneller. Selbst nach allem, was er ihr angetan hatte, konnte seine Stimme ihrem Körper noch immer ganz von allein diese völlig unangebrachten Reaktionen entlocken. Es war einfach nicht fair.

»Oh, hallo, Sam«, erwiderte Lila freundlich und leichthin und hoffte, dass ihre Stimme dabei nicht zu sehr zitterte. Unter dem Schreibtisch vollführten ihre starren Lackpumps einen nervösen Stepptanz.

»Sparen wir uns die Förmlichkeiten, Lila«, unterbrach sie Sam. »Du wusstest doch, wer dran ist.«

Lila verdrehte genervt die Augen. Er war noch genauso anmaßend wie früher, und das bewies ihr, dass er sich nicht im Geringsten geändert haben konnte. Seine Arroganz hatte sie einst attraktiv gefunden – das war lange her. Mit zweiundzwanzig, den Uniabschluss gerade frisch in der Tasche, war sie seiner Coolness im Büro und dem selbstbewussten Grinsen nur allzu leicht erlegen. Jetzt, mit neunundzwanzig, wusste sie es besser. »Was willst du, Sam?«

»Tja, da du sofort zum Punkt kommst, mache ich das auch: Geh heute Abend mit mir essen.«

»Das geht nicht.« Sie hatte die Worte ausgesprochen, ohne überhaupt darüber nachzudenken, aber wahr waren sie trotzdem. Sie hatte für heute Abend vielleicht keine anderen Pläne als ein Treffen mit ihrer Schwester und ihrer Lieblingssendung vor dem Fernseher, aber deshalb stand sie noch lange nicht für ein Abendessen mit dem Typen zur Verfügung, der ihr das Herz gebrochen und dann ausführlich darauf herumgetrampelt hatte.

»Es geht nicht, oder du willst nicht?«

Lila seufzte verzweifelt auf und sah aus dem Fenster auf die von Bäumen gesäumte Straße. Normalerweise fand sie den Ausblick anregend, manchmal sogar ablenkend, aber heute nahm sie ihn kaum wahr. »Ich wüsste nicht, was das bringen sollte.«

»Was das bringen sollte?«, wiederholte Sam. »Das kränkt mich aber!«

Seine unbeschwerte Reaktion stieß ihr bitter auf. Ganz offenbar verspürte er keinerlei Reue, sonst wäre ihm das alles nicht so leichtgefallen. Ihr selbst fiel es weiß Gott nicht leicht.

»Außerdem«, fuhr Sam fort, »bringt es sehr wohl etwas. Wenn wir zusammen an dieser Kampagne arbeiten wollen, wirst du dich daran gewöhnen müssen, wieder Zeit mit mir zu verbringen.«

Wieder. Es war ein leiser Anklang an ihre gemeinsame Vergangenheit. Und das schien ihn überhaupt nicht zu berühren. Lila gestand sich deprimiert ein, dass er recht hatte. Sie hatte gehofft, den Großteil ihrer Zusammenarbeit über E-Mail und Telefonkonferenzen abwickeln zu können, aber im Grunde wusste sie, dass das reines Wunschdenken war. Sie schloss die Augen und zählte langsam bis fünf. »Wie lange bist du noch in der Stadt?«

»So lange, wie das hier dauert«, erwiderte Sam.

Das war allerdings merkwürdig. »Wirst du nicht in New York gebraucht?«

»Ach, da läuft doch alles wie geschmiert. Und falls doch was sein sollte, kann ich ja für einen Tag rüberfliegen.«

»Hast du überhaupt genug Klamotten dabei?« Sie

schindete Zeit, das wusste sie, aber es war ihr egal. Sie musste erst ihre Gedanken neu sortieren, ihren Verstand wieder einschalten. Musste ihr Herz davon abbringen, jedes Mal einen Satz zu machen, wenn diese tiefe, weiche Stimme durch die Leitung an ihr Ohr drang.

»Mein Hotel liegt nahe der Michigan Avenue. Ich kann mir in unter einer Stunde eine neue Garderobe zulegen. Also frage ich dich jetzt noch mal: Gehst du heute Abend mit mir essen oder nicht?«

Es gab kein Entrinnen, oder? Wenn sie ihn heute nicht zum Abendessen traf, musste sie ihn höchstwahrscheinlich morgen sehen. Besser, sie brachte das schnell hinter sich, beschloss sie. »Also gut«, antwortete sie seufzend.

»Ich wusste, dass ich dich rumkriege.« Sams Feixen war nicht zu überhören, und Lila umklammerte nervös den Hörer.

»Ich hab nach der Arbeit noch meinen Strickkurs«, log sie und schob die einzige Freizeitaktivität vor, die sie sich gönnte – in dem süßen kleinen Wollgeschäft gleich neben ihrem Büro.

»*Strickkurs?*« Sam lachte schallend auf. Lila wartete in eisigem Schweigen, während er vergnügt weiterkicherte, und schließlich sagte er: »Ich dachte, so was macht nur meine Großmutter.«

Das brachte sie für einen Sekundenbruchteil aus dem Konzept. In all ihrer Zeit als Paar hatte Sam seine Familie kaum je erwähnt. Außer über seinen Bruder und seinen Vater wusste sie nichts über die Menschen aus seiner Welt. Noch so ein Warnsignal, das sie damals wild entschlossen übersehen hatte. *Dummes Ding.*

Tja, mittlerweile war sie schlauer.

»Wir können uns um acht Uhr treffen«, sagte sie. Das würde ihr genug Zeit geben, kurz mit Mary zu sprechen und die Erwartungen ihrer Schwester in die richtigen Bahnen zu lenken. Sie warf einen schuldbewussten Blick auf das blaue Blinklicht ihres Handys. Sie tat das hier für ihre Familie, erinnerte sie sich nachdrücklich, und irgendwie machte das die Verabredung mit Sam erträglicher. Ein bisschen jedenfalls.

»Also dann um acht«, meinte Sam. »Ich hab gehört, ein Laden namens Harbor House soll ganz gut sein. Wär das in Ordnung?«

»Okay«, murmelte Lila und legte ohne ein weiteres Wort auf. Sie lehnte sich in ihrem Stuhl zurück, starrte das Telefon an und dachte über den bisherigen Tag nach. In wenigen Stunden würde sie dem Mann gegenübersitzen, der sie auf die allerschrecklichste Weise hintergangen hatte. Sie sollte angewidert sein, wütend. Allein der Gedanke daran müsste sie in Panik versetzen.

Warum also konnte sie einfach nicht aufhören zu lächeln?

***

Sam zog seine Schlüsselkarte durch den Schlitz, wartete auf das Piepsen und Klicken des Türschlosses und betrat seine Hotelsuite. Er löste die Krawatte, zog sie über den Kopf und warf sie auf einen Stuhl, das Jackett gleich hinterher. Nach dem Mittagessen hatte er zu Fuß eine kleine Runde gedreht, ein paar Sachen für seinen verlängerten

Aufenthalt eingekauft, und jetzt war er verschwitzt und unruhig.

Die kommenden zwei Wochen würden haarig werden, und nur wenige Dinge konnten seine Anspannung lindern. Es war Nachmittag, und er beschloss, dass er um diese Zeit wohl am besten eine große Laufrunde einlegte.

Es gab einen Fitnessbereich im Hotel, aber frische Luft würde ihm jetzt guttun, und aus seinem Fenster konnte er sehen, dass die Promenade am Seeufer bereits voller Jogger war. In der Ferne erkannte er Boote mit vom Wind geblähten Segeln, einige so weit draußen, dass sie bloß kleine, auf dem Wasser schaukelnde rote und blaue Pünktchen waren.

Rasch zog er sich um, begierig darauf, nach draußen zu kommen und sich eine der seltenen Auszeiten von der üblichen Routine zu gönnen, da vibrierte sein Handy. Widerwillig und mit leisem Fluchen tippte er die Nachricht an. Sein Bruder schickte ihm ganze drei Wörter: *Ruf mich an.* Das war die siebte Aufforderung dieser Art binnen einer Stunde, dachte Sam stirnrunzelnd. Auch mit über tausend Kilometern Abstand konnte er dem Büro nicht entkommen.

»Was ist los?«, fragte er, nachdem sein Bruder nach dem ersten Freizeichen abgehoben hatte.

»Wir haben sie verloren«, sagte Rex ausdruckslos.

Sam ließ sich aufs Bett sinken. Also war es wirklich passiert. Jolt Coffee drohte schon seit über einem Monat, den Vertrag mit ihnen zu kündigen – wobei das Unternehmen kreative Differenzen anführte, obwohl es ganz offensichtlich nur den Preis drücken wollte –, aber Sam hätte niemals geglaubt, dass sie den Vertrag so schnell beenden würden. Ihr größter Kunde. Weg. Einfach so. Ob mit oder ohne Vorwarnung, das war definitiv ein herber Schlag.

»Wen beauftragen sie stattdessen?«

»Das ist noch nicht raus.« Rex' Stimme klang aufs Äußerste gespannt. Die Auswirkungen des Verlusts von Jolt Coffee waren unabsehbar. Für die Medien würde es ein gefundenes Fressen abgeben, und dem neuen Werbepartner waren sofortige Aufmerksamkeit und Anerkennung sicher. Auf ihre Kosten.

»Dann haben wir also noch etwas Zeit«, überlegte Sam laut.

»Alle Kundenbetreuer fühlen gerade bei unseren Klienten vor und prüfen die Lage, aber wenn das rauskommt …«

»Wird es Fragen geben«, beendete Sam den Satz. Zweifellos würden sich einige ihrer Kunden fragen, warum sie den Auftrag verloren hatten.

Rex stöhnte. »Wie lief das Treffen mit Reed?«

»Sie wollen uns auf jeden Fall«, berichtete Sam und unterschlug, dass Reed bereits Gerüchte über die Abwanderung von Jolt Coffee gehört hatte. »Aber sie haben sich da einen etwas unkonventionellen Ansatz überlegt.«

»Was soll das heißen?«

»Sie wollen, dass wir eine selbstständige Werbetexterin mit ins Boot holen.« Sam hielt kurz inne. »Erinnerst du dich zufällig noch an Lila Harris?«

Es überraschte ihn nicht, dass Rex verneinte.

»Sie hat vor ungefähr sechseinhalb Jahren mal für uns gearbeitet.«

Sein Bruder dachte kurz nach. »Braune Haare, lange Beine, nettes Lächeln?«

Sam schluckte. Wenn er es zuließ, konnte er sich noch immer sehr gut an die zarte Innenseite ihrer Schenkel erinnern, als er – »Ja, genau die.«

»Weiß ich noch. Du mochtest sie ganz gern. Hübsches Ding«, meinte Rex, und in schärferem Tonfall fügte er hinzu: »Und ich weiß auch noch, dass sie keinerlei Vision hatte, dickköpfig war und dass Dad sie gefeuert hat. Und jetzt willst du mir erzählen, Reed Sugar verlangt von uns, dass wir sie als Texterin nehmen?«

»Das haben sie gesagt«, erwiderte Sam nervös.

»Da macht Dad niemals mit.«

Sam trat ans Fenster und starrte hinaus auf die malerische Szenerie. Preston Crawford hatte sich vielleicht offiziell aus dem Tagesgeschäft der Agentur zurückgezogen, aber die Firma war trotz allem noch sein Vermächtnis und eng mit seinem Namen verknüpft. Mehr, dachte Sam finster, als man von ihm selbst je hätte sagen können.

Er wandte sich vom Fenster ab. »Und wenn das unsere einzige Chance ist?«

Nach einem weiteren langen Schweigen fragte Rex: »Was schlagen sie vor?«

»Sie wollen in zwei Wochen etwas auf dem Tisch haben.«

»Zwei Wochen.« Die Wörter schienen zwischen ihnen in der Luft zu hängen. Sie wussten beide, wie viel in dieser relativ kurzen Zeitspanne passieren konnte. So wie es aussah, konnte Jolt Coffee schon morgen an die Öffentlichkeit gehen, und in der Werbebranche hing das Renommee einer Agentur vom Kaliber ihrer Kunden ab.

»Soll ich früher zurückkommen?«, fragte Sam, und im gleichen Augenblick schoss ihm ein Bild von Lila durch den Kopf, das er ebenso schnell wieder verscheuchte. Er konnte sich jetzt keine Ablenkung leisten.

»Wir brauchen dich da, wo du bist«, erwiderte Rex. »Reed Sugar könnte den Ausschlag dafür geben, ob diese Agentur überlebt oder untergeht. Tu alles, was nötig ist, um den Auftrag klarzumachen.«

Sam legte auf und stornierte seinen Rückflug, froh darüber, morgen nicht nach New York zurückzumüssen. Im Büro war die Stimmung angespannt, der Druck hoch, und die Risiken … waren noch höher. Er wusste, was die Leute über ihn dachten: überambitioniert, gnadenlos, sogar herzlos – aber sie kannten den Grund dafür nicht. Andernfalls … Tja, andernfalls hätten sie ihn wohl mit etwas anderen Augen gesehen, und er wäre weg vom Fenster.

Das sagte er sich jetzt zum ungefähr tausendsten Mal. Niemand, nicht einmal Lila, hatte eine Ahnung von seiner Vergangenheit. Es war schwierig gewesen, ihr all diese Dinge zu verheimlichen, als sie noch ein Paar gewesen waren. Er wollte ihr damals einfach nur nah sein, sich öffnen, aber eine leise Stimme in seinem Kopf hielt ihn zurück und erinnerte ihn daran, wie viel er verlieren konnte. Er hatte zu hart um seinen Platz gekämpft, um noch einmal ganz von vorn anzufangen.

Das redete er sich zumindest ein.

Sam schleuderte sein Handy aufs Bett und schnappte sich die Schlüsselkarte für seine Suite. Er musste laufen, schnell und weit, und diese rasenden Gedanken aus seinem Kopf verbannen. Er sollte jetzt an Reed denken und an all die Menschen in New York, die von ihm abhingen. Aber das Einzige, woran er wirklich denken konnte, war Lila. Wie sie morgens zuallererst seinen Namen geseufzt und ihre warme Haut eng an seine Brust geschmiegt hatte, sodass ihr Haar ihm das Gesicht kitzelte. An den Klang ihres Lachens, wenn er sie durch den Regen jagte, den ganzen Weg bis zu der winzigen Einzimmerwohnung in Brooklyn, die sie damals gemietet hatte.

An die Art, wie sie ihn zum allerletzten Mal angesehen hatte, vor vielen Jahren, die Augen voller Schmerz. Und an seine Gefühle in diesem kalten Sitzungszimmer, als er sie hatte fortgehen sehen und sich verzweifelt eingestand, dass er ihr, egal wie sehr er es sich wünschte, nicht nachgehen konnte.

***

Als Lila an diesem Abend nach Hause kam, stand Mary im Hausflur, sah die Post durch und warf Werbeflyer in den Müll.

»Oh, hi«, rief sie, und ihr Lächeln ließ ihr ganzes Gesicht erstrahlen. »Wie war das Meeting?«

Lila verfluchte die hoffnungsvolle Miene ihrer jüngeren Schwester. Mary hatte in den vergangenen Jahren vieles aufgegeben und Lila dabei nie das Gefühl vermittelt, als brächte sie ein Opfer, und niemals hatte sie nach mehr verlangt, als sie besaß. Bis vor Kurzem.

Als ihr Großvater, genannt Gramps, vier Monate zuvor gestorben war, erbten die zwei Schwestern das Hochzeitsporzellan ihrer Großeltern, eine Ansammlung alter Fotoalben und altmodischer Möbel, die Kuckucksuhr, erschreckend hohe Schulden und natürlich die Sunshine Creamery, das Eiscafé ihrer Familie. So sehr Lila der Gedanke widerstrebte, das Geschäft zu verkaufen: Es war alt und heruntergekommen und musste dringend renoviert werden, was keine von ihnen beiden bezahlen konnte.

Lila hatte geglaubt, dass ihre Schwester das genauso sehen würde, doch stattdessen hatte Mary sie angefleht, irgendeine Lösung zu finden. Egal welche. Und Lila konnte sie verstehen. Die Sunshine Creamery mit ihren Resopaltischen, den mintgrünen Wänden und der ausgeblichenen, rosarot gestreiften Markise war das Letzte, was sie beide noch mit ihrer Vergangenheit verband und mit der Familie, die nun bloß noch aus ihnen bestand. Sie waren in diesem Laden aufgewachsen, hatten im Sommer Eisbecher serviert, heimlich Cocktailkirschen aus der Schale im Kühlschrank genascht und ihren Großeltern, und später nur noch ihrem Großvater, beim Zubereiten cremiger Eismischungen zugesehen, die in sorgfältig beschrifteten Pappbehältern im Gefrierschrank verstaut wurden.

Mary war von der Schule abgegangen, um sich um ihre Großmutter zu kümmern, als diese krank wurde, und hatte später auch am Krankenhausbett ihres Großvaters gesessen und ihm versprochen, die Familientradition fortzuführen. Und Mary war es gewesen, die sich in all den kalten Winternächten ihrer Kindheit zusammen mit Lila ins Bett gekuschelt und um Geschichten über ihre Eltern gebettelt hatte, an die sie sich nicht mehr erinnern konnte und mit denen Lila immerhin zwei Jahre mehr gehabt hatte. Deshalb war Lila sofort entschlossen gewesen, einen Weg zu finden, um die Eisdiele zu behalten.

Alles hing davon ab, ob sie diesen großen Auftrag an Land ziehen konnte. Wenn sie das nicht schaffte, würde sie sich das niemals verzeihen können.

»Es war … okay«, erwiderte Lila mit zögerlichem Lächeln. Mit der gleichen Neugier wie früher als Kind schielte sie auf die Postsendungen; damals hatte die Vorstellung, einen Brief zu bekommen, so aufregend gewirkt. Heute bestand der Großteil ihrer Post aus Rechnungen, vor allem seit dem Tod ihres Großvaters. »Sie wollen sich in zwei Wochen noch mal treffen.«

»Siehst du, wusste ich's doch!« Marys Lächeln wurde noch breiter.

»Die Sache ist noch nicht in trockenen Tüchern«, warnte Lila ihre Schwester, während sie gemeinsam die Treppe hochstiegen.

»Aber das klingt doch, als könnte es klappen! Ich hab nachgedacht, und ich bin sicher, dass ich ganz viele Renovierungen selbst machen kann. Dann müsste ich mir nicht so viel Geld von dir leihen.« Mary arbeitete derzeit dreißig Stunden pro Woche am Empfang einer Arztpraxis und hatte kürzlich einen weiteren Teilzeitjob angenommen, um ein paar Stunden zusätzlich zu schieben. Lila hatte ihr angeboten, einige Büroarbeiten für die Agentur zu übernehmen, aber Mary bestand darauf, dass es so besser war. Bisher hatte sie häufig die Stelle gewechselt, war nirgends lange geblieben und hatte nie große Begeisterung für ihre Jobs gezeigt – bis die Sunshine Creamery zu einer Möglichkeit geworden war.

Lila spürte ein leichtes Ziehen in der Brust. Ihre Schwester verdiente es, eine erfüllende Aufgabe zu haben, so wie sie selbst, und was wäre dafür besser geeignet als die Eisdiele? Mit etwas Glück würde eine von ihnen eines Tages ein Kind haben, dem sie das Geschäft weitervererben könnten. Vorausgesetzt, sie fänden jemals Typen, mit denen man sich eine Familie überhaupt vorstellen konnte. Bisher hatte Lila auf diesem Gebiet nichts Besseres vorzuweisen als Sam, und Mary, tja, die versuchte immer noch die Avancen ihres Chefs abzuwehren.

Lila hielt auf dem Treppenabsatz inne und sah ihre Schwester streng an. »Du *leihst* dir nichts von mir. Die Eisdiele ist ein Familienunternehmen, und du *bist* meine Familie.« *Meine einzige Familie,* fügte sie im Stillen hinzu.

Mary umarmte sie rasch. »Ist gut, und jetzt erzähl mir alles. Heute gönnen wir uns mal etwas und bestellen Pizza, ja?«

Lila lächelte matt. So gern sie ihren Lieblingsschlafanzug übergezogen und an dem kleinen Bistrotisch entspannt hätte, den Mary und sie draußen auf der Feuertreppe aufgestellt hatten, sie musste sich fertig machen und Sam treffen, und sie hatte keine Ahnung, was sie anziehen sollte.

»Ich bin heute quasi zum Abendessen verabredet«, erwiderte sie.

Mary musterte sie interessiert. »Ach, quasi zum Abendessen?«

»Es ist nicht so, wie du denkst«, meinte Lila, klang jedoch nicht sonderlich überzeugt. Wem wollte sie hier etwas vormachen? Sie wusste ja selbst nicht, was das für eine Art Abendessen werden würde und worauf sie sich gefasst machen sollte. *Auf das Schlimmste,* beschloss sie. Das war ihr einziger Schutz. »Ist was Geschäftliches.«

Mary kniff die Augen zusammen und nickte langsam. »Was Geschäftliches«, wiederholte sie leise.

Lila lachte. »Ach, jetzt komm. Ich erzähl dir alles, während ich mich umziehe.« *Na ja, fast alles,* dachte sie bei sich. Sie kramte ihren Wohnungsschlüssel hervor, schloss die Tür auf, und als diese vor ihr aufschwang, fühlte sie sich gleich entspannter. Zu Hause. Nach sechs Jahren war das hier wirklich ihr Zuhause – ein anderes gab es jetzt nicht mehr. Man konnte ihre Wohnung bestenfalls bescheiden nennen, mancher würde wohl sogar beengt dazu sagen, aber für Lila war sie perfekt. Vor allem an einem Tag wie diesem.

Sie ließ ihre Handtasche im schmalen Eingangsbereich fallen, schleuderte die Flipflops von den Füßen, in die sie nach dem katastrophalen Meeting geschlüpft war, und spazierte ins Wohnzimmer, dicht gefolgt von Mary. Von den vier Zimmern ihrer Wohnung war ihr dieses hier am liebsten, mit seinen unverputzten Ziegelwänden und dem alten Kamin, der eher ästhetische als praktische Gründe hatte. Lila tat nichts lieber, als sich mit einem guten Buch in den Sessel vor dem großen Erkerfenster zu kuscheln.

Aber heute Abend kam das nicht infrage. Heute Abend hatte sie eine Verabredung. Ein Meeting! Ja, genau, ein *Meeting*.

»Ich sollte jetzt besser duschen gehen«, sagte sie, doch

ihre Füße bewegten sich keinen Zentimeter, als wären sie festgewachsen.

»Ich mach uns mal einen Eistee«, schlug Mary vor und huschte mit verschlagenem Grinsen in die Küche.

Lila ging ins Bad und drehte die Dusche auf. Sobald das heiße Wasser ihr über die Haut rieselte, fühlte sie sich besser. Es ging doch nichts über eine Dusche und einen Schwatz mit ihrer Schwester, um wieder runterzukommen. Und da sie bereits in weniger als einer Stunde dem einzigen Mann gegenübersitzen würde, der ihre Gefühle vollkommen durcheinanderbringen konnte, hatte sie jede Unterstützung nötig.

Mary lehnte im Türrahmen zur Küche, als Lila einige Minuten später im Frotteebademantel in den Flur trat. »Ich will Einzelheiten. Jetzt.«

Lila nahm ein Glas Eistee entgegen und folgte ihrer Schwester auf den Ersatzbalkon. Doch statt sich zu setzen, ging sie hinüber zum Blumenkasten, der am Geländer hing, und inspizierte die Küchenkräuter. Hinter ihr räusperte sich Mary bereits sehr ausgiebig.

Lila konnte es wohl nicht ewig hinauszögern. Mary hatte sie schon immer durchschaut, und heute würde sie ihre Gefühle sowieso nicht vor ihr verbergen können. »Erinnerst du dich noch an meine Storys von diesem Typen, den ich in New York kennengelernt habe? Sam?«

Mary riss die Augen auf, und Lila konnte das Weiß rund um ihre braune Iris sehen. Dann blinzelte ihre Schwester verwirrt. »Ja …«

»Na ja, er ist gewissermaßen die Person, mit der ich heute Abend verabredet bin«, nuschelte Lila.

»Machst du Witze?«, kreischte Mary. Sie schleuderte ihr langes braunes Haar nach hinten und wand wieder und wieder ein Haargummi darum, das sie stets ums Handgelenk trug, bis sie einen lockeren Knoten gebunden hatte. »Du gehst heute Abend mit Sam essen? Mit *dem* Sam? Wo seid ihr verabredet?«

Lila zögerte. »Harbor House.«

»Das romantischste Restaurant der Stadt«, bemerkte Mary.

Lila presste die Lippen zusammen und stellte ihr Teeglas ab. Nach all den Jahren war Sam wieder in ihr Leben gestolpert, nicht weil er sich dafür entschieden hatte, sondern aus purem Zufall. Er hatte sie nicht etwa ausfindig gemacht. Das hier war nicht der Versuch, irgendwelche Fehler wiedergutzumachen. Und ganz sicher hatte er keinerlei tiefer gehendes Interesse an ihr. Das hatte er offensichtlich niemals gehabt.

Warum trafen sie sich eigentlich nicht irgendwo anders? In einem Sitzungszimmer zum Beispiel?

»Tut mir leid«, riss Mary sie aus ihren Gedanken. »Hab ich irgendwas verpasst? Es geht hier echt um Sam, oder? Denselben Sam, den du mal so dermaßen angeschmachtet hast – «

»Vergiss nicht, was er getan hat.« Lila wandte sich wieder dem Kräuterkasten zu. Die Pflänzchen sahen genauso welk aus, wie sie sich fühlte.

Als sie daher mit der Gießkanne in die Küche ging, verstummte Mary. Während Lila darauf wartete, dass die Kanne volllief, stieg Ärger in ihr auf. Sam war so ein Idiot. Ein abscheulicher Egoist. *Immer dran denken!*, ermahnte sie sich. Sie würde es das ganze Abendessen über vor sich hin skandieren.

Durch die Fliegengittertür musterte sie verstohlen ihre Schwester und trat dann wieder auf den Balkon. Mary hatte sie immer geerdet, schon als sie noch klein gewesen waren. Deshalb hatte Lila bei ihrer Rückkehr nach Chicago auch beschlossen, mit ihrer Schwester in eine Wohnung zu ziehen. Sicher, sie hätte sich allein etwas leisten können, aber es wäre doch schrecklich einsam gewesen. Nach dem Rückschlag in New York musste sie zu ihren Wurzeln zurückfinden. Sich auf das konzentrieren, was wirklich wichtig war im Leben. Und *wer* wirklich wichtig war.

Lila wässerte ausgiebig die Kräuter und stellte die Kanne in ihre Ecke zurück. Sie sah auf die Uhr, und sofort schlug ihr Herz ein wenig schneller. »Ich sollte mich wohl mal fertig machen.«

Mary folgte ihr durch die helle, sonnige Küche ins Schlafzimmer, das Lila in einem beruhigenden Blauton gestrichen hatte. Sie hatte mal irgendwo gelesen, dass Blau eine friedliche Farbe war, die gegen Gefühlsaufwallungen helfen sollte. Heute wurde sie ihrem Ruf allerdings nicht gerecht.

»Ich kapier immer noch nicht, was da passiert ist. Ich dachte, heute war dein großes Meeting mit Reed Sugar.«

»Stimmt ja auch.« Lila durchstöberte ihren Kleiderschrank und entschied sich schließlich für einen grauen Bleistiftrock und eine schwarze, kurzärmlige Bluse. Wenn sie ihrer Schwester erzählte, dass der Erfolg bei Reed von einer Zusammenarbeit mit Sam abhing, würden bei Mary garantiert die Alarmglocken schrillen. Lila wollte sie nicht enttäuschen, sofern es nicht unbedingt nötig war, und mit etwas Glück würde es gar nicht so weit kommen. »Ich bin Sam über den Weg gelaufen, während ich auf mein Meeting gewartet habe. Er ist geschäftlich in der Stadt und … na ja, wir wollen jetzt nur zusammen ein paar Ideen austesten.«

Als Lila ihre Kleiderauswahl aufs Bett warf, verzog Mary skeptisch das Gesicht. »Erzähl mir bitte nicht, dass du das da heute Abend anziehen willst.«

»Ich hab doch gesagt: Das ist kein Date!«, beharrte Lila.

»Ich weiß nicht, wie du so was sagen kannst!« Mary schüttelte den Kopf. »Du warst verrückt nach dem Kerl! Und jetzt ist er hier … nach all den Jahren. Dabei hast du immer gedacht, du siehst ihn nie wieder.«

»Eben.« Lila ballte die Fäuste. Sie hatte sich schließlich auch alle Mühe gegeben, ihn nicht wiederzusehen. Wie konnte das Leben nur so grausam sein?

»Willst du mir echt erzählen, dass du insgeheim nicht doch ein kleines bisschen froh bist, ihn zu treffen?«, bohrte Mary weiter. »Nur ein winziges bisschen?«

Lila sah ihre Schwester gequält an. »Nein, Mary.« Und dann noch einmal nachdrücklicher: »Nein!«

Sie zitterte leicht, als sie den Rock zurück in den Kleiderschrank stopfte und ein Kleid mit rundem Ausschnitt hervorzog, das auf sicherer Höhe unterhalb des Knies endete. Doch Mary griff zielsicher nach dem nächsten Bügel und hielt ihr ein schwarzes Etuikleid mit Spaghettiträgern und geschlitztem Rücken vor die Nase.

»Nein«, sagte Lila sofort.

»Doch«, erwiderte Mary beharrlich. »Warum sollte er

nicht deine Schokoladenseite zu sehen kriegen? Das ist deine Chance, Lila!«

Da hatte sie recht. Es *war* ihre Chance. Und sie würde sie sich nicht durch romantische Schwärmereien verderben.

Aber trotzdem, dachte sie, während sie das Kleid musterte, hatte sie in ihren Rachefantasien tatsächlich jedes Mal umwerfend ausgesehen, mit frischen Strähnchen, durchtrainiertem Bauch, straffen Schenkeln und einer Haut, die nicht einen einzigen Tag gealtert war. Da konnte sie jetzt wenigstens dieses verdammte Kleid anziehen.

»Vielleicht tut es ihm ja leid«, meinte Mary, während Lila mit dem Reißverschluss rang.

»Nein, wenn es ihm leidtäte, hätte er sich schon vor einer Ewigkeit bei mir entschuldigen können.«

Mary lächelte aufmunternd. »Vielleicht hat er sich geändert.«

Lila legte den Kopf schief. *Oh, Mary.* Die ewige Optimistin. »Menschen ändern sich nicht so einfach«, entgegnete sie überzeugt. Und das sollte sie selbst besser nicht vergessen, egal was er heute Abend für sie in petto hatte.

Lila sah in den Spiegel und sackte leicht entsetzt in sich zusammen. Ihr Haar war immer noch feucht und streifte ihre sonnengebräunten Schultern, die ebenso wie ihre Arme, Beine und ein Großteil des Dekolletés bestens zur Schau gestellt wurden. Es war ganz eindeutig zu viel nackte Haut sichtbar, auch wenn es schon fast Juli und sie erst neunundzwanzig war. Und auch wenn sie gleich mit dem heißesten Mann zu Abend essen würde, den sie je geküsst hatte.

Oder besser gesagt mit dem *fiesesten* Mann, den sie je geküsst hatte.

»Ich sehe aus, als wäre mir die Sache wichtig«, meinte sie seufzend.

»Ist sie dir ja auch, und das zu recht«, sagte Mary und stellte sich hinter Lila. »Zeig ihm, was er alles verpasst hat. Und dass es der größte Fehler seines Lebens war.«

Lila musste grinsen. Irgendwie hatte Mary ja recht. Dennoch schnappte sie sich zumindest ihre Brille von der Kommode und setzte sie auf. Nur für den Fall, dass irgendwelche Zweifel aufkommen sollten, ob dieses Meeting auch wirklich rein geschäftlich war.

3

Von der gegenüberliegenden Straßenseite starrte Lila argwöhnisch auf die Steinfassade von Harbor House. In so ein Restaurant ging man wohl kaum zu einem Geschäftsessen. Mit seinen kleinen, von Kerzen beleuchteten Tischen und dem Seeblick war das Harbor House eher ein Ort, um einen Heiratsantrag zu bekommen, und nicht, um ein Abendessen mit einer alten Flamme zu durchleiden, die man tunlichst vergessen wollte.

Die Sonne sandte ihre letzten Strahlen aus und sank langsam hinter den Horizont, bis nur noch ein leuchtend orangeroter Schimmer zurückblieb. Vom See wehte eine kühle Brise herüber. Lila strich sich das Haar hinter die Ohren und überquerte die Straße, ließ sich bei jedem Schritt viel Zeit. Sie hätte Sam anbieten sollen, sich am nächsten Tag zu treffen, in ihrem Büro, wo Penny den Anstandswauwau geben konnte. Genau das hätte sie tun sollen. Aber dreißig Sekunden Charmeoffensive von Sam hatten ausgereicht, damit ihr der Kopf schwirrte, sodass sie kaum zwei Minuten hatte vorausdenken können, um die Folgen ihrer reflexhaften Einwilligung zu durchschauen.

Das passiert dir heute Abend nicht noch einmal, ermahnte sie sich streng, während sie auf das malerische kleine Restaurant zuging, das sich in den Stadthafen schmiegte. Heute Abend würde sie die Vergangenheit nicht mehr aus dem Blick verlieren. Und auch nicht mit Sam darüber diskutieren. Das Letzte, was sie jetzt gebrauchen konnte, war Ablenkung von den wichtigen geschäftlichen Aufgaben, die vor ihr lagen.

Der Speisesaal des Restaurants war groß und luftig, und auf den quadratischen Tischen strahlten schneeweiße Tischdecken. Die Empfangsdame schickte sie gleich weiter auf die Außenterrasse, und da saß er auch schon, auf einem schmiedeeisernen Stuhl, und blickte aufs Wasser. Er hatte einen Fuß auf dem Knie abgelegt, und die Arme ruhten lässig auf den Stuhllehnen. Seine Sonnenbrille lag ordentlich zusammengeklappt auf dem Tisch. Er wirkte völlig sorglos.

So hatte er sich das also vorgestellt. Nach all der Zeit. Als wäre zwischen ihnen beiden nie irgendetwas vorgefallen.

Lila hob das Kinn und trat hinaus auf das großzügige Terrassendeck, warf einen Blick auf die geschmackvollen Lichterketten, die um den schicken, geweißten Eingang gewunden waren, und auf die farbenprächtigen Blumen, die in rustikalen Whiskeyfässern blühten, und versuchte angestrengt, sich auf etwas anderes zu konzentrieren als diesen Mann in rosafarbenem Poloshirt und marineblauen Shorts, der sie küssen konnte, bis sie stöhnte.

»Da wären wir also«, sagte sie zur Begrüßung, als sie ihm gegenüber Platz nahm.

Himmel, sah er heute Abend gut aus. Zu gut.

Er ist ein Idiot, Lila. Ein abscheulicher Egoist.

Sam war zur Begrüßung aufgestanden, und jetzt setzte er sich wieder hin, mit einem Lächeln, das winzige Fältchen um seine Augen zauberte. Lila wandte rasch den Blick ab und studierte die Speisekarte. Warum musste er nur so glücklich aussehen? Als wäre nie irgendetwas gewesen.

»Du siehst hübsch aus«, meinte Sam mit warmem Lächeln, und Lila presste die Lippen aufeinander. Er wirkte sanft und aufrichtig. Zu sanft. So sanft, dass sie ihm am liebsten alles glauben und seinem Zauber verfallen wollte.

Er ist ein Idiot, Lila. Ein abscheulicher Egoist.

Sie überflog die Karte und blendete seine Worte aus. Normalerweise trug sie ihre Brille fast nie – die Gläser waren nicht besonders stark, und sie brauchte sie eigentlich nur zum Lesen –, und die letzten Strahlen des Sonnenuntergangs blendeten sie nun, sodass sie blinzeln musste. Aber wenn sie die Brille jetzt absetzte …

»Ich bin froh, dass du dem Treffen heute Abend zugestimmt hast«, fuhr Sam fort. »Ich war mir vorher nicht ganz sicher.«

Lila legte die Karte auf den Tisch zurück und verknotete die Serviette in ihrem Schoß, hin- und hergerissen zwischen dem Wunsch, diesen Abend mit dem Mann ihr gegenüber zu genießen, mit dem sie sich einst lieber als mit jedem anderen unterhalten hatte, und dem Bedürfnis, ihren Schutzwall aufrechtzuerhalten, den sie seit ihrem Umzug nach Chicago um sich errichtet hatte. Sie suchte Sams anziehendes Gesicht nach dem Hauch einer Bedrohung ab, nach einer Erinnerung daran, was er ihr angetan hatte, aber da war nichts. Alles, was sie entdeckte, war der Mann, der ihr Herz erobert hatte.

Und dann gebrochen.

»Ich war so frei und hab uns schon mal eine Flasche Wein bestellt«, erklärte Sam mit leiser, angenehmer Stimme. »Ich hab mich erinnert, dass du ganz gern Cabernet trinkst.«

»Stimmt«, erwiderte Lila, hob den Blick und sah ihm geradewegs in die Augen. »Im Sommer allerdings lieber Weißwein.« Aber wie hätte er das ahnen sollen? Bis zum Sommer hatten sie es nie geschafft. Ihre Beziehung – falls man sie überhaupt so nennen konnte – hatte im September begonnen und im März geendet. Sechs süße Monate.

Sam schmunzelte und griff nach seinem Wasserglas. Durch die Hitze war es ganz beschlagen. »Du willst es mir nicht zu leicht machen, was?«

Lila neigte den Kopf. »Wieso sollte ich?«

»Ich verspreche dir für heute einen schönen Abend«, sagte Sam und drohte ihr spielerisch mit dem Zeigefinger. »Ob du willst oder nicht.«

Na schön, versuch's doch. Aber all ihrer Entschlossenheit zum Trotz konnte sie einen erregenden Schauer nicht unterdrücken. Irgendetwas war da noch. Ein Funke. Vielleicht nur ganz gewöhnliche körperliche Anziehung. Oder doch etwas Tieferes. Sie konnte es jedenfalls nicht ganz leugnen.

Sie schwieg einen Augenblick, um sich wieder zu sammeln, ehe sie etwas zu erwidern wagte. Sie war ganz froh über den Kellner, der an ihren Tisch trat und eine Weinflasche mit schickem französischem Etikett entkorkte. Falls Sam hier war, um sich zu entschuldigen, stellte er sich nicht gerade geschickt an. Ihre gemeinsame Vergangenheit war zu übermächtig, um sie schlicht unter den Tisch fallen zu lassen. Manches konnte man einfach nicht vergessen. Oder vergeben.

»Lass uns anstoßen«, schlug Sam vor und hob sein Glas.

Lila zögerte, seufzte, doch dann hielt auch sie widerwillig ihr Weinglas in die Höhe. Der Abend begann ihr bereits zu entgleiten. Sie handelte entgegen ihrer eigenen Absicht und ließ sich von ihren Gefühlen leiten. Das hier war ein Arbeitsessen. Mehr nicht.

»Auf alte Freundschaft«, sagte Sam. Langsam nippte er am Wein und zwinkerte ihr über das Glas hinweg zu.

Lila kochte vor Wut, als sie in seine funkelnden Augen starrte. Wortlos trank auch sie einen Schluck von dem milden Cabernet. Sam beobachtete sie aufmerksam, um herauszufinden, ob seine Wahl ihr zusagte. Sie wollte verflucht sein, wenn sie ihm diese Genugtuung gönnte.

Sie stellte das Weinglas wieder auf den Tisch und schob sich die Brille höher auf die Nase. »Ich schätze, wir sollten über Reed Sugar sprechen, schließlich haben wir bloß zwei Wochen Zeit, um uns was Geniales einfallen zu lassen.«

Sam schlug die Karte auf und musterte sie ein paar Sekunden, bevor er erwiderte: »Schon irgendwelche Ideen?«

»Ein paar«, log Lila. Sie war den ganzen Tag über zu zerstreut gewesen, um auch nur einen einzigen klaren Gedanken zu fassen. »Wir sollten uns morgen in meinem Büro vielleicht mal ein paar Visuals angucken. Werbeanzeigen und so weiter. Wäre zwei Uhr okay für dich?«

Sam zog sein Smartphone aus der Tasche und tippte kurz darauf herum. »Zehn wär mir lieber.«

Lila schaute gar nicht erst in ihren Kalender und entgegnete ungerührt: »Wie wäre es mit halb drei?«

Er sah ihr geradewegs in die Augen und versuchte offenbar, ihre Absichten zu erraten. »Gut, in Ordnung«, meinte er unbewegt.

»Schön, ich freu mich drauf«, sagte Lila und schenkte ihm das erste Lächeln des Abends.

»Ich mich auch.« Sam schlug mit Nachdruck die Speisekarte zu. Er beugte sich über den Tisch und verringerte den Abstand zwischen ihnen. »Jetzt haben wir aber genug übers Geschäft geredet, Lila. Wir wissen doch beide, warum wir hier sind.«

Ihr Herz begann zu rasen. »Ich weiß ja nicht, wie es bei dir aussieht, aber ich bin hier, um über Zucker zu sprechen.«

Sam blickte sie ruhig an. »Du bist immer noch sauer wegen unseres Missverständnisses damals, oder? Das ist über ein halbes Jahrzehnt her, Lila!«

»Missverständnis?« Lila klappte der Mund auf. »Es gab kein *Missverständnis*, Sam. Ich habe meinen Job verloren – «

»Und was genau soll daran meine Schuld gewesen sein?«, fragte er.

»Na super.« Lila schüttelte angewidert den Kopf. »Du übernimmst echt null Verantwortung für die Sache, oder?«

Bei dieser Anschuldigung verengten sich Sams Augen zu Schlitzen. »*Ich* habe dich nicht gefeuert.«

»Nein, du nicht«, stimmte sie ihm zu, und beim Gedanken an seinen Vater verdüsterte sich ihr Blick noch mehr. »Aber du hast auch nichts getan, um es zu verhindern.«

»Das ist nicht fair«, protestierte Sam.

Ihre Fassungslosigkeit schlug rasch in Zorn um, und sie spürte, wie ihr allmählich die Hitze in die Wangen kroch. »Dein Vater hat mich gefeuert, Sam. Und du hast es zugelassen!«

Seine Kiefer mahlten. »Dann sag mir doch mal, was ich hätte tun können.«

»Du hast mich damals ins offene Messer laufen lassen. Du hast mich auf diese Zahnpastakampagne angesetzt, und dann hast du alle meine Ideen einfach abgebügelt.«

»Lila …« Sam seufzte erschöpft. Er schloss die Augen und kniff sich mit Daumen und Zeigefinger in die Nasenwurzel, verzog angestrengt das Gesicht.

»Aber um die ganze Geschichte noch zu versüßen, hast du mich nicht mal mehr angerufen. Wir sind davor sechs Monate miteinander ausgegangen, Sam. Sollte ich mir einfach selbst zusammenreimen, dass es vorbei ist? Job und Freund? Auf einen Schlag? Hast du einfach entschieden, dass ich dir irgendwann zu langweilig war? Und dann deinen Daddy die Drecksarbeit machen lassen?« Sie hatte weit mehr gesagt, als sie beabsichtigt hatte, aber jetzt, wo es raus war, fühlte sie sich seltsam erleichtert. Er hatte ihr wehgetan. Warum sollte sie das nicht zeigen?

Mit zittriger Hand griff sie nach ihrem Weinglas und nahm einen großen Schluck. Dann noch einen. Sie musste sich beruhigen. Das hier war in viel zu kurzer Zeit viel zu weit gegangen.

Eine Kellnerin kam an ihren Tisch, um ihre Bestellung aufzunehmen. Lila hatte schon wieder vergessen, wofür sie sich entschieden hatte, schlug erneut die Karte auf und versuchte, durch ihre spiegelnden Brillengläser etwas zu erkennen. Schließlich setzte sie die Brille frustriert ab und nahm das Risotto. Sam beobachtete das alles mit zuckenden Mundwinkeln und wartete, bis die Bedienung wieder fort war, bevor er sagte: »Eigentlich hat mir der Sexy-Bibliothekarinnen-Look ganz gut gefallen.«

Lila mahlte mit den Zähnen. Genug war genug. Egal was er noch sagen würde, nichts konnte die Stimmung auflockern. Und nichts seine Taten ungeschehen machen.

Sie legte ihre Serviette auf den Tisch. »Tut mir leid, Sam, aber ich glaube, ich gehe jetzt besser. Das … das hier war keine gute Idee.« Es war im Gegenteil eine ganz miserable Idee. Genauso miserabel wie die, eventuell wieder mit diesem unmöglichen Mann zusammenzuarbeiten. Wie hatte sich dieser Kreis in ihrem Leben nur auf so grausame Weise schließen können? Erneut lag ihr Schicksal in Sams Hand. Ausgerechnet in Sams.

»Warte.« Sam hielt sie am Handgelenk fest, sodass sie nicht wegkonnte. Es war schon so lange her, dass er sie berührt hatte, aber trotzdem fühlte sich seine Haut noch immer vertraut an – weich und warm. Richtig.

Falsch. Sie wand sich von ihm los und stützte die Hände in die Hüften. Sicher starrten die Leute an den anderen Tischen inzwischen zu ihnen hinüber, aber das war ihr egal. Sie konnte auf nichts anderes mehr achten als auf Sam, sein Aussehen heute Abend und die Gefühle, die er in ihr auslöste. Sie wollte ihn hassen, aber ein noch größerer Teil von ihr *wollte* ihn ganz einfach. Warum hatte sie inzwischen nicht einen netten, attraktiven Kerl gefunden? Mit deutlicher Betonung auf *nett*.

»Tut mir leid, dass ich dich verärgert habe. Das wollte ich nicht. Echt.« Sam presste ein wenig unwillig die Lippen zusammen, aber seine Augen blickten sanft.

Lila zögerte bloß den Bruchteil einer Sekunde lang, dann spürte sie, wie sich ihre Züge entspannten und ihre Schultern lockerten.

»Wir hatten früher doch ziemlich viel Spaß zusammen, Lila. Oder etwa nicht?«

Sie lächelte ihn traurig an und senkte den Blick, dachte wehmütig zurück an das gemeinsame Lachen, an ihren stockenden Atem, jedes Mal, wenn er ihr die Hand an den Rücken legte, an ihren holprigen Herzschlag, sobald er das Zimmer betrat. »Doch«, gab sie zu und verbot sich dann jedes weitere Wort.

»Wusstest du eigentlich, dass ich ein Boot habe?«, fragte Sam und blickte aufs Wasser hinaus. Bevor sie antworten konnte, dass sie das natürlich nicht wusste, weil er nie viel von seinem Leben mit ihr geteilt hatte, was sie aber leider irgendwie übersehen hatte, fuhr er fort: »Ich habe es am Cape liegen. Bei unserem Strandhaus. Ich wollte dich immer mal mit rausnehmen.«

Warum erzählte er ihr das jetzt? Sie runzelte die Stirn und wartete ab, bis sie die richtigen Worte gefunden hatte. Dann antwortete sie: »Du hast Schluss gemacht, Sam. Du hast nicht angerufen, du bist nicht zu mir gekommen. Du hast es nicht mal anständig beendet. Du warst einfach … weg.«

»Es war kompliziert, Lila.« Er seufzte, und sein Blick wurde ein wenig abwesend.

»Aber jetzt kannst du so was nicht mehr einfach sagen.

Du kannst nicht über Dinge sprechen, die wir damals hätten tun können. Du hast deine Entscheidung getroffen.«

Er öffnete den Mund, als wollte er ihr widersprechen, doch dann, nach kurzem Zögern, schloss er ihn wieder. »Du hast recht. Ich habe meine Entscheidung getroffen.« Er zuckte die Achseln. »Manche Dinge sollen wohl einfach nicht sein.«

Lila verschränkte die Arme vor der Brust und spürte, wie die Enttäuschung sich schwer in ihre Magengrube senkte. »Ja, so ist es wohl.«

»Setzt du dich wenigstens wieder zu mir?« Sam deutete auf ihren Stuhl, doch sie rührte sich nicht. »Hör mal, du wirst mich für mindestens zwei Wochen nicht mehr los«, fuhr er fort. »Danach musst du mich nie wiedersehen. Falls wir den Auftrag kriegen, achte ich darauf, dass wir die Arbeit gut aufteilen. Du machst deinen Teil, ich mache meinen. Und übrigens«, fügte er nachdrücklich hinzu und sah ihr fest in die Augen, »will ich diesen Auftrag auf jeden Fall.«

Nach diesen Worten setzte Lila sich wieder hin. »Ich auch.« Sie war stolz auf ihre Arbeit, auf ihre treuen Kunden, das regelmäßige Einkommen, aber das hier war etwas anderes. Das hier war eine einmalige Gelegenheit, wie Mitch Reed ganz richtig bemerkt hatte.

»Also, warum machen wir dann nicht das Beste daraus?« Sam hob die Augenbrauen. Vielleicht war es als Einladung gemeint, vielleicht als Provokation. Doch so oder so würde er von ihr sicher kein Nein akzeptieren.

Der Gedanke, Sam niemals wiederzusehen, zog ihr die Eingeweide zusammen. Sie hatte sich nicht gestattet, ihn lange zu vermissen; es war so viel einfacher gewesen, ihn zu hassen.

Es gab Tausende gut aussehende Männer, erinnerte sie sich. Filmstars waren das perfekte Beispiel. Man musste nicht gleich weiche Knie bekommen, wenn einer sich mal danebenbenahm.

»Zwei Wochen. Wie schwer kann das schon sein?«, sagte sie und drängte das schwache Herzflattern zurück, als er sie ganz kurz anlächelte.

Sam hatte mit seinen Überzeugungskünsten vielleicht schon Millionen gemacht, aber er würde deutlich mehr als ein blendendes Lächeln brauchen, um sie noch einmal auf seine Seite zu ziehen.

4

Sam wischte sich mit dem Handrücken den Schweiß von der Stirn. Er rang nach Luft, stellte einen Fuß auf die Parkbank neben sich und schnürte seinen Laufschuh etwas fester. Der Morgen war kühl und noch feucht vom nächtlichen Regen, und um diese Zeit waren nur wenige Leute unterwegs. In ihm tickte noch immer die Zeit der Ostküste, sodass er viel zu früh aufgewacht und in seiner Suite herumgetigert war. Beim ersten Morgengrauen war er rausgegangen und hatte auf seinen elf Laufkilometern eine persönliche Bestzeit erreicht. Seine Füße liefen ihm geradezu davon, um mit den rasenden Gedanken Schritt zu halten.

Er war seit drei Uhr wach, hatte also ganze vier Stunden Schlaf bekommen, nachdem er von dem Abendessen mit Lila zurückgekehrt war – er hatte eine gute Stunde gebraucht, um sich ausreichend zu entspannen und überhaupt in den Schlaf hinübergleiten zu können.

Bei der Erinnerung an sie in diesem engen, schwarzen Teil vom Vorabend durchfuhr ihn auch jetzt noch die Lust. Das Mädchen, das er damals in New York kennengelernt hatte, hatte sich nicht so gekleidet. Aber schließlich hatte sich dieses Mädchen inzwischen in eine Frau verwandelt, nicht wahr? Doch obwohl sie auf den ersten Blick so verändert wirkte, war sie im Grunde noch immer die Lila von früher. Das hatte er ihr angesehen, als sie sich gestern Abend endlich erlaubte, das gemeinsame Essen zu genießen. Ihr Gelächter. Ihre schnelle Auffassungsgabe. Der warme Blick. Ihr leichter Dickkopf. Die Art, wie sie ihn mit einem angedeuteten Lächeln entwaffnen konnte. Das war alles noch da.

Er erinnerte sich noch gut an den Augenblick, als er sie zum allerersten Mal gesehen hatte. Sie war voll jugendlicher Frische und Elan in sein Büro geschlendert und hatte nach einer Akte gesucht. Sie hatte sich ihm vorgestellt und ihm die Hand hingehalten. Damals wusste sie noch nicht, wer er war und wie sein Nachname lautete. Dass er ein Crawford war. Und er hatte es vorerst dabei belassen, als er ihr einen Stuhl anbot und sie fragte, wie ihr erster Tag lief. Sie hatte sich gesetzt, vielleicht weil sie jung und neu in der Stadt war und einen Vertrauten brauchte oder vielleicht weil sein Lächeln so aufrichtig gewesen war, und sie hatte ihm dankbar ihr Herz ausgeschüttet. Er hörte aufmerksam zu, während sie ihm erzählte, wie nervös sie sich fühlte, wie unglaublich sie es fand, dass die Wohnungen in dieser Stadt so winzig klein waren, und dass sie nicht einmal den Code für die Bürotoilette kannte. Es erinnerte ihn daran, wie er sich an seinem eigenen ersten Tag in der Agentur drei Jahre zuvor gefühlt hatte – fehl am Platz. Eine Empfindung, die vom Sohn des Chefs wohl niemand erwarten würde.

Sie war süß, außergewöhnlich und unglaublich sexy. Sie war die einzige Frau, die sich erfolgreich in sein Herz gestohlen hatte und nun nicht mehr daraus zu vertreiben war. Über all die Jahre. Stets knapp außerhalb seiner Reichweite.

Aber seine Gefühle für sie taten jetzt nichts zur Sache. Lila hatte sich eine klare Meinung über ihn gebildet, und es war keine gute Meinung.

Sam zog sich immer noch der Magen zusammen, wenn er an die unmögliche Lage dachte, in die sie ihn damals gebracht hatte. Sein Vater war dafür verschrien, neue Mitarbeiter, die frisch von der Uni kamen, schnell einzustellen und ebenso schnell wieder zu feuern; sie hatten ein paar Monate Zeit, um Eindruck auf ihn zu machen, und wenn ihnen das nicht gelang, standen sie wieder auf der Straße. So etwas wie eine Lernkurve oder eine zweite Chance gab es für sie nicht. Nicht einmal für Sam. *Insbesondere* nicht für Sam. Für den Sohn, der sich selbst nach oben kämpfen musste. Der sich beweisen sollte. Den Sohn, der sich sein Geburtsrecht erst noch verdienen musste.

Er erreichte die südliche Ecke von Lincoln Park und schlenderte den Lake Shore Drive hinunter. Jetzt, um halb sieben am Morgen, lagen die Gebäude voller Luxusapartments zu seiner Rechten noch im Dunkeln. Die Portiers, die man durch die Fensterscheiben der Eingangshallen sah, wirkten müde und gelangweilt. Hoch über seinem Kopf ragten Wolkenkratzer auf, und der Bürgersteig wurde immer breiter und leerer, als er sich der Michigan Avenue näherte. Um diese Uhrzeit hatten erst wenige Frühstücksläden geöffnet, und Sam presste die Lippen zusammen, als er auf der anderen Straßenseite eine Filiale von Jolt Coffee entdeckte.

Drei ganze Jahre hatte dieser Auftrag sie gekostet. Endlose Werbespots, Meetings und prägnante, neue Slogans. Er hatte sich seither immer wie ein Verräter gefühlt, wenn er mal nicht ihren Kaffee trank. Jetzt fühlte er sich wie einer, weil er es überhaupt in Betracht zog.

Sam beschloss, zurück zum Hotel zu gehen und sich etwas zu essen aufs Zimmer zu bestellen, und legte den Rest der Strecke joggend zurück. In New York war es inzwischen fast acht, und im Büro konnte sich wer weiß was abspielen. Sobald er zurück im Hotelzimmer war, schaltete er die Morgennachrichten ein und lauschte auf die Schlagzeilen, während er zugleich das Internet durchsuchte. Zu Jolt Coffee fand er nichts. Das bedeutete hoffentlich, dass sie einen weiteren Tag gewonnen hatten. Sie brauchten allerdings noch dreizehn mehr, um wirklich aus dem Schneider zu sein. Am besten sollten sie den Deal mit Reed Sugar verkünden, bevor Gerüchte über Jolt in der Branche öffentlich wurden.

Vorerst beruhigt, rief er seinen Bruder an. »Rex, hier ist Sam.« Er klemmte das Handy zwischen Schulter und Kinn und zog sich die Laufschuhe von den Füßen. »Gibt's was Neues?«

»Hier ist alles ruhig.« Rex' Stimme klang heiser, ein Zeichen dafür, dass er nicht geschlafen hatte.

»Haben wir schon eine Pressemitteilung fertig?«

»Ich gehe gerade den Entwurf durch. Sie wollen ein Zitat von dir über die Verhandlungen mit Reed Sugar, Sam. Du sollst raushängen lassen, wie zuckersüß die Sache für uns aussieht.«

Sam überlegte kurz. »Solange der Vertrag nicht unterzeichnet ist, will ich ihren Namen nicht nennen. Falls in letzter Minute doch noch was schiefgeht und der Auftrag platzt, stehen wir noch blöder da.«

Am anderen Ende blieb es still. Verwirrt nahm Sam den Hörer aus der Halsbeuge und musterte das Display. Die Verbindung stand. »Rex?«

»Da kann gar nichts schiefgehen, Sam«, erwiderte Rex schroff, in trügerisch gelassenem Tonfall.

Ein vertrautes Druckgefühl breitete sich in Sams Magen aus, als hinge ein schweres Gewicht daran. Es hatte lange gedauert, bis Rex sich für ihn erwärmt hatte, und sogar noch länger, bis er Sam als ernst zu nehmenden Akteur innerhalb des Familienunternehmens akzeptierte. Sam hatte hart gearbeitet, um sich den Rückhalt seines Bruders zu verdienen, und schließlich hatte Rex nachgegeben und einen Blick über den Schutzwall riskiert, den er um sich herum errichtet hatte. Ein gewisses Maß an Feindseligkeit war zu erwarten gewesen – Rex sah sich selbst als rechtmäßigen Sohn und Sam als das schwarze Schaf. Für ihn war Sam wie aus dem Nichts gekommen und hatte das eingefordert, was eigentlich ihm gehörte. *Darum gekämpft.*

Rivalität unter Geschwistern gab es naturgemäß auch zwischen den beiden Brüdern, vor allem in Bezug auf die Agentur. Rex haderte noch immer mit der Umwandlung in eine gemeinsame Geschäftsführung. Wäre es nach ihm gegangen, hätte er die Agentur vermutlich allein weitergeführt und Sam bloß als Stellvertreter eingesetzt. Oder womöglich gar nicht berücksichtigt.

Sam blieb hart. »Solange dieser Vertrag nicht unterschrieben ist, werde ich mich zu Reed nicht offiziell äußern. Wenn du ein Zitat brauchst, lass sie schreiben, dass wir in der Endphase von Gesprächen mit einer großen Haushaltsmarke sind oder so was in der Art. Verstanden?«

»Ich ruf wieder an«, meinte Rex müde.

Sam legte das Handy auf den Schreibtisch und schälte sich das nasse Shirt vom Körper. Wenn er seit gestern irgendetwas Neues gelernt hatte, dann, dass Lila ihm unbedingt etwas beweisen wollte. Falls sie so weit gehen würde und den Erfolg der Kampagne ihrem Stolz unterordnete, bliebe ihm keine andere Wahl – genau wie vor sechs Jahren.

Er hatte schon zu lange und zu verbissen darum gekämpft, sich als Crawford zu beweisen. Er hatte zwanzig Jahre gebraucht, um seine Familie zu finden – und nichts, nicht einmal Lila, würde ihn davon abhalten, seinen Platz in dieser Familie zu behaupten.

***

Sie dachte schon wieder an Sam. Nicht etwa daran, wie er kalt in seinem schicken New Yorker Bürogebäude gestanden und ihr zugesehen hatte, als sie aus seinem Leben spazierte, sondern an sein Aussehen vom gestrigen Abend, mit dem angedeuteten Grinsen und den freundlichen Augen. An den Mann, in den sie sich verliebt, nicht an den, der sie im Stich gelassen hatte.

Sie spürte noch immer die Hitze seines Blicks auf ihrer Haut, als er ihr ins Taxi geholfen und dann gewartet hatte, während sie dem Fahrer ihre Adresse nannte, die Hände tief in den Hosentaschen vergraben und das Gesicht ein wenig starr. Sie durfte sich solche Gedanken über ihn nicht erlauben, das wusste sie. Sie durfte überhaupt nicht an ihn denken! Stattdessen sollte sie sich auf ihre Schwester konzentrieren und auf das leere, dunkle Geschäft, das nie hätte geschlossen werden dürfen.

Sie schielte auf die Uhr in der linken unteren Ecke ihres Computerbildschirms. Ihr blieb nicht mal mehr eine halbe Stunde, um sich zusammenzureißen und alle Fantasien von Sams tollem und wildem Aussehen zu verscheuchen. Jetzt war einfach keine Zeit für mädchenhafte Schwärmereien. Sie war hoch professionell und hatte einen Auftrag an der Angel, bei dem es um alles oder nichts ging. Wenn sie ihre Karriere mit Grübeleien über Sam in den Sand setzte, hatte sie das ganz allein sich selbst zuzuschreiben. *Wer zweimal auf den gleichen Trick hereinfällt* … Aber diesmal war sie schlauer.

Lila schlug ihre Unterlagen auf und begann, sich auf das Treffen vorzubereiten. Zucker. Süße. Das steckte in fast jedem Lebensmittel. Pur. Roh. Kuchen. Plätzchen.

Sie lächelte. *Speiseeis.*

Wie verrückt kritzelte sie ein paar Ideen in ihr Notizbuch, ihre Hand hielt kaum mit ihren Gedanken Schritt. Da wurde sie plötzlich von einem Klopfen an der Bürotür unterbrochen.

»Er ist umwerfend!«, zischte Penny.

»Wer?«, fragte Lila, doch sie ahnte die Antwort bereits.

»Sam Crawford!«, flüsterte Penny aufgeregt und schloss sachte die Tür hinter sich. Lila bemerkte das Glänzen in Pennys hellgrünen Augen. Ein gewisses Leuchten, das sich nur dann einstellte, wenn plötzlich etwas Unerwartetes und Wunderbares ihren Weg kreuzte. Sozusagen ein seltener Edelstein. Und so konnte man Sam in Bezug auf sein Aussehen durchaus bezeichnen. Und auch in Bezug auf seinen Charmefaktor.

Der Schuft.

Penny hatte offenbar keine Zeit vergeudet und sofort Sams Attraktivität und sein natürliches und dem Flirten zugeneigtes Auftreten gewürdigt. Zu ihrer Verteidigung musste man sagen: Sie hatte keine Ahnung, dass Lila jemals mehr als eine berufliche Verbindung zu ihm unterhalten hatte, und Lila hielt es für das Beste, es dabei zu belassen. Wenn sie die Vergangenheit wieder ans Licht zerrte, würde das nur alte Wunden aufreißen. Außerdem spielte das alles jetzt keine Rolle mehr. Lila würde mit Sam an der Kampagne für Reed Sugar arbeiten, und in zwei Wochen würde er nach New York zurückkehren. Genau so, wie er gesagt hatte. Und auch sie könnte dann in ihr normales Leben zurückkehren, als wäre diese kleine Unterbrechung nie gewesen, und irgendwann … irgendwann würde sie ihn wieder vergessen. Hoffentlich.

»Sam.« Lila lächelte höflich, als sie die Flügeltüren zum Wartebereich aufstieß. Ihr Blick fiel auf Fred, der seine Blätter noch ein wenig tiefer hängen ließ als sonst – ein untrügliches Zeichen dafür, dass Penny mal wieder das Gießen vergessen hatte.

»Hallo.« Sams Lächeln kam mühelos, und Lilas Puls nahm Fahrt auf.

Reiß dich zusammen, ermahnte sie sich. Sie runzelte die Stirn und winkte ihn in ihr Büro. Jetzt war Konzentration angesagt.

Penny wuselte dicht hinter ihnen her und fragte mit eifrigem Lächeln: »Kann ich Ihnen irgendwas bringen, Sam? Kaffee? Wasser? Tee?« Sie strich sich ihr kinnlanges Haar glatt.

Sam fing Lilas Blick auf und verkniff sich ein Grinsen. »Alles gut, vielen Dank.«

»Okay.« Widerstrebend blieb Penny noch kurz im Zimmer stehen und wollte Sams Gegenwart offenbar nicht so rasch aufgeben. Als sie endlich ging, drehte sie sich an der Tür noch einmal um. »Sagen Sie einfach Bescheid, falls Sie doch etwas wollen. Ich sitze gleich hier draußen. Am Empfang. Neben der Zimmerpflanze.«

»Danke.« Sam lächelte.

»Danke, Penny«, sagte auch Lila und bedeutete ihrer Assistentin, die Tür hinter sich zu schließen. Sie warf Sam einen verstohlenen Blick zu, und während sie ihr Notizbuch aufschlug und auf ihrem Stuhl zurechtrückte, musterte sie ihn heimlich.

Er ließ sich in den Besucherstuhl fallen. »Die Pflanze in deinem Vorzimmer sieht ein bisschen schlapp aus.«

»Beleidige bitte nicht den Mann in meinem Leben«, meinte Lila rasch, aber sie konnte sich ein Grinsen kaum verkneifen.

»Ah, also gibt es keinen anderen Glücklichen? Ich hätte gewettet, dass eine Frau wie du inzwischen vergeben ist.«

Unweigerlich verengten sich Lilas Augen. Er war ganz schön zufrieden mit sich, was? In seinem Leben gab es garantiert jemanden. Aber das war ihr natürlich vollkommen schnurz. Und wie.

Sie räusperte sich und blitzte Sam an. »Bist du bereit?«

»Also heißt das: nur du und ich?« Sams Augen funkelten gespannt.

Entgegen ihrer guten Vorsätze machte ihr Herz bei diesen Worten einen kleinen Satz. »Genau«, erwiderte sie knapp.

»Du hast dich ganz nett eingerichtet«, bemerkte Sam und ließ den Blick über die salbeigrünen Wände und die Flügeltüren schweifen, die hinaus zu Penny führten. Und zu Fred. Lila hatte Grün als Hauptfarbe gewählt, weil es die Kreativität anregen sollte, aber das würde sie Sam sicher nicht auf die Nase binden. Es würde seinen Besuch nur unnötig in die Länge ziehen, und je schneller sie das hier hinter sich brachten, desto besser. »Ich dachte, du arbeitest vielleicht von zu Hause aus.«

»Das hier ist kein Hobby, Sam. Ich habe einen festen Kundenstamm, und auch, wenn du es nicht glaubst, ich leiste gute Arbeit.« Lila schwieg einen Augenblick. »Gut, möchtest du jetzt deine Ideen vorstellen, oder soll ich anfangen?« Sie sah ihn an und zwang sich, seinem Blick standzuhalten, auch wenn seine blauen Augen sie innerlich dahinschmelzen ließen. Die Unterhaltung mit ihm gestern Abend war nett gewesen. Sie hatten nicht über die Arbeit gesprochen oder über die Vergangenheit, sondern über ganz unverfängliche Themen … über Essen, Reisen, Filme. Das hatte ihr gefehlt.

»Ladies first.« Sam lehnte sich in seinem Stuhl zurück und faltete die Hände locker im Schoß, während ein seltsames, kleines Lächeln über sein Gesicht huschte.

Lila kniff genervt die Lippen zusammen. Hier waren sie also, nach Meinung von Reed Sugar ebenbürtig, aber

Sam hielt sich immer noch für den Chef. Tja, da irrte er sich gewaltig.

Sie setzte sich aufrecht hin, straffte die Schultern und ermahnte sich, jetzt nur keine Ablenkung zu dulden, nicht seinen glitzernden, blauen Augen oder diesem unglaublichen Lächeln zu erliegen, mit dem er garantiert schon Dutzende Kunden für sich gewonnen hatte.

Sam war vielleicht der Mann der Wahl, wenn es um Werbung ging, aber er bedeutete definitiv mehr Ärger, als er wert war.

***

Sam beobachtete mit wachsendem Interesse, wie Entschlossenheit aus jeder von Lilas Gesten sprach. Sie hatte ihre Gefühle nie gut verbergen können, und Sam kannte sie viel zu gut, um sich täuschen zu lassen. Das leicht angehobene Kinn, ihre geschürzten Lippen und das zornige Funkeln in ihren haselnussbraunen Augen waren allzu verräterisch. Sie bereitete sich auf einen Kampf vor, und sie würde nicht so schnell klein beigeben.

»Bevor du loslegst …« Sam stand auf, umrundete den Schreibtisch und zog seinen Stuhl neben Lilas. Er bemerkte, wie ihre Augen sich entsetzt weiteten. Wenn sie ihm das Leben gerade nicht so verdammt schwer machen würde, fände er ihre hochmütige Art absolut unwiderstehlich.

»Was machst du da?«, fragte sie, und ihre Stimme klang ein wenig höher als sonst.

Sam zuckte die Achseln. Er sah sich in dem kleinen Raum um und begegnete dann erneut ihrem lodernden

Blick. »So können wir besser die Köpfe zusammenstecken, wenn du so willst.«

Mit zusammengekniffenen Lippen griff Lila nach der Schreibtischkante und rollte ihren Bürostuhl ein paar Zentimeter von ihm fort. Gott, sie war wirklich unmöglich.

Und absolut unwiderstehlich.

»Mitch Reed bezeichnet sich selbst als Traditionalisten«, stellte sie knapp fest. »Das sollten wir nicht aus dem Blick verlieren.«

Sam kniff leicht die Augen zusammen und dachte über ihren Ansatz nach. Er war vollkommen gegensätzlicher Meinung, aber er nickte bloß, um sie zum Weitersprechen zu bewegen.

»Reed Sugar gibt es schon seit Generationen. Die Marke kennt jeder.« Sie öffnete einen Hefter und zog ein paar alte Werbeanzeigen hervor. »Warum nutzen wir nicht den Nostalgie-Effekt?«

Sam starrte sie an. Das würde niemals klappen. »Das ist nicht gerade sexy.«

»Es geht hier um Zucker«, erwiderte Lila.

»Schätzchen, ich mache dir sogar eine Kartoffel sexy.« Er ließ den Blick über ihr Gesicht wandern. Sie zog einen Schmollmund, mit vollen, pinken Lippen, und plötzlich wollte er sich vorbeugen, sie wieder schmecken, ihr zeigen, wie gut er sich mit ihr fühlte.

Ihr Blick verdüsterte sich. »Da hab ich überhaupt keinen Zweifel.«

Sie verschränkte die Arme vor der Brust, und Sam bemerkte, wie die dünne Seide ihrer rosafarbenen Bluse sich um die runden Brüste schmiegte. Sie hatte die langen Beine übereinandergeschlagen, und der lange Schlitz ihres engen marineblauen Rocks sandte ihm einen Hitzestoß in den Schritt. Er fuhr sich über das Gesicht, um dieses Bild zu vertreiben. Zuerst die Arbeit. Und dann … *Sieh dich vor, Sam.*

»Reed Sugar gibt es schon ewig, da gebe ich dir recht, aber wenn eine Firma schon so lange im Geschäft ist, wird sie mit der Zeit fast automatisch ein bisschen … fade.« Sam schwieg einen Moment. »Wenn die Leute in den Supermarkt gehen, wollen wir ihnen doch nicht den Eindruck vermitteln, sie würden die Lieblingsmarke ihrer Oma kaufen – «

»Warum denn nicht?«, unterbrach ihn Lila. »Wenn eine junge Mutter in den Supermarkt geht, meinst du nicht, dann wünscht sie sich für ihr Kind die vertraute Marke, mit der sie auch selbst aufgewachsen ist? Das ist ganz einfach die sichere Wahl.«

»Sicher?« Sam lachte laut auf.

»Ja, *sicher*«, wiederholte Lila. »Verlässlich. Solide.«

»Ich gehe normalerweise nicht auf Nummer sicher, Lila«, entgegnete Sam.

»Nein, und solide und verlässlich sind auch nicht gerade die Adjektive, die mir spontan zu dir einfallen.«

Er beschloss, ihre Bemerkung zu übergehen, auch wenn der Vorwurf ihm einen Stich versetzte. Natürlich musste sie so von ihm denken, wie sonst? Aber er wusste besser als sie, dass er in Wahrheit loyal war. Nur ihr gegenüber hatte er einfach keine Wahl gehabt. »Mir fällt leider kein besseres Wort ein, aber das ist schlicht und einfach uncool, Lila.«

»*Uncool?*« Sie brach in Gelächter aus, glockenhell und ansteckend, aber auch mit einer verborgenen bitteren Note.

Sam bemühte sich um einen gelassenen Tonfall. »Ja, genau, uncool. Die Konsumenten wollen was Aktuelles, Frisches, Neues. Alle Welt liebt Oldtimer, aber was kaufen sich die Leute? Den allerneuesten Mercedes.«

»Tja, was schlägst du denn stattdessen vor, um neue Käufer zu gewinnen, ohne die alten zu vergraulen?«

»Ganz einfach: Wir zeigen ihnen, dass Zucker besser ist als all die Süßstoffe, die pro Jahr zu Dutzenden auf den Markt kommen. Es ist nicht die *sichere* Wahl, sondern die *natürliche* Wahl.« Sam grinste. Das war der ideale Slogan.

»Mitch wird das anders sehen.« Lila schüttelte den Kopf und ging ihre Notizen durch. Als sie sich vorbeugte, wurde der Ansatz eines schwarzen Spitzen-BHs im Ausschnitt ihrer Bluse sichtbar.

Sam räusperte sich. »Oh, das denke ich nicht.«

Lila funkelte ihn ärgerlich an. »Gut, dann sehe *ich* das eben anders. Reed Sugar ist seit fünfundsiebzig Jahren im Geschäft. Ihr Zucker ist in Amerika quasi ein Grundnahrungsmittel.«

»Und total von gestern, Lila! Wir haben das Ziel, Reed auch noch die nächsten fünfundsiebzig Jahre am Markt zu halten. Sie haben einen hübschen Vorsprung in der Zuckerindustrie, die Konkurrenz ist nicht das Problem. Sie wollen ein bisschen Sex-Appeal. Etwas Neues.«

»Dann hätten sie auch einfach dich allein engagieren können. Das haben sie aber nicht. Die eigene Herkunft ist ihnen wichtig, sie sind Traditionalisten, und sie wollen, dass ich ein Gleichgewicht herstelle. Ich weiß, wie ihr arbeitet, Rex und du. Große Töne. Großes Geld. Das hier ist aber ein Gemeinschaftsprojekt, und eins sag ich dir: Du bist nicht mein Chef! Wir arbeiten zusammen an diesem Auftrag, oder wir arbeiten überhaupt nicht daran.«

»Du disqualifizierst dich also selbst?«

»Ganz im Gegenteil«, schäumte Lila. »Du schaufelst dir in dieser Sache gerade dein eigenes Grab, Sam. Und ich lege mich nicht mit dir zusammen rein.«

Um seinen wachsenden Zorn zu zügeln, senkte Sam die Stimme und wählte seine nächsten Worte mit Bedacht: »Wir werden diesen Auftrag durchziehen, Lila, und ich lasse nicht zu, dass du die Sache sabotierst. Ist das klar?«

Lila blickte Sam für den Bruchteil einer Sekunde in die Augen. »Ich finde, für einen Tag haben wir genug erreicht.« Sie stand auf, schob ihren Stuhl mit den Schenkeln nach hinten und präsentierte ihm ihre endlos langen Beine und perfekt geschwungenen Hüften.

»Wenn du mich fragst, haben wir noch überhaupt nichts erreicht«, entgegnete er und erhob sich ebenfalls.

Lila stemmte die Hände in die Seiten. »Musst du mir eigentlich zwanghaft bei allem widersprechen?«

Sam starrte sie so lange an, bis das Lodern in ihrem Blick erlosch.

»Wir haben eine knappe Deadline, und ich bin nicht in der Stadt, um die Sehenswürdigkeiten zu bewundern. Ich arbeite heute Abend an unserer Präsentation. Wenn du dabei sein willst, erwarte ich dich nach Feierabend in meinem Hotel. Ich wohne im Peninsula.«

»Aber –«

Sam machte auf dem Absatz kehrt und stieß die Bürotüren auf. »Um sieben«, sagte er, ohne sich noch einmal umzudrehen.

Er lächelte der Assistentin zu, die ihn mit offenem Mund anstarrte, und verließ das Gebäude. Dabei traf ihn ein Adrenalinstoß ebenso heftig wie die Sommerhitze. Wenn es etwas gab, das ihm verlässlich neuen Schwung verlieh, dann eine anständige Herausforderung. Das und die Aussicht, Lila wiederzusehen.

5

Der Ofenwecker schrillte, als Lila sich gerade die Haare zum Pferdeschwanz zusammenband. Sie eilte in die Küche, streifte den riesigen Ofenhandschuh über, der einst ihrer Großmutter gehört hatte, und zog die Ofentür auf. Warmer Zimt- und Zuckerduft waberte durch den Raum, und trotz der vielen Prüfungen des Tages schloss Lila für einen Moment die Augen und lächelte in sich hinein.

Andere Leute hatten vermutlich andere Strategien, um mit Stress fertigzuwerden, aber für sie gab es kaum etwas Entspannenderes, als sich eine Schürze umzubinden, die Backzutaten und Rührschüsseln hervorzuholen und etwas Köstliches zu backen. Viele ihrer schönsten Erinnerungen spielten sich in der Küche ab – einer kleinen Küche, dieser hier sehr ähnlich –, in der Wohnung, in der sie und Mary früher mit ihren Großeltern gelebt hatten. Die Mädchen stritten jedes Mal darum, wer den Teiglöffel abschlecken durfte, bis ihre Großmutter einen weiteren hervorholte. Und wenn ihre selbst gebackenen Leckereien fertig waren, gab es dazu jedes Mal ein Glas Milch. Sie saßen dann an dem quadratischen Tisch beim Fenster und erzählten sich von ihrem Tag, und sie hoben immer ein paar Plätzchen für Gramps auf, die er nach Ladenschluss der Eisdiele schnabulieren durfte.

Lila schluckte schwer, während sie ihre Cookies auf ein Abkühlgitter stellte. Das alles fehlte ihr.

Aber ehe sie in Selbstmitleid versinken konnte, notierte sie schnell ein paar weitere Ideen für ihr Treffen mit Sam. Sie wusste, dass ihr Einfall vielversprechend war. Sie sah die Anzeige bereits vor sich. Sie war gut. Das wusste sie genau. Und sie wusste auch, dass Reed da ganz ihrer Meinung sein würde.

Jetzt galt es nur noch, Sam zu überzeugen …

Nachdem sie ihre Notizen geordnet hatte, schlüpfte sie in Flipflops, schnappte sich ihre riesige, prall gefüllte Umhängetasche voller Akten und schichtete die Cookies rasch in eine Plastikdose. Sie sahen warm und mürbe aus und dufteten einfach himmlisch.

Lila lächelte zufrieden. Sam hatte nicht den Hauch einer Chance.

***

Zwanzig Minuten später stand sie vor der schicken Mahagonitür von Sams Suite. Sie war zehn Minuten zu spät, und das nervte sie gewaltig. Sie wollte ihm auf keinen Fall den Eindruck vermitteln, sie wäre ihren Aufgaben nicht gewachsen, wie er es ihr in der Vergangenheit nur allzu schnell unterstellt hatte.

In einer Hand balancierte sie die Cookies, die andere schwebte vor der polierten Holztür. Schließlich schlug sie dreimal rasch mit den Knöcheln dagegen. Die Geste drückte mehr Kontrolle und Selbstbeherrschung aus, als sie in Wahrheit empfand.

Endlich vernahm sie Schritte auf der anderen Seite, und als das Türschloss aufschnappte und die Tür aufschwang, hielt sie den Atem an. Sam war leger in ein graues T-Shirt und eine abgetragene Jeans gekleidet. Er duftete nach frischem Aftershave, und sein dunkles, leicht gewelltes Haar war noch ein wenig feucht. Diese Mischung beschwor in Lila augenblicklich Bilder herauf, die sie sich sofort wieder verbot.

Sie umfasste die Dose mit den Cookies fester. Das hier würde komplizierter werden, als sie gehofft hatte.

Sam lächelte erfreut. »Oh, hallo. Ich war nicht sicher, ob du heute Abend kommen würdest.«

Lila unterdrückte die neuerlich aufwallende Wut, und ihr stand wieder sehr klar vor Augen, mit wem sie es hier zu tun hatte. »Hallo, Sam«, sagte sie kühl.

Er wies einladend in seine Suite und ließ sie eintreten, und sie stapfte an ihm vorbei zu einer großzügigen Sitzecke. Die bodentiefen Fenster gaben den Blick auf die erleuchtete Skyline Chicagos und den Michigansee dahinter frei. Um einen quadratischen Couchtisch standen zwei überdimensionierte Sofas und zwei lederne Klubsessel. Am anderen Ende des Zimmers befanden sich ein Esstisch für sechs Personen und eine gewaltige, gut gefüllte Hausbar mit verspiegelter Rückwand. Das Zimmer allein war größer als Lilas Wohnung, und den vielen verschlossenen Türen nach zu urteilen, die von einem kleinen Seitenflur abgingen, war das hier nur ein Vorgeschmack auf die ganze Pracht. Es war sehr protzig. Sehr … Sam.

»Beeindruckend.« Für ihn war das vermutlich ganz normal. Sam war im Überfluss groß geworden und die schönen Dinge des Lebens von klein auf gewohnt. Er erwartete von vornherein nur das Beste, und diese Suite hatte er vermutlich mit ungerührtem Achselzucken hingenommen. Nicht zum ersten Mal wurde Lila bewusst, wie unterschiedlich sie doch waren, wie gegensätzlich ihre Werte und Erfahrungen. Sam hatte garantiert keine Ahnung, wie es sich anfühlte, eine kalte Nacht unter einem hohen Stapel Bettdecken zu verbringen, weil die Heizkosten für den Monat mal wieder zu hoch gewesen waren, und laut zu kichern, wenn man mit den Füßen die eiskalten Zehen der eigenen Schwester streifte. Oder wie es war, zum Studieren auf ein Vollstipendium angewiesen zu sein.

Ein Luxusleben hatte die Sunshine Creamery ihnen nicht ermöglicht, aber was Sam niemals verstehen würde, war die Tatsache, dass ihnen andere Dinge wesentlich mehr bedeutet hatten als Geld.

Lila durchquerte das Zimmer und legte ihre Sachen auf dem Esstisch ab. An der Bar mixte Sam ihr bereits einen Cocktail. Er grinste sie verschmitzt an, und sie spürte, wie sie unwillkürlich die Lippen zusammenpresste. Er würde es ihr nicht zu leicht machen, was?

»Für Sie, *Madame*«, sagte er galant, als er ihr einen rötlich schimmernden Martini überreichte.

»*Mademoiselle* wäre zutreffender«, korrigierte sie ihn. Sie musterte das verheißungsvolle Martiniglas und rang mit sich, ob sie der Versuchung nachgeben sollte. Als wäre seine bloße Gegenwart nicht schon anstrengend genug, musste er ihr natürlich noch eine Verlockung mehr aufnötigen. Er sollte sich wirklich schämen, derart ihre Schwächen auszunutzen.

»Ach, ja, mit dieser Sprache bin ich nie so richtig warm geworden.« Sam nahm einen Schluck aus seinem eigenen Glas – Whiskey, sein Lieblingsdrink – und schlenderte zur Sitzecke hinüber. Er ließ sich auf eins der Sofas fallen und lächelte sie an. »Komm, setz dich zu mir. Ist doch gemütlicher.«

Lila seufzte. Sie hätte ihm lieber den Rücken zugewandt. Um bloß nicht in dieses Gesicht blicken zu müssen. Mit dem Drink in der einen und ein paar Unterlagen in der anderen Hand trat sie zu ihm an den großen Couchtisch und ließ die Cookies absichtlich, wo sie waren. Ohne ihm in die Augen zu sehen, um ja nicht in Versuchung zu geraten, setzte sie sich auf das Sofa ihm gegenüber. Er hatte sie vielleicht auf sein Territorium gelockt, aber sie würde sich ihm keinesfalls auf mehr als Armeslänge nähern, auch wenn sie tief im Herzen nichts lieber getan hätte, als sich dicht neben ihn zu setzen, seine gebogenen schwarzen Wimpern zu bewundern und sein frisch gewaschenes Haar zu riechen.

Hör sofort auf damit, Lila.

»Ich kann uns etwas zu essen bestellen, wenn du willst.«

Er wollte nur nett sein, das wusste sie, aber dafür war es zu spät. Sechs Jahre zu spät, um genau zu sein. Das Abendessen am Vortag war bereits ein Fehler gewesen, und den durfte sie auf keinen Fall wiederholen. Unter keinen Umständen. Sie hatte mit ihrem Projekt bisher viel zu wenig Fortschritte gemacht und Sam stattdessen viel zu viel in die Augen gestarrt. »Ich bin zum Arbeiten hier, nicht zum Essen.«

»Ganz wie du willst«, meinte Sam achselzuckend.

Lila nahm ihren Kuli zur Hand. »Hast du noch mal über meine Vorschläge nachgedacht?«

Sam ließ die Augenbrauen nach oben wandern. »Macht das irgendeinen Unterschied?«

»Ich finde schon.« Lila zwang sich zu einem ruhigen Tonfall. »Wir arbeiten immerhin zusammen an diesem Projekt.«

Sam hob die Schultern, und seine Lippen zuckten merkwürdig. Lila unterdrückte die neuerliche Zorneswoge, die über sie hereinzubrechen drohte. Sie hätte ihm den Martini am liebsten direkt in sein selbstgefälliges Gesicht geschleudert … Sie atmete einmal tief durch, griff mit zitternden Fingern nach dem Cocktailglas und trank stattdessen einen ordentlichen Schluck von der fruchtigen Süße.

»Gut?«, fragte Sam.

Sie leckte sich die Lippen. »Es erfüllt seinen Zweck.«

Sam stellte sein Whiskeyglas auf einen Marmoruntersetzer, beugte sich vor und stützte die Ellenbogen auf die Knie. »Ich denke, es ist nicht übertrieben zu behaupten, dass unsere Visionen für die Kampagne ein wenig auseinandergehen.«

»Da gebe ich dir recht.«

Auf seinem Gesicht deutete sich ein Lächeln an. Er schwieg kurz und musterte sie aufmerksam, bis sie den Blick abwenden musste. »Warum fangen wir nicht noch mal von vorn an, Lila?«, fragte er.

»Noch mal von vorn?«, wiederholte sie. »Ich hab mir ziemlich viele Gedanken zu meinen Kampagnenvorschlägen gemacht, Sam. Ich weiß, dass du damit nicht einverstanden bist, aber wenn wir unsere Vorstellungen etwas genauer diskutieren würden, könnte ich vielleicht – «

Sam verzog die Lippen zu einem traurigen, schwachen Lächeln. Seine Augen wirkten ernst. »Ich meinte, wir beide könnten noch mal von vorn anfangen. Du und ich. Die Vergangenheit hinter uns lassen.«

Lila sah ihn spöttisch an, aber ihr Herz schlug einen Purzelbaum, und ihr Magen zog sich zusammen. Sehr fest.

»Das ist nicht so einfach …« Sie verstummte, weil ihre Gedanken rasten, wenn sie daran dachte, wie weh er ihr getan hatte, wie viele Tränen sie um diesen Mann vergossen hatte. Sie wand sich auf ihrem Sitzpolster und griff wieder nach dem Cocktail, aber plötzlich schmeckte er ihr nicht mehr. Sie stellte ihn zurück und seufzte schwer, verfluchte sich für die jähe Verletzlichkeit, die sie empfand und nicht kaschieren konnte. Sam gegenüber Schwäche zu zeigen, kam überhaupt nicht infrage, und hier saß sie und war kurz davor, ihren hochheiligsten Vorsatz zu brechen.

»Nein, wahrscheinlich hast du recht.« Sam seufzte ebenfalls. »Willst du noch einen Drink?«, fragte er, stand auf und reckte sich. Er bemerkte ihr volles Glas und lächelte sie schief an. »Du hast das Zeug schon immer langsam getrunken. Kein Wunder, mir ist es auch viel zu süß.«

Während sie zusah, wie er den Raum durchquerte, wurde ihr das Herz schwer. Sie ließ den Blick auf seinen breiten Schultern ruhen, auf dem kräftigen Bizeps, der sich unter dem dünnen Shirt abzeichnete. Er war vielleicht ein arroganter Idiot, aber seine Anziehungskraft war einfach zu stark. Und genau deshalb hielt sie sich besser von ihm fern. Ein Mann wie Sam konnte in ihrem Leben nur eines bedeuten.

Gut aussehend oder nicht, den Liebeskummer war er nicht wert.

***

Sam musterte Lila schweigend über den großen Couchtisch hinweg. Sie hob die Hand und löste ihren Pferdeschwanz. Ihr kastanienbraunes Haar ergoss sich lose über die Schultern, und sie streifte sich je eine Strähne hinter die Ohren und enthüllte dabei dieselben Perlenohrringe, die sie schon getragen hatte, als er sie kennenlernte. Sie hatte ihre Schuhe ausgezogen und die langen, nackten Beine auf das schicke Sofa hochgelegt, sodass sie grazil unter der Rundung ihres Rocks verschwanden. Sie war ihm so nahe, dass er fast die Hand ausstrecken und sie berühren konnte.

Und er musste sich unendlich zusammenreißen, nicht genau das zu tun.

Als er und Lila ein Paar gewesen waren, hatten seine Gedanken bloß um eine einzige Sache gekreist, und zwar um den Aufstieg an die Spitze seines Familienunternehmens. Sechs Jahre später hatte sich daran nicht sehr viel geändert. Hier saß er nun, mit einer umwerfenden Frau, und obwohl er sie unglaublich begehrte, schweiften seine Gedanken dennoch ständig zur Agentur ab. Und zu seinem Vater.

»Du trägst die ja immer noch«, meinte er und deutete auf ihre Ohrläppchen. Unwillkürlich sog er die Luft ein und rang das plötzliche Verlangen nieder, an ihnen zu knabbern. »Ich wollte dir zu Weihnachten neue Ohrringe schenken, aber du wolltest nicht, weißt du noch?«

Lilas Lächeln wirkte ein wenig traurig. »Meine Mutter hat die früher immer getragen … Ich hab dauernd darum gebettelt, dass ich sie mal ausleihen darf.« Sie räusperte sich. »Aber wir sollten jetzt über unsere Arbeit sprechen.«

Sam nickte. Er wusste, dass Lila ihre Eltern verloren hatte – vermutlich fühlte er sich ihr unter anderem deswegen so verbunden. Eine Frau wie Lila würde ihn verstehen, wenn er sie nur ließe. Doch irgendwie brachte er es nicht über sich, sich ihr zu öffnen. Es war zu riskant. Zu viel stand auf dem Spiel. Stattdessen verschanzte er sich weiterhin hinter seiner Mauer und gab acht, dass sein Kopf seinem Herzen jederzeit einen Schritt voraus war.

Lila hatte recht, sie sollten sich auf ihr Vorhaben für den heutigen Abend konzentrieren. »Gut. Machen wir uns wieder an die Arbeit.«

Lila lächelte mit einem Mal geheimnisvoll, stand auf und durchquerte das Zimmer. Er beobachtete sie mit wachsender Neugier. Die Rückseiten ihrer Schenkel sahen glatt und geschmeidig aus, und der Schlitz in ihrem Rock gewährte einen verlockenden Blick auf das, was unter dem Stoff verborgen lag.

»Ich habe eine Überraschung für dich«, verkündete sie über ihre Schulter hinweg.

Sam riss den Blick von ihren Beinen los und verfolgte verwirrt, wie sie wieder auf ihn zukam und etwas in der

Hand hielt, das allen Ernstes wie eine Dose voller Kekse aussah.

***

Lila zögerte kurz, zwang sich dann jedoch, weiterhin entschlossen einen Fuß vor den anderen zu setzen, bis sie das Sofa erreicht hatte, auf dem Sam immer noch saß.

Hatte er sie gerade wirklich abgecheckt? Sie wusste, sie hätte lieber Jeans anziehen sollen, aber dafür war es draußen einfach zu heiß. Und ihre Flipflops waren gerade so leger, wie sie es sich selbst zugestand, und das auch nur, weil ihr die Füße immer noch von den hochhackigen Schuhen schmerzten, die sie beim Essen mit Reed getragen hatte. Sie strich sich mit der einen Hand die Bluse glatt und hielt Sam mit der anderen die Plastikdose hin.

Fassungslos starrte er die Cookies an. »Was ist das?«

»Cookies.« Als er darauf nichts erwiderte, fügte sie hinzu: »Die hab ich gebacken. Mit Zucker von Reed Sugar.«

Sam stöhnte, doch seine Mundwinkel zuckten. »Netter Versuch.«

»Probier doch mal. Es sind Snickerdoodles.«

Seine Hand blieb über der Dose in der Luft hängen, und er sah sie ungläubig an. *»Snickerdoodles?«*

»Die heißen so. Hat deine Mutter früher nie welche für dich gemacht?«

Sam nahm sich rasch einen Cookie, und sein Blick verdüsterte sich. »Meine Mutter hat nicht gebacken.« Er biss ab und kaute nachdenklich. »Die sind ziemlich gut.«

Lila verkniff sich ein befriedigtes Grinsen. »Danke«,

sagte sie bloß. Sie stellte die Dose auf den Couchtisch und nahm erneut ihm gegenüber auf dem Sofa Platz. Sam aß seinen Cookie auf und nahm sich noch einen. Lilas Herz schlug höher. Es funktionierte. »Das fühlt sich doch gut an, oder? Diese Cookies zu essen? Es versetzt dich zurück in eine andere Zeit, eine bessere Zeit, als du Kind warst und –«

Sam spannte den Kiefer an und warf ihr einen kühlen Blick zu. »Ich hab doch gesagt, meine Mutter hat nicht gebacken.«

»Nein, aber –« Lila seufzte. Das lief doch nicht ganz so glatt wie erhofft. »Backen. Rezepte. Leckerbissen aus der Kindheit. Das beschwört Gefühle herauf. Man möchte diese Erinnerungen noch einmal durchleben. Wenn wir uns auf dieses nostalgische Gefühl konzentrieren, auf das Wachrufen schöner Erinnerungen –«

»Wir sind hier, um uns gegenseitig ein paar Vorschläge zu machen, Lila. Nicht, um uns auf eine einzelne Idee zu versteifen.«

Sam verputzte den Cookie und wischte sich die Hände an seiner Jeans ab. Noch bevor Lila recht begriff, was er vorhatte, war er aufgestanden, hatte den Tisch umrundet und sich neben sie gesetzt. Wider Willen versteifte sie sich geradezu vor Verlangen. Sie rutschte an das andere Ende des Sofas, aber Sam schien es gar nicht zu bemerken. Er legte den Arm auf die Rückenlehne und neigte sanft den Kopf. »Wenn du mich von deiner Idee überzeugen willst, musst du mir die Sache schon anders schmackhaft machen, noch hab ich nicht angebissen. Führ mir deine Präsentation vor. Tu so, als wäre ich Reed.«

Lila funkelte ihn an. »Behandle mich nicht so von oben herab, Sam«, warnte sie.

»Mach ich doch gar nicht!« Sam riss überrascht die Augen auf. Er wirkte so aufrichtig erstaunt von dieser Unterstellung, dass Lila für einen Moment Zweifel überkamen. Doch andererseits war er so sehr daran gewöhnt, immerzu seinen Kopf durchzusetzen, dass er vermutlich gar nicht mehr mitbekam, wenn er seine Mitmenschen manipulierte.

»Ich weiß nicht, wie oft ich dich noch daran erinnern muss, aber du bist nicht mein Chef. Nicht bei diesem Projekt und auch sonst nicht«, bemerkte Lila kalt. Es hatte einen Grund, dass sie selbstständig war – so hatte sie ihr Schicksal selbst in der Hand und nicht irgendjemand sonst. Vor allem nicht Sam.

Er sah sie schief an und lächelte ironisch. »Tut mir leid, dass ich das Offensichtliche ausspreche, Lila, aber ich glaube, du überreagierst.«

»Ja, vielleicht. Aber es wundert mich ehrlich gesagt, dass du meine Idee so schnell abbügelst, wo du deine Familie doch immer und um jeden Preis über alles stellst. Aber gut, das ist ja nichts Neues.«

Sam musterte sie aufmerksam. »Willst du dieses Fass wirklich wieder aufmachen?«

Seine Frage wirkte ernüchternd. Lila lehnte sich zurück und schüttelte den Kopf. »Das ist nicht mehr wichtig. Was passiert ist, ist passiert.«

»Aber das ist doch genau der Punkt: Du behauptest ständig, dass dich das alles nicht mehr interessiert. Du nutzt jede Gelegenheit, um mir zu erzählen, wie weit du es gebracht hast, und trotzdem musst du mich immer wieder an die Vergangenheit erinnern. Du verwendest das gegen mich, Lila, das ist nicht fair.«

Also, der Kerl hatte echt Nerven! »An deinem Verhalten war auch nichts *fair*, Sam. Nicht beruflich und auch sonst nicht.«

»Ich wollte dir helfen«, widersprach Sam.

»Helfen?« Lila schnaubte. »Sam, du hast mich aus deiner Kampagne geschmissen. Noch am selben Tag hatte ich meine Kündigung. Du hast dabeigesessen und keinen Ton zu meiner Verteidigung gesagt, als dein Vater mich gefeuert hat. Ich habe danach auf einen Anruf von dir gewartet …« Sie verstummte. Sie hatte schon zu viel gesagt.

Rasch warf sie einen Blick in seine Richtung, um herauszufinden, wie sehr dieses kleine Detail seinem Ego geschmeichelt hatte. Doch seltsamerweise wirkte er eher traurig als selbstzufrieden.

Lila schluckte und griff nach ihrem Drink.

Sam hatte etwas an sich, das immer anziehend auf sie wirken würde, aber der Rest seiner Persönlichkeit setzte sich doch jedes Mal durch.

»Mit meiner Familie ist es nicht so einfach«, meinte Sam. »Ich wünschte, du könntest das verstehen.«

So leicht ließ sie ihn nicht davonkommen. »Oh, ich glaube, ich verstehe das ganz gut. Ich sehe Menschen, die so entschlossen sind, die Spitze zu erreichen und sich dort zu halten, dass es ihnen völlig egal ist, wer dabei unter die Räder gerät. Du hast kein Problem damit, deine Ziele zu verfolgen und jeden niederzumähen, der dir in die Quere kommt. Ohne Entschuldigung. Ohne Verantwortung zu übernehmen. Dir geht es einzig und allein ums Geld. Darum, in deinem Familienimperium ganz nach oben zu kommen.«

Die folgende Stille dröhnte lauter als alle Worte, die sie soeben ausgesprochen hatte.

»Vielleicht hast du recht«, meinte Sam schließlich, und Lila war erschüttert von seinem ruhigen, unbewegten Tonfall.

Das hatte sie nicht erwartet.

Sie musste einsehen, dass sie diese Schlacht allein schlug, schluckte rasch und wartete, dass die Hitze aus ihren Wangen wich. Wenn irgendjemand auf dieser Welt das Schlechteste in ihr hervorbringen konnte, dann war es der Mann, der gerade neben ihr saß.

Sie sollte sich wirklich von ihm fernhalten.

Sie begann, ihre Habseligkeiten zusammenzupacken, schob unbeholfen ihre Papiere zusammen und ließ aus Versehen den Stift fallen. Er rollte Sam vor die Füße, und der bückte sich und hob ihn für sie auf.

»Hier.« Seine sanfte Stimme klang gefährlich tief, als sie nach dem Stift griff. Die kurze Berührung seiner Finger sandte ein elektrisches Kribbeln ihre Wirbelsäule hinab, das noch lange nachwirkte.

»Die Cookies kannst du behalten«, presste sie hervor, während sie bereits zur Tür eilte, mit Sam dicht auf den Fersen. Sie hielt den Türknauf schon umklammert, da drehte sie sich noch einmal um, und als sie ihn so dicht vor sich stehen sah, wurde ihr das Herz schwer.

Ohne Anzug und Krawatte sah er aus wie früher und nicht wie der kaltherzige Geschäftsmann, der alles dafür tat, sich seinen Erfolg zu sichern. Sam. Einfach nur Sam. Sam, der seine starken Arme um sie legte und sie die ganze Nacht über festhielt. Sam, der in ihr Haar hauchte, ihr den Hals küsste und sie jeden Freitag in ein anderes Sushi-Restaurant ausführte, einfach so. Sam, der immer noch wusste, dass sie fruchtige, pinkfarbene Drinks und Perlenohrringe mochte.

Sam, der außerdem genau wusste, was sie aneinander gehabt hatten und was er zerstört hatte.

Sie richtete sich auf.

»Ich muss los«, sagte sie, mehr zu sich selbst als zu ihm. Sie öffnete die Tür und trat in den Flur, und diesmal sah sie sich nicht noch einmal nach ihm um.

6

Seit Lila wieder in Chicago lebte, hatten sie und Mary ihre allwöchentliche Sommertradition erneut aufleben lassen: Sie streiften über die Bauernmärkte der Nachbarschaft, stellten aus all den gefundenen Leckerbissen ein Picknick zusammen und verbrachten den Nachmittag am Strand, ausgestreckt auf der alten Patchworkdecke ihrer Großmutter, um Romane und Modemagazine zu lesen. Seit Mary letzten Monat mit zusätzlichen Schichten in einem Restaurant angefangen hatte, um Geld für die Eisdiele zurücklegen zu können, hatten sie den zweiten Teil dieses geschätzten Zeitvertreibs jedoch aufgeben müssen. Doch das war es wert. Genauso wie die Aussicht, weitere zehn Tage unter Sams Gegenwart zu leiden.

Es war ein warmer Tag, und es herrschte bereits dichtes Gedränge in dem Teil von Lincoln Park, der für den Markt abgesperrt worden war. Lila schob die Henkel ihrer Stofftasche höher auf die Schulter und folgte Mary zum Blumenstand – immer ihr erster Anlaufpunkt, auch wenn sie sich selten etwas Aufwändigeres gönnten als ab und an einen Strauß Sonnenblumen, um ihren kleinen Küchentisch ein wenig freundlicher zu gestalten.

»Ich muss in einer Stunde bei der Arbeit sein«, meinte Mary seufzend. »Ich weiß, ich sollte mich nicht darüber beschweren, aber heute ist ein wichtiges Baseballspiel, da wird es garantiert chaotisch.«

»Vielleicht bekommst du gutes Trinkgeld«, sagte Lila aufmunternd.

»Ja, vielleicht.« Marys Miene hellte sich auf, wie immer, wenn sie an die Eisdiele dachte. »Na, wenigstens hab ich morgen frei. Da will ich in die Sunshine Creamery. Ich muss noch meine Eiswaffeln perfektionieren. Ich kriege sie einfach nicht so hin wie Gramps …«

»Gramps war eben einmalig«, meinte Lila wehmütig.

Mary hob einen Strauß blassrosa Rosen hoch, roch daran und stellte ihn zurück in den Eimer. »Du kannst ja mitkommen, wenn du willst. Es sei denn, du hast mal wieder ein Date mit Sam.« Mary zwinkerte ihrer Schwester zu.

Lila wurde dieses ganze Gerede über Sam und die Eisdiele langsam unangenehm. Sie musste sich sehr zusammennehmen, um Mary nicht den genauen Grund für all die Treffen mit ihrem Ex-Freund zu verraten. Wenigstens hatte er sie am Vortag weitgehend in Ruhe gelassen und ihr nur eine kurze Sprachnachricht geschickt, dass er sich um ein paar andere geschäftliche Dinge kümmern müsse. Und er hatte sie mit beunruhigenden Worten daran erinnert, dass für sie beide eine Menge auf dem Spiel stand. Wenn er nur wüsste, wie viel es in ihrem Fall tatsächlich war …

Lila biss die Zähne zusammen. Vermutlich würde ihn das kein bisschen kümmern. Er konnte garantiert nicht verstehen, warum sie all diese Mühen auf sich nahm, bloß um eine Eisdiele zu retten, die schon immer nur einen mickrigen Gewinn abgeworfen hatte.

Ach, Gramps. Lila konnte ihrem Großvater seine Leidenschaft nicht verdenken. Wie könnte sie je etwas anderes empfinden als Liebe, wenn sie sich an das Funkeln in seinen Augen erinnerte, wann immer er sich eine neue Eissorte ausgedacht hatte, oder an sein Honigkuchengrinsen, wenn er ihr eine Dreifachwaffel überreichte? Sein Job war es gewesen, die Menschen glücklich zu machen. Reichtum war ihm unwichtig. Das hatte er auch seinen geliebten Enkelinnen vermittelt und sie weniger durch seine Worte als durch Taten gelehrt, dass ihm vor allem anderen die Menschen etwas bedeuteten. Die Familie, nicht das Geld.

»Beim nächsten Mal leiste ich dir Gesellschaft, okay?«, sagte Lila zu Mary. »Aber ich glaube, diesmal fange ich meine Arbeitswoche ein bisschen früher an.« Es gab noch ein paar andere Kunden, um die sie sich kümmern musste, und das war sicher besser, als den ganzen Tag zu bangen, wie sie die nächste Begegnung mit Sam durchstehen würde oder wie um Himmels willen sie mit ihm je zu einer Einigung kommen sollte.

»Nur noch zehn Tage bis zu deinem nächsten Treffen mit Reed Sugar!«, erinnerte Mary sie aufgeregt. Als hätte Lila nicht selbst schon den ganzen Tag an kaum etwas anderes gedacht, seit sie heute früh die Augen aufgeschlagen hatte. Nun ja, und außerdem noch daran, wie gut Sam in einem gewöhnlichen T-Shirt aussah.

»Was schaust du denn so besorgt? Du hast doch einen großen Kundenstamm«, sagte Mary.

Aber keiner ihrer Kunden war so gewichtig wie Reed Sugar.

Die beiden jungen Frauen schlenderten zum nächsten Marktstand und füllten ihre Einkaufstaschen mit frischen Heidelbeeren.

»Erinnerst du dich an das Heidelbeer-Cheesecake-Eis, das Gramps früher immer gemacht hat?«, fragte Mary grinsend.

»Er hat nur frische Beeren verwendet«, meinte Lila lächelnd und dachte daran, wie er die beiden Schwestern jeden Sommer mit nach Michigan aufs Land genommen, jeder von ihnen einen Eimer in die Hand gedrückt und ihnen aufgetragen hatte, so viele Beeren zu pflücken, wie sie nur konnten. »Du hast grundsätzlich mehr Beeren direkt vom Strauch gefuttert, als du in dein Eimerchen getan hast.«

Mary lachte auf. »Die Geschmacksrichtung will ich wieder einführen, nur dass ich vielleicht mit ein paar knusprigen Kekskrümeln meine eigene Note hinzufüge.«

Lila versuchte, genauso begeistert zu wirken wie ihre Schwester, aber insgeheim sorgte sie sich. Gemeinsam hatten sie entschieden, sechs Monate zu warten, bevor sie das Ladenlokal verkaufen würden, noch bis zum Ende des Sommers. Es war unwahrscheinlich, dass bis dahin ein weiterer Kunde von Reeds Kaliber bei ihr aufschlagen würde, falls ihr das überhaupt noch einmal passieren sollte. Noch war nichts sicher. Und wenn Lila irgendetwas aus ihrer Zeit mit Sam gelernt hatte, dann, dass rein gar nichts je sicher war.

»Lila? Lila!«

Lila sah leicht verwirrt zu ihrer Schwester hinüber, die über ihre verdatterte Miene nur lachen konnte.

»Mensch, du hast gerade echt zu viel um die Ohren. Du hörst ja nicht mal, wenn dein Handy klingelt.«

Lila runzelte die Stirn und bemerkte nun ebenfalls das metallische Gebimmel. Sie zog das Handy aus der Tasche und schaute auf das Display, und ihr stockte der Atem, als sie den Namen des Anrufers las. In all den Jahren hatte sie den Eintrag nie gelöscht. Woran klammerte sie sich eigentlich noch? An irgendeine Fantasie, dass Sam plötzlich zurück in ihr Leben stolpern könnte?

Leider musste sie diese Frage eindeutig mit Ja beantworten. Die wenigen Männer, mit denen sie in Chicago seither ausgegangen war, hatten sich allesamt als Nieten entpuppt. Niemand erschien ihr so aufregend wie Sam.

Und es würde sie auch niemand mehr so sehr verletzen wie er, das hatte sie sich geschworen.

»Hallo?« Sie wandte sich ab, damit ihre Schwester sie nicht belauschen konnte.

»Was machst du gerade?«, fragte Sam und sparte sich jeglichen Smalltalk.

Lila zögerte kurz und versuchte zu begreifen, worauf er hinauswollte. »Du meinst … jetzt gerade?«

»Um zwölf Uhr Treffen am Belmont Harbor«, sagte Sam.

»Ich – «

Doch er hatte schon wieder aufgelegt, noch bevor sie sich eine Ausrede zurechtlegen konnte.

»Das war Sam, hab ich recht?«, fragte Mary, als Lila das Handy in die Tasche zurücksteckte. »Das macht drei Dates in einer Woche!«

»Es ist was Geschäftliches«, meinte Lila, doch sie konnte Mary dabei nicht in die Augen sehen, denn diesmal war sie sich da selbst nicht so sicher.

***

Sam wartete schon seit zwanzig Minuten am Anleger, als Lila endlich auftauchte. Sie hatte ihren steifen Business-Look abgelegt, wie er mit anerkennendem Grinsen feststellte, auch wenn er rein gar nichts gegen enge, körperbetonte Bleistiftröcke einzuwenden hatte. Als sie auf ihn zukam, erlaubte er sich einen kurzen Blick auf ihre schwingenden Hüften in der engen, marineblauen Caprihose und auf die festen Brüste unter dem dünnen, weißen, ärmellosen Top.

Ihre Augen waren hinter einer Sonnenbrille verborgen, aber der Schmollmund ließ vermuten, dass ihr Blick ihn gerade anklagend durchbohrte.

»Was soll das hier?«, fragte sie und verschränkte die Arme vor der Brust, während sie im sicheren Abstand von anderthalb Metern vor ihm stehen blieb. Er selbst lehnte an dem Segelboot, das er für den Nachmittag geliehen hatte.

»Unseren Teamgeist stärken«, erwiderte Sam. »Bist du schon mal gesegelt?«

Lila sah ihn schräg an. Sie schien nicht sonderlich erfreut.

»Das geht nur zu zweit«, fuhr er fort.

»Woher willst du wissen, dass ich nicht seekrank werde?«, fragte sie.

Sam runzelte die Stirn. Daran hatte er tatsächlich nicht gedacht. »Bist du da empfindlich?«

Lila seufzte. »Nein.«

»Dann hast du auch keine Ausrede.« Er hielt ihr die Hand hin, doch sie stolzierte einfach an ihm vorbei und kletterte allein an Bord. Es fiel ihr allerdings nicht ganz leicht. Einmal verlor sie fast das Gleichgewicht und musste sich am Steuerrad festhalten, aber Sam hütete sich, ihr seine Hilfe erneut aufzudrängen.

Er hielt sich im Hintergrund und bewunderte, wie die Sonne auf den hellen Strähnen in ihrem Haar tanzte und ihre nackten Schultern rosig schimmern ließ. Als sie sich schließlich setzte, die Nase leicht anhob und ihm stolz ihr Profil zuwandte, schluckte er sein Lächeln hinunter. Ohne weiteres Zögern begann er, die Bugleine zu lösen.

Lila sah ihm schweigend dabei zu. »Weißt du eigentlich, was du da tust?«, fragte sie schließlich argwöhnisch.

Sam grinste. »Ich hab doch gesagt: Mein Dad hat ein Boot an seinem Strandhaus. Wir machen das jeden Sommer. Verbringen einen Tag auf dem Wasser, nehmen was zu essen und zu trinken mit …« Nur dass sich die Sache bei ihm idyllischer anhörte, als sie in Wirklichkeit war. Eigentlich wünschte er sich bloß, dass es so wäre. Während der Nachmittage beim Segeln sprach er mit Preston vor allem über Geschäftliches – über Kunden, Angestellte, Geld und Konkurrenten. Er sehnte sich nach etwas Tieferem, nach mehr Wärme und gemeinsamem Lachen. Aber er hatte sich mit dem arrangiert, was er hatte. Das war immerhin mehr, als er zu einer gewissen Zeit seines

Lebens hoffen konnte. »Nimm dir eine Flasche Wasser, wenn du willst, da auf dem Boden steht eine Kühlbox.«

Lila rührte sich nicht. »Was soll das hier, Sam?«

»Hab ich doch schon gesagt«, erwiderte er und ließ die Leine zu Boden fallen. »Teamgeist. Wenn wir diesen Auftrag kriegen wollen, müssen wir lernen, uns zu vertrauen. Außerdem: Wenn ich erst mal mit dir auf dem Wasser bin, kannst du nicht mehr so einfach vor mir weglaufen.«

»Ich kann schwimmen«, erwiderte Lila.

»Hast du eine Ahnung, wie kalt das Wasser hier ist, Schätzchen?« Sam lachte und kletterte ebenfalls an Bord. »Da, ich werfe den Motor an, und du musst mithelfen, uns aus diesem Liegeplatz zu manövrieren. Ich kümmere mich inzwischen um die Spring.«

Lila sah ihn erschrocken an. »Aber ich hab noch nie ein Boot gesteuert.«

»Du machst das schon«, meinte Sam und wies zum Steuerrad. Er startete den Motor und lauschte auf das stetige Tuckern. »Lass ihn warmlaufen, während ich die Achterleine losbinde. Ich sag Bescheid, wenn ich fertig bin.« Ehe sie widersprechen konnte, löste er die Leinen und legte die Spring um den Poller am Kai. »Wir sind am Rand des Fahrwassers, wir wollen also einfach nur nach vorn und dann links rüber. Bereit?«

Lilas Fingerknöchel traten weiß hervor, so fest umklammerte sie das Steuerrad, aber sie kamen langsam voran, und Sam wusste, dass er notfalls nach unten springen und ihr das Ruder abnehmen konnte. »Super. Noch ein bisschen weiter links. Genau so.« Als sie den Anleger verlassen hatten, wartete er ab, ob sie ihn bitten würde, das

Steuer jetzt für sie zu übernehmen, aber zu seiner Überraschung folgte sie einfach weiter seinen Anweisungen.

Langsam schien sie ihm wieder zu vertrauen. Zumindest hoffte er das.

»Jetzt müssen wir das Großsegel setzen«, erklärte Sam lächelnd. »Zuerst stellen wir das Boot in den Wind.« Er trat hinter sie und legte die Hände ebenfalls links und rechts ans Steuer, schmiegte seine Brust sanft an ihren Rücken. Ihr Haar flatterte im Wind, kitzelte ihm das Gesicht, und er nahm sich Zeit für das Wendemanöver, wollte diesen Augenblick auskosten.

Er spürte Lila klein und warm an seinem Körper. Seine Arme streiften an ihren entlang und sandten elektrische Stöße direkt in seinen Schritt, und er beugte sich ein wenig näher zu ihr. »Siehst du, so ist es richtig.«

Er blickte auf ihren Hals hinab, so lang und glatt, und wollte am liebsten sein Gesicht in ihrer Halsbeuge vergraben, mit dem Mund hinaufwandern, weiter und weiter, bis ihre Lippen sich träfen.

Er erstarrte und richtete sich wieder auf. Er blinzelte in die Sonne und löste den Baumniederholer. Bis das Segel gehisst war und sie in gutem Tempo vorankamen, schaute er Lila nicht noch einmal an.

»Du machst das gut«, gab sie mit feinem Lächeln zu und verließ das Steuerrad, um sich neben ihn auf den Bootsrand zu setzen. »Segelst du schon seit deiner Kindheit?«

Sam nahm eine Wasserflasche aus der Kühlbox und schraubte die Kappe ab. »Nö«, antwortete er. »Damit hab ich erst auf dem College angefangen.« Er musterte sie rasch von der Seite, aber sie wirkte nicht misstrauisch.

Sie verschränkte die Hände hinter dem Kopf und lächelte zum Himmel hinauf. Sie segelten jetzt Richtung Süden, und sobald sie eine bessere Sicht auf die Skyline der Stadt bekamen, machte Lila ihn auf einige Gebäude aufmerksam. Sie nahmen die Dinge für einen Augenblick leicht, verhielten sich zuvorkommend und gaben sich alle Mühe, aber früher oder später würden sie wieder über Reed sprechen müssen. Sam hatte den Vortag größtenteils damit zugebracht, Anrufe von der Agentur entgegenzunehmen und die sich anbahnende Krise in Schach zu halten. Es war schön, das alles für eine Weile zu vergessen.

»Meine Eltern sind auch mal mit uns Boot gefahren«, sagte Lila plötzlich. »Zwar nur in einem Kanu, aber meine Schwester und ich fanden es toll.«

Sam wartete, dass sie weitererzählen würde, aber mehr schien sie ihm nicht anvertrauen zu wollen. Sie hatte ihm schon früh während ihrer Beziehung von ihren Eltern erzählt, sehr sachlich, so wie man über Dinge spricht, die lange zurückliegen, aber immer noch wehtun. Die Welt erwartete, dass man irgendwann über so etwas hinwegkam, dass der Schmerz nachließ und man die Sache hinter sich lassen konnte. Doch das Leid in ihren Augen entging ihm nicht, wenn sie das Thema ebenso rasch beendete, wie sie es angeschnitten hatte, mit einem Schulterzucken und einem tapferen Lächeln, das ihr jedoch an den Mundwinkeln leicht verrutschte. Es riss eine alte Wunde in ihm auf – eine Wunde, deren Heilung er nie recht zugelassen hatte. Er wollte ihr gern sagen, dass er sie verstand, dass er wusste, was sie fühlte, doch stattdessen hatte er damals bloß ihre Hand genommen, einen Schluck von seinem Drink getrunken, war ihrem Beispiel gefolgt und hatte das Thema gewechselt.

»Es ist eine der letzten Erinnerungen, die ich an sie habe«, murmelte Lila, mehr zu sich selbst als zu ihm.

Sam biss die Zähne zusammen. »Du hast Glück, dass du wenigstens noch diese Erinnerungen hast.«

Sie lächelte ihn traurig an. »Dein Vater hat sich also nicht so fürs Kanufahren interessiert, als du klein warst?«

Sam zuckte die Achseln. Das konnte er kaum wissen, oder? »Sein Leben war die Firma. So ist es bis heute«, antwortete er angespannt.

»Ich war überrascht, dass er in den Ruhestand gegangen ist«, bemerkte Lila.

Sam erstarrte. Offiziell hatten sie es so aussehen lassen, als wäre Preston freiwillig zurückgetreten. Niemand wusste von seiner frühen Alzheimererkrankung, die es ihm schließlich unmöglich gemacht hatte, die Geschäfte fortzuführen.

»Oh, er hat seine Finger schon noch im Spiel«, meinte Sam schroff und kämpfte die Gefühle nieder, die ihn zu überwältigen drohten. So war es jedes Mal, wenn er an die bittere Ironie seiner Lage dachte. Gerade als er seinen Vater endlich gefunden hatte, drohte Preston ihm schon wieder für immer zu entgleiten. Der Mann war auch jetzt noch gerissen, keine Frage, immer noch eine überlebensgroße Figur, aber ab und an wurde Sam bewusst, dass … dass ihre Zeit ablief. Er musste das Beste daraus machen, seinen Vater stolz machen, solange er noch konnte. »Mein Dad ist ein anspruchsvoller Mensch.«

Lila zog bloß eine Augenbraue hoch. »Du hast gut reden.«

»Nein.« Sam schüttelte den Kopf, und sein Lachen klang ein wenig heiser. »Hab ich nicht.« Lange musterte er Lilas Gesicht: ihre Stupsnase, die vollen Lippen und das sanft geschwungene Kinn. Er wartete, dass sie ihn ansehen würde. Aber das tat sie nicht.

Er schloss die Augen und spürte wieder diese Schwere auf seiner Brust. Sie zog jedes Mal an ihm, wenn er an den Tag zurückdachte, an dem Preston Lila gefeuert hatte. Er hatte seinem Vater gesagt, dass es ein Fehler war, dass Lila intelligent war, clever, originell, aber Preston Crawford hatte bloß gelangweilt und verärgert gewirkt. Niemand widersprach Preston. Ganz besonders nicht Sam.

»Lila, ich wollte dir noch sagen … Es tut mir leid, Lila.« So. Jetzt war es raus. Und es fühlte sich gut an. Immerhin war es gesagt. Vielleicht wirkte er in ihren Augen dadurch wie ein Feigling oder wie der letzte Mistkerl. Aber es tat ihm aufrichtig leid. Mehr, als sie je ahnen würde.

Er kämpfte das brennende Verlangen nieder, ihr alles zu erklären, hielt sich zurück. Es war allzu einfach geworden, die Vergangenheit wegzusperren, bis er selbst kaum mehr daran dachte. So war es leichter.

Kurz fragte er sich, ob Lila ihn überhaupt gehört hatte. Ihr Blick war noch immer auf die Häuser in der Ferne gerichtet, und ihr Gesicht blieb völlig ausdruckslos. Doch dann schob sie sich seufzend die Sonnenbrille ins Haar. Um ihre Augenwinkel bildeten sich feine Fältchen, als sie sich zu ihm umwandte. Die Sonne schien ihr ins Gesicht, und sie war ihm nie zuvor schöner vorgekommen.

»Ich hab mich nicht gerade gut verhalten«, fuhr Sam gegen seinen Willen fort. Der Drang, ihr sein Herz auszuschütten, war stärker als der Wunsch nach einem sicheren Schutzwall. »Ich wollte dir nachlaufen, wollte bei dir sein. Aber ich wusste nicht, wie das gehen sollte.«

»Wegen deines Vaters«, führte sie die Erklärung für ihn zu Ende. Sie wirkte unbeeindruckt.

Sam holte tief Luft und nickte. »Und außerdem: Hättest du nach alldem wirklich noch mit mir zusammen sein wollen?«

Darüber dachte sie eine Weile nach. »Wahrscheinlich nicht, nein. Für mich hing das wohl alles zusammen. Es war ein und dasselbe. Du hattest mich betrogen.«

Autsch. Sam stützte die Ellenbogen auf die Oberschenkel und sah aufs Wasser hinaus. Er hatte es wohl nicht anders verdient.

»Die Firma bedeutet dir viel«, bemerkte Lila.

»Meine *Familie* bedeutet mir viel«, erwiderte er.

Lila sah ihm für einen Moment in die Augen und neigte dann den Kopf. »Mir meine auch. Ich schätze, darum machen wir das alles hier überhaupt.«

Da hatte sie recht. Seit er herausgefunden hatte, dass Preston Crawford sein Vater war, hatte er stets auf seinen eigenen Erfolg hingearbeitet. Darauf, der Sohn zu werden, auf den sein Dad stolz sein konnte. Hätte es in seinem Leben niemals einen Preston Crawford gegeben oder wäre dieser Mann ein völlig anderer Mensch gewesen – Sam wusste nicht, was aus ihm selbst geworden wäre. Er verfolgte seinen Weg nun schon so lange, dass er nicht einmal mehr wusste, was das Leben sonst noch für ihn bereithalten könnte. Oder was er aufgegeben hatte.

Er warf einen Blick zu Lila hinüber. Oder besser gesagt: *wen* er aufgegeben hatte.

Sie hatten das Boot noch für zwei Stunden, aber Sam wollte heute nicht über Reed sprechen. In New York gönnte er sich selten einen Tag wie diesen – da gab es zu viele Abendtermine, Golfausflüge, gesellschaftliche Verpflichtungen.

Er griff in die Kühlbox, zog eine Bierdose hervor und zwinkerte Lila einladend zu. Die lachte und ließ den Blick über den großen See schweifen. »Dürfen wir – darfst du das denn?«

Jetzt war es an Sam zu lachen. »Warum denn nicht? Also, willst du auch eins?«

Sie verzog angewidert das Gesicht, ganz wie er erwartet hatte. »Hier.« Er griff erneut in die Kühlbox und holte eine süße Weinschorle heraus. Er kannte sonst niemanden, der dieses zuckrige Zeug trank, aber zum Teufel, ein kleiner Teil von ihm liebte Lila für ihren seltsamen Geschmack.

Sie grinste, und in ihrer rechten Wange erschien ein winziges Grübchen. »Danke.«

Nach ein paar Schlucken setzte sie sich aufs Deck. »Also, was machen wir jetzt?«

»Warten.«

»Warten? Worauf?«

Sam zuckte die Achseln. »Darauf, dass du mich wieder magst.«

Lila machte den Mund auf, als wollte sie etwas sagen,

schloss ihn dann jedoch wieder. Mit sanftem Blick sah sie ihm tief in die Augen, und das Sonnenlicht ließ goldene Tupfer in ihrer Iris aufleuchten. Ihre Lippen waren auf eine Weise geöffnet, die ihm Gänsehaut verursachte und all seine Nerven kribbeln ließ. Ihr nacktes Bein streifte sein Knie, und obwohl das sicher keine Absicht gewesen war, beschleunigte sich sein Puls. Er stellte das Bier beiseite und legte vorsichtig seine Hand auf ihre, ließ seine Finger ihren warmen Arm hinaufwandern, bis er ihren Nacken umfasste. Er spielte mit dem arg vom Wind zerzausten Haar.

Sie sah ihn erschrocken an, und als er sich vorbeugte, langsam, süchtig nach der Süße ihrer Lippen, der Hitze ihres Körpers, stockte ihr der Atem. Ihr Mund war nur noch wenige Millimeter von seinem entfernt, und er sah, wie ihre Wimpern flatterten.

»Sam.«

Er zuckte sofort zurück.

»Tut mir leid«, sagte er, griff wieder nach seinem Bier und nahm einen langen Schluck. »Ist mir wohl zu Kopf gestiegen.« Er deutete auf die Dose und grinste, aber er wusste genau, dass sie ihm die lahme Ausrede ebenso wenig abkaufte wie er sich selbst. Er wollte sie küssen, wollte ihren Rücken auf das Deck betten und sich an sie schmiegen, wollte sie seinen Namen dicht an seinem Ohr stöhnen hören und ihn nicht wie eine Warnung vor die Füße gespuckt bekommen.

Aber es ging nicht. Seit ihrer letzten Begegnung waren zwar über sechs Jahre vergangen, doch geändert hatte das nichts. Sie war noch immer Lila. Die süße, wunderschöne

Lila. Und er war noch immer der Sohn von Preston Crawford. Die Person, die er stets hatte sein wollen.

Außer, wenn er mit Lila zusammen war.

7

Lila fuhr sich mit dem Finger über die Lippen und fragte sich, was wohl passiert wäre, wenn sie den Augenblick vorgestern nicht verdorben hätte. Er war kurz davor gewesen, sie zu küssen – daran bestand kein Zweifel –, aber warum?

Sie wagte kaum zu hoffen, dass er nach all der Zeit noch etwas für sie empfand. Das mit ihnen war schließlich sechs Jahre her. Wer hing schon so lange der Vergangenheit nach?

Lila nahm einen Kaffeebecher aus dem Schrank und stellte ihn mit Nachdruck auf die Küchenzeile. *Schuldig, Euer Ehren.*

Sie starrte aus dem Fenster über der Spüle, während der Kaffee durchlief, und betrachtete die schmucke Häuserzeile aus Stadtvillen gegenüber, die hinter ihren schmiedeeisernen Zäunen hervorlugten. Sie kannte nur wenige ihrer Nachbarn – die Leute nickten einander auf dem Gehweg höchstens knapp zu –, aber sie liebte ihre kleine Wohnung, nur wenige Querstraßen vom Park entfernt und ganz in der Nähe ihres Büros. Mary und Lila scherzten manchmal, dass sie sogar dann, wenn sie einmal verheiratet wären, noch in ihrer hübschen kleinen Allee wohnen bleiben und auf ihren jeweiligen Feuertreppen Kräutergärten um die Wette züchten würden.

Mit jedem Jahr, das verstrich, drängte sich allerdings stärker die Frage auf, ob sie *überhaupt* je heiraten würden.

»Uff, ich hab heute echt keine Lust auf Arbeit«, stöhnte Mary, als sie barfuß in die Küche tappte, noch in ihrem gestreiften Schlafanzug. Sie ging geradewegs zum Geschirrschrank, nahm ihrerseits einen Becher heraus und goss sich Kaffee ein, obwohl die Kanne noch gar nicht ganz voll war. »Am Freitag hat er mir doch tatsächlich zugezwinkert. Als er auf dem Weg zum Mittagessen an meinem Platz vorbeigekommen ist. Voll der eklige Typ.«

Lila musste lachen, und schließlich stimmte Mary mit ein. Ihr Chef war ein sechzigjähriger HNO-Arzt, und seine Ehefrau führte ihm die Bücher und nörgelte ständig an ihm herum, weil er angeblich zu wenig auf sein Cholesterin achtete. Meist zankten die beiden sich erbittert, und keinen schien es zu stören, dass Mary jedes Wort mit anhörte. Lila hatte schon früh die Vermutung geäußert, dass Mary im Leben des armen Kerls vermutlich der einzige Lichtblick war. Aber trotzdem hätte ihre Schwester am liebsten gekündigt, und Lila konnte sie verstehen.

»Ich hab diese Nacht kaum ein Auge zugetan, Lila.« Mary lehnte sich an die Küchenzeile und blies über ihren Kaffee.

»Ach, der ist doch harmlos –«

»Doch nicht deswegen! Klar ist der harmlos. Nervig und jämmerlich, aber harmlos. Nein, ich musste die ganze Zeit an die Eisdiele denken. Ich hab mir noch eine andere coole Sorte ausgedacht. Willst du es hören?« Ihre Augen funkelten aufgeregt.

Lila goss sich langsam ihren Kaffee ein und gab einen Spritzer Milch dazu. »Ich bin ganz Ohr.«

»Oh!« Mary schlug mit der flachen Hand auf die Arbeitsfläche. »Das sagt Dr. McTavish auch andauernd. Er findet es superwitzig, aber ich kann langsam echt nicht mehr darüber lachen, nicht mal aus Höflichkeit.«

Lila grinste und griff nach der Zuckerdose, aber plötzlich erstarrte ihre Hand mit dem Zuckerlöffel, weil ihr mal wieder die Nerven flatterten. Es war so schön gewesen, gestern einen Tag lang alles ruhig angehen zu lassen, in ihr stilles Büro zu gehen und ein paar Rückstände aufzuarbeiten. Danach hatte sie die Wohnung geputzt, eingekauft und sich kein einziges Mal wegen der Sunshine Creamery, Reed oder Sam gesorgt. Natürlich hatte sich ein kleiner Teil von ihr trotzdem den ganzen Tag über gefragt, ob er wohl anrufen würde, und ja, gut, manchmal hatte sie es sogar gehofft. Aber er hatte nicht angerufen, und jetzt mal ehrlich, das war auch besser so. Was sie im Moment ganz und gar nicht gebrauchen konnte, war ein weiterer Kussversuch von ihm, oder?

Lila blickte auf die Porzellandose voller Zucker hinab, die mit blauen, teilweise angeschlagenen Blümchen verziert war, und spürte Tränen in sich aufsteigen. Sie hatte diese Dose schon so oft betrachtet – es war eines der wenigen Erbstücke, die sie an ihre Großeltern erinnerten.

Die Dose und die Eisdiele.

Lila fragte sich, ob auch ihre Mutter die kleinen Blumen früher so ausführlich betrachtet hatte, wie sie es gern tat. Ob es, als sie noch ein kleines Mädchen gewesen war, ebenfalls zu ihrem Morgenritual gehört hatte. Lila überlegte oft, wie ihre Mutter als Kind wohl gewesen war, und sie hatte ihre Großmutter früher andauernd über ihre Eltern ausgefragt. Jetzt würde es für sie keine neuen Einblicke mehr in das Leben der Menschen geben, die aus ihrem Leben verschwunden waren. Ihre Erinnerungen konnten sie nicht länger weitergeben – ihre Geschichte war an ein Ende gekommen.

Lila konnte nicht auch noch ihr Vermächtnis ans Ende kommen lassen.

Sie löffelte den Zucker in ihren Kaffeebecher und rührte rasch um.

»Na ja, jedenfalls dachte ich, ich mache nicht einfach nur Erdbeereis, sondern Erdbeer-Sahne … Wär das nicht super? Daraus könnte ich eine ganze Produktreihe machen: Pfirsich-Sahne, Heidelbeer-Sahne … Oh, und ich dachte, wir könnten auch den alten Brausespender wieder aus der Versenkung holen. Jeder mag doch eine leckere Limo!«

Lila zog vorsichtig zwei Toastscheiben aus dem Toaster und beschmierte sie mit Butter. An den altmodischen Getränkespender hatte sie seit Jahren nicht mehr gedacht – er hatte ihrem Urgroßvater gehört, dem Gründer der Sunshine Creamery.

»Du setzt echt voll auf Nostalgie, was?«, bemerkte sie und ließ sich auf ihrem üblichen Platz beim Fenster nieder.

Mary setzte sich zu ihr. »Na ja, schon, aber natürlich mit einer modernen Note.«

Eine moderne Note. Lila biss nachdenklich in ihren Toast. Genau das fehlte ihrer Präsentation. Vor ihrem nächsten Treffen mit Sam würde sie sich ein paar Notizen machen. Das war vielleicht der entscheidende Dreh, um ihn von ihrer Idee zu überzeugen.

***

Um Punkt halb neun stieß Sam die Tür zu Lilas Büro auf. Es war an der Zeit, dass sie wieder auf Kurs kamen und den kleinen Ausrutscher vom Samstag hinter sich ließen. Er hatte den Großteil des Vortags am Telefon verbracht und mit Rex gesprochen, und es graute ihm, wenn er daran dachte, was die anstehende Arbeitswoche möglicherweise für ihn bereithielt. Jolt Coffee konnte jederzeit an die Öffentlichkeit treten, und dann … Er verbot sich jeden weiteren Gedanken.

»Ach, na *hallo*!«, rief Penny, und auf ihrem runden Gesicht erschien ein breites, strahlendes Lächeln. Sie legte rasch das Modemagazin beiseite, in dem sie geblättert hatte, stand auf und strich die Falten in ihrem geblümten Rüschenrock glatt.

Sam grinste. »Guten Morgen, Penny.«

Auf Pennys Wangen erschienen zwei rosarote Flecken. »Ich hätte nicht gedacht, dass Sie sich an meinen Namen erinnern.«

»Ich vergesse nie einen Namen«, behauptete Sam und beschloss, dass er diese Flirterei schleunigst wieder beenden musste. Heute interessierte ihn nur eine einzige Frau, und die brauchte er nicht schon am frühen Morgen zu verärgern. »Ich habe Ihnen etwas mitgebracht.«

»Ach ja?«

Sam stellte eine Wasserflasche auf den Schreibtisch. »Na ja, eigentlich ist es eher für Fred.«

Penny gab ein schrilles Kichern von sich, das sie schnell zu ersticken versuchte. Sam wartete, bis sie sich wieder gefangen hatte, dann erklärte er: »Ich bin eigentlich hier, um mit Lila zu sprechen. Ist sie schon da?«

Penny wirkte ein wenig enttäuscht. »Nein, noch nicht.«

Hm. Damit hatte er nicht gerechnet. »Kann ich hier auf sie warten?«

»Natürlich.« Penny nickte in Richtung eines Besucherstuhls, aber Sam schenkte ihr umgehend eins seiner Hundert-Watt-Lächeln und legte den Kopf schief.

»Könnte ich vielleicht schon mal in ihr Büro gehen? Ich habe leider wenig Zeit, und ich würde gern meine Unterlagen zurechtlegen.«

Penny warf einen besorgten Blick zum Eingang. »Also …«

»Penny, ist das zufällig die Kurzform für Penelope?«, fragte Sam und warf ihr ein weiteres gekonntes Lächeln zu.

»Ja, stimmt«, erwiderte sie zögerlich.

»Ob Sie's glauben oder nicht, das ist einer meiner Lieblingsnamen.«

Penny senkte den Blick, und ihre Wangen färbten sich noch einen Ton röter. »Ich würde Ihnen ja gern helfen, aber …«

»Sie kennen doch Typen wie mich, wir haben immer so viel um die Ohren, und wenn ich fünf Minuten Zeit einsparen kann, indem ich meine Sachen schon kurz vorbereite …« Er senkte die Stimme zu einem verschwörerischen Flüstern: »Das wäre mir wirklich eine Riesenhilfe, Penelope.« Das letzte Wort ließ er geradezu von der Zunge tropfen.

»Na gut … aber, wenn ich Ärger kriege …«

Sam verkniff sich ein zufriedenes Grinsen und hob beschwichtigend die Hände. »Dann nehme ich alle Schuld auf mich.«

Penny warf ihm ein weiteres Lächeln zu und deutete dann auf die Flügeltüren zu ihrer Rechten. »Dann bitte.«

Sam nickte ihr zum Dank zu und schlüpfte in Lilas Büro. Drinnen schaltete er das Licht an und sah sich im Zimmer um, achtete diesmal auf jedes Detail. Es sah ganz nach … Lila aus. Ordentlich, sauber, feminin. Ein kleines Gefäß für Büroklammern. Eine Palette nach Farben sortierter Stifte. Ein Schwarm aus Haftnotizen an einer Pinnwand. Ein weißer Schreibtisch vor ruhigen, grünen Wänden. Der gerahmte Druck einer roten Tulpe. Eine Kuckucksuhr. Er stockte. Na gut, das hatte er dann doch nicht erwartet.

Sein Blick huschte rasch zur halb geöffneten Bürotür und dann zurück zu dem Kalender auf Lilas Schreibtisch. Da er nichts Interessantes darin entdecken konnte, wandte er sich dem wohlgeordneten Ablagesystem am Rand der Arbeitsfläche zu. Er warf einen weiteren Blick in Richtung Vorraum, zog dann eine Mappe aus einem der Fächer und blätterte sie so schnell durch, wie er nur konnte.

»Was zum *Teufel* machst du da?«

Sam blickte schuldbewusst auf und sah Lila im Türrahmen stehen, noch genauso sexy wie am Samstag. Er ließ den Blick über ihren Körper schweifen, von den nackten Knöcheln bis hinauf zu ihrem verkrampften Kiefer und den blitzenden Augen.

»Irgendwie hab ich das Gefühl, dass du dich nicht gerade freust, mich zu sehen«, meinte er scherzend, um die Situation ein wenig aufzulockern.

Lila zog nachdrücklich die Tür hinter sich zu. »Ausnahmsweise kann ich dir sagen: Da hast du vollkommen recht.«

»Touché«, erwiderte er und kam vor den Schreibtisch zurück, an ihre Seite.

»Ich muss wohl mal ein ernstes Wörtchen mit meiner Assistentin reden«, meinte Lila, nahm ihm die Mappe aus der Hand und setzte sich auf ihren Bürostuhl. »Ich hatte dich heute Morgen nicht hier erwartet.«

»Ich bin Frühaufsteher«, erwiderte Sam und setzte sich auf einen der Besucherstühle. »Ich hätte ja vorher angerufen, aber …«

Sie zog eine Augenbraue hoch. »Aber?«

Sie würde ihm die Sache also nicht zu leicht machen. »Ich war nicht sicher, ob du abheben würdest.«

Ihre Mundwinkel zuckten amüsiert. »Du kennst mich einfach zu gut.«

»Ich kenne dich sogar sehr gut.« Er sah ihr so lange in die Augen, bis ihr Lächeln schwand. Anschließend presste sie die Lippen fest zusammen und ordnete einen Papierstapel neu, indem sie mit den Blattkanten auf den Schreibtisch klopfte. Das Geräusch durchbrach die Stille, aber nicht die Anspannung.

Warum konnte er es nicht lassen? Warum konzentrierte er sich nicht einfach auf sein Ziel?

Er erlaubte sich, den Blick wie unbeteiligt zu Lilas Gesicht hinaufwandern zu lassen. Es schien unmöglich, dass das hier dieselbe Frau war, die er vor zwei Tagen fast geküsst hätte. Die losen braunen Haarsträhnen, mit denen der Wind auf dem Segelboot gespielt hatte, waren zu einem strengen Knoten zurückgebunden. Ihre vollen, kirschroten Lippen waren schmal vor Verachtung. Und die Augen, die ihn vor Kurzem noch so verführerisch angesehen hatten, wirkten wie aus Stein.

Sie musterte ihn über die Spitze ihrer perfekten kleinen Nase hinweg und hielt die Arme fest vor der Brust verschränkt. Ihr Mund war weiterhin nichts als ein Strich und schien geradezu nach einem leidenschaftlichen Kuss zu schreien, und er musste sich sehr zusammenreißen, um nicht von seinem Stuhl aufzuspringen und sich über den Schreibtisch zu ihr zu beugen.

Er hatte schon vor Jahren versucht, dieses Verlangen zu zügeln, denn er war normalerweise nicht so dumm, Arbeit und Privatleben zu vermischen. Aber es war ihm auch schon damals nicht gelungen. Und jetzt, nach all der Zeit, konnte er immer noch nichts gegen das Gefühl ausrichten, das ihr helles Lachen in ihm hervorrief, oder gegen das Ziehen in seinem Schritt, wann immer sie sich ihm näherte. Wenn er mit ihr zusammen war, wollte er niemanden sonst.

Er hatte sie schon einmal ziehen lassen. Diesen Fehler wollte er nicht noch einmal begehen. Er musterte Lila aufmerksam und beschloss, dass er während seiner Zeit in

Chicago ab jetzt zwei Missionen zu erfüllen hatte: Er würde die Kampagne für Reed Sugar an Land ziehen. Und er würde Lila Harris zurückerobern. Auch wenn er noch nicht wusste, wie.

***

Lila überflog noch einmal die Seiten ihres Reed-Sugar-Hefters und war froh, so ein wenig Zeit zu schinden und kurz nachdenken zu können. Auf den ersten Blick schien nichts zu fehlen, aber sie hatte auch nicht erwartet, dass Sam irgendetwas einstecken würde. Er hatte vielleicht ihr Herz gestohlen, aber ein Dieb war er nicht.

Sie musterte ihn missbilligend, doch der Anblick seines schuldbewussten, jungenhaften Grinsens ließ ihren Puls dennoch rasen.

Sie sollte sich das wirklich abgewöhnen. Seine unwiderstehliche Anziehungskraft war ihrem Ehrgeiz schon einmal in die Quere gekommen, hatte ihr Urteilsvermögen getrübt, zu ihrem Untergang geführt. Das durfte ihr nicht noch einmal passieren.

Sie atmete tief ein. »Also …«

Beim Klang ihrer Stimme blickte Sam leicht überrascht auf. Er wirkte neugierig, brachte sie damit durcheinander, sodass sie beinahe den Faden verlor. Ein sanftes Kribbeln breitete sich von ihrem Rückgrat bis zu den Haarwurzeln aus. Unwillkürlich erschauderte sie.

Das Schweigen dehnte sich aus, während Lila darauf wartete, dass er etwas sagen würde, und sie schluckte schwer, weil sie nicht wusste, wo sie selbst anfangen sollte. Ob er wohl den Beinahe-Kuss erwähnen würde? Sollte sie dann so tun, als bedeute ihr das alles nichts? Denn genau so sollte es schließlich sein: bedeutungslos.

»Gibt es irgendwas, über das wir noch sprechen müssten?« Sobald ihr die Worte über die Lippen gekommen waren, bereute sie sie bereits.

»Ich hatte gehofft, wir könnten ein bisschen an der Kampagne weiterarbeiten«, sagte Sam und zuckte freundschaftlich die breiten Schultern. Erneut überkam Lila tiefste Verwirrung.

»Jetzt?«, fragte sie.

»Hast du eine bessere Idee?«

»Eigentlich habe ich viele gute Ideen. Wenn du sie dir nur mal genauer anhören würdest«, meinte sie.

Sam kicherte leise, dann brach er plötzlich in schallendes Gelächter aus.

»Was ist denn so lustig?«, fragte Lila schnippisch.

»*Du* bist lustig« antwortete er, rieb sich den Nacken und schenkte ihr ein schiefes Grinsen. »Du hast dich kein bisschen verändert, Lila. Das ist … das ist so erfrischend.« Seine blauen Augen strahlten sie an, und Lila biss die Zähne zusammen.

Sie hatte Mühe, seine Worte zu verdauen, wusste nicht, ob sie sie als Kompliment oder Beleidigung auffassen sollte. Oder als Vorwurf.

Schließlich ging sie einfach darüber hinweg. Sie hatten zu tun – und das nicht zu knapp –, und sie hatten schon mehr als genug Zeit verschwendet. Den Beinahe-Kuss hatte Sam ganz offensichtlich schon wieder vergessen, und das Letzte, was sie ihm gönnen wollte, waren Streicheleinheiten für sein riesiges Ego. Sie würde ihn auf keinen Fall bitten, die Sache klarzustellen und sie damit zu beruhigen. Es war passiert. Und jetzt war es vorbei. Und es würde sich nicht wiederholen.

Was für eine Idiotin war sie nur, dass sie bei diesem Gedanken einen schmerzhaften Stich im Herzen verspürte.

Sie begradigte erneut einen Stapel Papiere auf ihrem Schreibtisch und starrte Sam im Schutz ihrer langen Wimpern ausgiebig und böse an. »Also gut, fangen wir an.«

»Hast du meinen Ansatz noch mal überdacht?«, fragte Sam, lehnte sich in seinem Stuhl zurück und verschränkte die Arme vor der Brust.

»Nein, ganz sicher nicht!«, erwiderte Lila kühn. »Hast du noch mal über meinen nachgedacht?«

Sam zuckte die Achseln. »Nein.«

Wenn sie sich ausmalte, dass sie diesen Kerl beinahe geküsst hätte! »Na schön.« Lila warf ihm einen vernichtenden Blick zu, dann schlug sie die Augen nieder. Das hier drohte wirklich in einer Katastrophe zu enden. »Ich hatte heute Morgen noch eine andere Idee …«

»Wenn Kekse und Backen darin vorkommen, will ich sie gar nicht erst hören.«

Lila legte die Hand an die Stirn und atmete tief durch. »Was passiert eigentlich, wenn wir uns nicht einigen?« Sie sah Sam aus dem Augenwinkel an und bemerkte, dass er ungefähr so besorgt wirkte, wie sie sich fühlte.

»Vielleicht sollten wir noch mal mit Reed sprechen«, meinte er. »Ihnen sagen, dass das hier nicht funktioniert.«

»Und riskieren, dass sie den Auftrag an jemand anderen vergeben? Es gibt genug große Werbeagenturen hier in

Chicago«, betonte sie. Und zwar solche, die nicht mit Sam kooperieren, sondern umgehend auf Konfrontationskurs gehen würden.

Lila biss auf ihren Daumennagel. Ihr Kontakt zu Jeremy Reed hatte ihr geholfen, aber was war mit Sam? Warum sollte sich eine Agentur wie seine unbedingt den Forderungen eines potenziellen Kunden beugen?

Sie war kurz davor, Sam genau diese Frage zu stellen, als sein Handy vibrierte.

Er schaute aufs Display und runzelte die Stirn. »Ich muss rangehen. Wir reden später weiter.«

»Wann?« Das Treffen mit Reed war am Mittwoch der nächsten Woche, und sie fühlte sich jetzt noch panischer als bei ihrem letzten Mittagessen.

»Sobald du bereit bist, diese altbackene Idee aufzugeben«, sagte Sam. Er wischte über das Display und nahm den Anruf entgegen. »Hallo?« Er sah Lila ein letztes Mal in die vor Zorn blitzenden Augen, hob dann zum Abschied lässig die Hand und öffnete die Bürotür.

Lila blieb reglos sitzen, während seine Stimme verklang und schließlich die Eingangstür hinter ihm zufiel. Das war doch wirklich –

»Argh!« Sie schlug kräftig auf die kalte, harte Schreibtischplatte. Mit klopfendem Herzen drehte sie sich auf ihrem Stuhl zum Fenster. Heiße Tränen schossen ihr in die Augen und ließen ihren Blick auf die baumgesäumte Straße verschwimmen, gerade als Sam auf den Bürgersteig trat. Sie blinzelte ein paar Mal und wischte sich vorsichtig mit der Seite des Zeigefingers unter dem Auge entlang.

Keine Tränen mehr. Nicht für diesen Mann.

Sie hatte geglaubt, inzwischen über ihn hinweg zu sein. Doch in den sechs Tagen, seit Sam wieder in ihr Leben getreten war, hatten sich all diese ursprünglichen, ungefilterten Gefühle zurück an die Oberfläche gekämpft. Es wurde ihr langsam alles zu viel.

Und sie hatte noch weitere acht Tage zu überstehen.

Ihre heutige Begegnung hatte sie in Bezug auf den Beinahe-Kuss vom Samstag kein bisschen beruhigt. War es für ihn derart bedeutungslos gewesen, dass er es nicht einmal erwähnte? Hatte er es inzwischen bereut? Oder vergessen? Oder war das alles nur Kalkül, um sie auf seine Seite zu ziehen, sich bei ihr einzuschmeicheln und seinen Willen durchzusetzen?

Lila wusste es nicht. Aber eines war ihr umso klarer: Sam Crawford war für sie endgültig gestorben.

8

Sam schlug sein Notizheft zu und steckte es in die Aktentasche zurück, als das Taxi vor seinem Hotel hielt. Die Gerüchte über Jolt Coffee wurden langsam lauter, und der Druck, den Vertrag mit Reed Sugar abzuschließen, wuchs. Die Kundenbetreuer seiner Agentur versuchten, jegliche Unsicherheiten zu zerstreuen, trafen sich mit den Kunden zum Mittagessen, redeten ihnen gut zu, dass alles in Ordnung sei, und nahmen Schadensbegrenzung vor, damit nicht noch mehr Unternehmen auf den gleichen Gedanken kamen und zur Konkurrenz überliefen.

Es war den Brüdern nicht entgangen, dass einige Kunden nervös wirkten, seit ihr Vater im vergangenen Herbst zurückgetreten war.

»Im Grunde ist es der ideale Zeitpunkt«, meinte Rex gerade. »Wir überspielen die schlechten Neuigkeiten einfach mit guten. Es wird niemanden jucken, dass wir Jolt verloren haben, solange wir Reed bekommen.«

»Dad wird es schon jucken«, sagte Sam.

»Hey, aber was anderes bleibt uns nicht übrig, um den Schock abzumildern«, erwiderte Rex. »Also versau es nicht.«

»Wie gesagt, ich hab das unter Kontrolle«, meinte Sam, obwohl das die Übertreibung des Jahrhunderts war.

»Bevor du auflegst, muss ich dir noch was anderes erzählen«, sagte Rex.

Sam betrat das Hotelfoyer und stellte seine Aktentasche auf einem der Tische ab. Er wusste, was jetzt kam, aber irgendwie wurde es trotzdem nie leichter. »Was ist passiert?«

Rex zögerte einen Augenblick. »Er hat sich wieder ausgesperrt.«

Sam schloss die Augen. Es erschütterte ihn immer noch, dass ein so starker Mann wie sein Vater mit menschlichen Schwächen dieser Art zu kämpfen hatte. Er hatte geglaubt, dass Preston unbesiegbar sei. Unzerstörbar. Und oh, wie sehr er selbst oft versucht hatte, etwas in ihm aufzubrechen. Die Mauern einzureißen, um zum Herzen dieses Mannes vorzudringen. Wie er versucht hatte, unter die Oberfläche zu sehen und etwas Tieferes zu entdecken. »Wo waren die Schlüssel diesmal?«

»In seiner Hosentasche.« Rex seufzte. Als es zuletzt passiert war, vor nicht einmal einem Monat, hatten die Schlüssel im Briefkasten gelegen, den Preston ewig nicht geleert hatte, zusammen mit all der Post. »Diesmal war es schlimmer, Sam«, sagte Rex schließlich, und Sams Blick verdüsterte sich.

»Inwiefern?«

»Er hat niemandem Bescheid gesagt. Ich bin nur zufällig vorbeigegangen, und da saß er, auf einem der Gartenstühle. Im Regen. Gott weiß, wie lange er da draußen war.«

Sam setzte sich in den nächstbesten Sessel und rieb sich die Stirn. Bei ihrem Vater konnte es mehrere Tage hintereinander ohne einen einzigen Aussetzer geben; aber jedes Mal, wenn etwas in dieser Art passierte, war es ein neuer Schlag und eine herbe Erinnerung daran, dass es mit ihm bergab ging, ganz gleich, wie sehr sie sich wünschten, es wäre anders. Er entglitt ihnen, schleichend, und dabei kam es Sam doch immer noch so vor, als hätte er ihn gerade erst gefunden.

»Wo war denn die Haushälterin?«

»In der Küche, hat das Abendessen gekocht. Ich hab sie gefeuert. Die Neue hat heute Morgen angefangen.«

Sam atmete einmal tief durch. Miranda war eingestellt worden, um sich um das Haus zu kümmern und ein Auge auf ihren Dad zu haben, wenn die Familie nicht da war, aber so etwas hätte jedem passieren können. Es war ein weiteres Beispiel für die unmöglichen Ansprüche der Crawfords.

Sam sollte sich darüber nicht wundern. Auch er versuchte immer noch, diesen Ansprüchen zu genügen.

***

Mary war schon zu Hause, als Lila an diesem Abend die Wohnung betrat. »Hier draußen!«, rief ihre Schwester von der Feuertreppe. »Und bring den Korkenzieher mit!«

Lila ließ ihre Tasche zu Boden fallen und ging in die Küche, wo sie einen Korkenzieher aus der Schublade kramte. Die Wohnung war warm und schwül, aber der Lufthauch, der durch die Fliegengittertüren wehte, kühlte ihre Haut. Sie fühlte sich schon ein bisschen besser, öffnete das Gefrierfach und zog eine Packung Eiscreme mit Keksstückchen hervor, schnappte sich zwei Löffel und trat nach draußen.

Mary grinste, als sie das Eis bemerkte, und öffnete die Weinflasche, die sie auf dem Heimweg besorgt haben musste.

»War's anstrengend heute?«, fragte Lila, während Mary ihnen die Gläser füllte.

»Ach, normal. Er ist neunzehn Mal an meinem Schreibtisch vorbeigelaufen, um sich kaltes Wasser aus dem Wasserspender zu holen.« Die beiden Frauen lachten. »Wenn du es genau wissen willst, hab ich den Wein vor allem gekauft, um dich ein bisschen zum Reden zu bringen. Du warst in letzter Zeit schrecklich zugeknöpft hinsichtlich all dieser kleinen Treffen mit Sam.« Lila warf ihrer Schwester einen strafenden Blick zu, aber Mary sah sie flehentlich an. »Oh, jetzt erzähl schon, Lila. Bitte! Lass mich ein bisschen mitfiebern!«

»Da gibt es nichts zu erzählen.« Lila griff nach ihrem Weinglas.

»Na, zumindest erlebst du mehr als ich. Hast du eine Ahnung, was ich am letzten Abend gemacht habe, als du mit deinem umwerfenden Schwarm aus alten Tagen unterwegs warst?« Sie wartete Lilas Antwort gar nicht erst ab, seufzte theatralisch und nahm einen großen Schluck Wein. »Ich hab im Baumarkt um die Ecke abgehangen.«

»Im Baumarkt?« Lila runzelte die Stirn. »Wieso das denn?«

»Um zu schauen, ob mir irgendein geeigneter Mann den Weg zum Schmirgelpapier weisen kann«, antwortete Mary und warf lachend den Kopf zurück. »Ich bin eine Dreiviertelstunde durch die Gänge geirrt, umgeben von Hämmern und Nägeln und allem möglichen anderen langweiligen Kram und hab verzweifelt Ausschau nach Mr Right gehalten. Also entschuldige, wenn dein Liebesleben ein bisschen spannender wirkt als meins.«

Lila kicherte und hielt ihrer Schwester einen Löffel hin. »Eis?«

Mary zuckte die Schultern. »Warum nicht. Dein kleines Wiedersehen mit Sam Crawford ist das Aufregendste, was seit Monaten passiert ist, da kann ich was Süßes gebrauchen, während ich der großen Story lausche.«

Lila funkelte ihre Schwester böse an. »Wie gesagt – «

»Ja, ja, ich weiß schon.« Mary hob abwehrend die Hand. »Aber ich will trotzdem alles hören.«

Alles. Lila seufzte und sackte leicht in sich zusammen. »Das waren wirklich nur geschäftliche Treffen«, fing sie vorsichtig an und sah, wie Mary skeptisch die Augenbrauen hochzog. »Das meine ich ernst. Sam ... wie soll ich sagen? Wir arbeiten quasi zusammen an diesem Pitch.«

Mary runzelte verwirrt die Stirn. »Für die Zuckerfirma?«

Lila nickte. Sie beunruhigte ihre Schwester nur äußerst ungern, aber sie anzulügen, kam ihr noch viel mieser vor.

»Na, das ist doch super!«, brach es begeistert aus Mary hervor. Sie versenkte ihren Löffel im Eis und schob sich eine Portion in den Mund. »Er gehört doch zu den Besten, oder etwa nicht?«

»Schon«, gab Lila widerstrebend zu und dachte an die Großtuerei im Büro zurück, sein selbstgefälliges Grinsen, die eine Hand lässig in der Hosentasche, während alle

Frauen um ihn herum jedes seiner strahlend weißen Lächeln begierig aufsaugten und die Männer sich ein wenig gerader hinstellten, sobald er in der Nähe war. Sam war der Beste. Und das wusste er auch.

»Warum machst du dir dann solche Sorgen?«, fragte Mary. »Wenn du mit Sam zusammenarbeitest, hast du den Auftrag doch schon so gut wie in der Tasche. Und du weißt, was das heißt!« Sie klatschte aufgeregt in die Hände. »Ich hab mir überlegt, dass ich Eiswaffeln mit dreifacher Schokoglasur anbieten könnte. Dunkle Schokolade, Milchschokolade und weiße Schokolade. Klingt das nicht toll?«

Lila lächelte düster. »Gramps hätte es gefallen.«

Mary füllte ihnen die Gläser nach und hielt ihres in die Höhe. »Lass uns anstoßen. Auf die Sunshine Creamery. Und auf die zweiten Chancen im Leben.« Sie zwinkerte Lila vielsagend zu, und für einen Moment war Lila unsicher, ob sie über die Eisdiele sprach oder über den Mann, der die Macht hatte, ihnen bei der Rettung zu helfen.

***

Vielleicht lag es am Wein oder an der Unterhaltung mit Mary, oder vielleicht litt sie auch unter der Erkenntnis, dass schon knapp eine Woche vergangen war und der einzige Fortschritt, den sie bei Sam erzielt hatte, darin bestand, sich fast wieder in ihn verliebt zu haben – wobei »fast« das ausschlaggebende Wort war –, jedenfalls stellte Lila ihr Glas ab, stand auf, strich sich den Rock glatt und verkündete, dass sie noch einmal wegmüsse.

»Weg? Wohin denn?« Mary sah sie höchst interessiert an.

»Ich hab noch was zu erledigen«, meinte Lila knapp und ging zurück in die Küche.

In weniger als fünf Minuten war sie aus der Wohnungstür und hatte ein Taxi gerufen, und ihr Herz wummerte während der gesamten Fahrt den Lake Shore Drive entlang. Erst als sie endlich vor dem edlen Hotel stand, das Sam derzeit sein Zuhause nannte, zögerte sie. Während sie auf die Rezeption zuging, flatterten ihr die Nerven, aber trotzdem bat sie den Mann am Empfang recht beiläufig, sie mit Sams Zimmer zu verbinden. Ihr gefiel ganz und gar nicht, wie das wirken musste, und sie fragte sich, ob Sam es falsch interpretieren würde. Ob er es vielleicht komisch auffassen könnte. Und wieder versuchen würde, sie zu küssen.

Sie kaute auf ihrer Unterlippe herum. Ihm einmal zu widerstehen, war schon schwierig genug gewesen, aber zweimal?

Der Mann am Empfang legte auf. »Es tut mir leid, aber er ist nicht auf seinem Zimmer. Sie könnten es in der Lobby oder an der Bar versuchen.«

Lila machte auf dem Absatz kehrt. Genau das würde sie tun.

In Lobby und Bar war von Sam keine Spur. Die gemütlichen Sessel mit tollem Ausblick waren verwaist. Frustriert stapfte sie zum Aufzug zurück, und ihr Finger schwebte bereits über dem Knopf für das Erdgeschoss, als ihr etwas ins Auge fiel.

Sie beschloss, einen letzten Versuch zu unternehmen,

drückte den Knopf für die Sonnenterrasse und den Pool und hielt den Atem an.

Kurz darauf glitten die Aufzugtüren erneut auseinander, und da war Sam und zog seine Bahnen. Lila trat an den Beckenrand und sah zu, wie sein starker, muskulöser Rücken mühelos das Wasser durchschnitt. Es war Jahre her, seit sie seine nackte Brust zu Gesicht bekommen hatte, und ihr Körper wurde ganz warm bei dem Anblick. Sie erinnerte sich an das Gefühl, mit den Fingern über seine Haut zu fahren, ihre Nägel in seinen Rücken zu graben, wenn er in sie stieß, sein Mund nah an ihrem Hals, sein Atem auf ihrer Haut.

Sie wartete geduldig, während er noch zweimal im Becken hin- und herschwamm, und fragte sich, ob er sie wohl bemerkt hatte. Vermutlich nicht. Wenn Sam sich etwas in den Kopf gesetzt hatte, konnte ihn kaum etwas ablenken. Er war von Natur aus ehrgeizig, und gerade jetzt dachte er sicher nicht an die Arbeit. Und auch nicht an sie.

Schließlich erreichte er wieder das Ende des Beckens und stellte sich hin. Das Wasser reichte ihm bis zur Hüfte, und sein glatter, wie gemeißelter Oberkörper war gut zu erkennen. Er hatte ihr den Rücken zugewandt und stemmte sich aus dem Becken. Seine dunkelblaue Badehose schmiegte sich eng um die nassen Beine, und Lila musste den Blick abwenden.

»Hey!«, rief er, und auf seinem Gesicht erstrahlte ein überraschtes Lächeln. Er kam auf sie zu. Wasser tropfte auf den Kachelboden. Lila ließ den Blick zu seinem Hosenbund wandern und folgte der feinen Spur aus Haaren, die sich vom Nabel nach unten wand.

Da er sich ihr immer mehr näherte, trat sie einen Schritt zurück.

»Was machst du hier?« Seine Brauen zogen sich fragend zusammen, aber seine Augen glitzerten erfreut.

Lila hielt inne, um sich über ihre Antwort klar zu werden. So weit hatte sie noch nicht vorausgedacht. Normalerweise handelte sie nie impulsiv. Sie führte im Gegenteil ein straff organisiertes, strukturiertes Leben. Nur eine einzige Person hatte die Macht, ihr den Verstand zu rauben, sodass sie sich völlig ihren Launen hingab. Und diese Person stand gerade halb nackt vor ihr.

Zum Teufel mit ihm.

»Also«, fuhr Sam fort und trat auf die Sonnenterrasse. Sein nasses Haar kräuselte sich sanft um die Stirn, und er strich es mit den Fingern nach hinten und griff sich ein Handtuch. »Was verschafft mir die Ehre deiner Anwesenheit?«

Er musterte ihr Gesicht und forschte nach einer Antwort, und wieder einmal fühlte Lila sich in die Enge getrieben. Vor zwanzig Minuten hatte ihr toller Plan noch absolut Sinn ergeben, doch jetzt wusste sie nicht weiter und kam sich total albern vor. Sie war nicht hergekommen, um die Wogen zu glätten, und schon gar nicht, um es ihm leichter zu machen. Wenn überhaupt, wollte sie eine Antwort von ihm. Wie konnte er sie beinahe küssen und dann nie wieder davon sprechen? Und was glaubte er eigentlich, welches Recht er hatte, ihren gesamten Tag zu vergeuden, an dem sie besser mit ihm an der Kampagne gearbeitet hätte?

»So verbringst du also deinen Nachmittag, während ich

mich abrackere und mir Ideen für Reed aus den Fingern sauge, ja?«

»Ich musste mich um ein paar geschäftliche Angelegenheiten für die Agentur kümmern«, erwiderte Sam, und sein Kiefer verkrampfte sich. Er starrte sie ziemlich unwillig an. »Und ich versuche grundsätzlich, am Tag mindestens eine Stunde Sport einzuschieben. Das nimmt den Druck raus. Ich kann dann besser denken.«

»Du bist so schnell abgehauen vorhin …« Lila sah ihn fragend an, schaute ihm direkt in die Augen und richtete sich auf ihren hochhackigen Sandalen noch ein wenig höher auf. Seine großen, schwarzen Pupillen waren von dunkelblauen Einsprengseln umgeben. Die hatte sie ganz vergessen. Noch ein Detail mehr, das sie nun mühevoll wieder aus dem Kopf kriegen musste.

»Ich hatte keine Ahnung, dass du mein Wachhund bist.« Er grinste gutmütig und rubbelte sich die Brust trocken.

Lila erlaubte sich, mit den Augen dem weißen Frotteehandtuch zu folgen, das seinen wohlgeformten Oberkörper entlangfuhr. Sie atmete langsam aus und sah ihm erst danach wieder ins Gesicht. »Du warst doch heute früh total versessen darauf, gleich mit der Arbeit am Projekt weiterzumachen, da hab ich mich gefragt, ob es einen Notfall gab, weil du so schnell weg bist.«

Sam lächelte verschmitzt. »Hast du dir etwa Sorgen um mich gemacht?«

»*So* hab ich das nicht gesagt.« Sie verschränkte die Arme vor der Brust und hielt seinem schwer zu deutenden Blick stand.

»Ach, Lila … ich bin dir ja wirklich noch wichtig«, stichelte er und schenkte ihr ein genussvolles, jungenhaftes Grinsen. »Wusste ich's doch.«

Natürlich bist du mir noch wichtig, Sam, dachte sie kläglich. *Das ist ja gerade das Problem.*

»Du hättest zumindest mal anrufen können«, sagte sie und hielt mit Mühe seinem Blick stand. Da war er und rubbelte mit dem Handtuch über all die Körperteile, die sie früher selbst berührt hatte.

»Ich war mit den Gedanken woanders, Lila. Tut mir leid. Können wir das jetzt abhaken?«

Sie verlagerte ihr Gewicht von einem Fuß auf den anderen. »So einfach ist das nicht, Sam. Du kannst dich nicht danebenbenehmen und dann alles unter den Teppich kehren.«

Sam warf das Handtuch beiseite und starrte sie scharf an. »Reden wir hier gerade über heute Morgen oder über vor sechs Jahren?«

Lila war plötzlich sehr müde. »Darüber will ich nicht mehr sprechen.«

»Gut«, meinte Sam. »Ich nämlich auch nicht.«

Er schnappte sich ein weißes T-Shirt von einem Liegestuhl und zog es über den Kopf, bedeckte seinen perfekten Waschbrettbauch. Eine Welle der Enttäuschung rollte über Lila hinweg, weil sie seine nackte Brust nun vielleicht nie mehr wiedersehen würde, und mit einem Mal überkam sie das beinahe übermächtige Verlangen, die Hand auszustrecken und ihn zu berühren.

Glücklicherweise konnte sie sich gerade noch zurückhalten.

Sam nickte zu den Aufzügen hinüber. »Da du schon mal da bist: Warum essen wir nicht zusammen zu Abend?«

Lila dachte an den eigentlichen Grund ihres Kommens, und ihr Herz schlug ein wenig schneller. Sie sollte nicht die durchtrainierten Bauchmuskeln ihres Ex-Freunds anstarren, sondern für etwas kämpfen, an das sie voller Überzeugung glaubte.

»Ehrlich gesagt hab ich eine andere Idee«, meinte sie. »Ich würde sogar sagen: eine bessere.«

»Ach ja? Nun, dann gehöre ich ganz dir.« Sam verzog die Lippen zu einem schelmischen Grinsen, und Lila konnte einfach nicht anders, als sich über seine Worte zu freuen.

9

»Wo wollen wir eigentlich hin?«, fragte Sam, als sie aus dem Taxi stiegen. Er griff in seine Tasche und zog das Portemonnaie hervor, und als Lila protestieren wollte, hob er abwehrend die Hand.

»Zu einem meiner liebsten Orte in der Stadt«, antwortete sie, statt weiter mit ihm zu streiten. Sie wollte den Kopf freibekommen, sich wieder daran erinnern, wozu sie das alles eigentlich tat. Es ging hier nicht um unerwiderte Gefühle oder körperliche Anziehung. Es ging um ihre Familie und um die Bewahrung ihrer eigenen Geschichte.

Sam lief neben ihr her. »Hätte ich mir was Schickeres anziehen sollen?«

Lila musste unweigerlich grinsen, als sie ihn von der Seite musterte und sein besorgtes Stirnrunzeln bemerkte, den verunsicherten Zug um die Mundwinkel. Wenn sie die Augen schloss, konnte sie noch immer seine Lippen schmecken. »So ist es schon okay«, meinte sie und warf einen Blick auf sein T-Shirt, das sich um die breite Brust schmiegte.

Schnell wandte sie sich wieder ab und hielt die Augen geradeaus gerichtet. Die Ladenbesitzer ringsum schlossen gerade nach und nach ihre Geschäfte, und die meisten Schaufenster entlang der Straße waren bereits dunkel. Von den Klimaanlagen über ihren Köpfen tropfte Kondenswasser auf den Bürgersteig, und Lila lächelte einer Frau zu, die die Ringelblumen in ihrem Blumenkasten goss. Sie war schon viel zu lange nicht mehr in dieser Gegend der Stadt gewesen – im Grunde seit sie und Mary die Wohnung ihrer Großeltern leer geräumt und zum allerletzten Mal die Tür des Ortes hinter sich geschlossen hatten, der für den Großteil ihres Lebens ihr Zuhause gewesen war.

Vorn an der nächsten Ecke lag die Sunshine Creamery. Allein ihr Anblick ließ Lilas Herz ein wenig höherschlagen. Sie hatte unzählige glückliche Stunden auf den Drehhockern an der Ladentheke verbracht, sich Schlagsahne von den Fingern geschleckt und über die Witze ihres Großvaters gekichert.

»Da sind wir«, verkündete sie und achtete darauf, nicht den Schritt zu verlangsamen, während sie auf den Laden zuging, die Schlüssel aus der Tasche fischte und aufschloss. Sie stieß die Glastür auf und schaltete das Licht an, obwohl die Abendsonne noch durch die großen Schaufenster fiel. »Willkommen in der Sunshine Creamery. *Meinem* Familienunternehmen.«

»Du hast mir erzählt, dass deine Großeltern ein Geschäft hatten, aber ich wusste nicht, dass es eine Eisdiele ist.« Sam strich über den alten Brausespender und pfiff leise durch die Zähne. »Sieh mal einer an!«

»Tja, wir haben wohl nie viel über unsere Vergangenheit gesprochen«, meinte Lila. So war es einfacher gewesen. Von klein auf hatte sie gelernt, einen Fuß vor den anderen zu setzen, sich auf das Hier und Jetzt zu konzentrieren. Nur so hatte sie vorankommen, nur so hatte sie weiterleben können.

Nachdenklich musterte sie Sam. Es kam nie etwas Gutes dabei heraus, wenn man der Vergangenheit nachhing.

Neben der Kasse stand ein gerahmtes Foto von Lila und Mary mit ihrem Großvater. Sie war darauf etwa fünf Jahre alt, Mary also ungefähr drei. Es war aufgenommen worden, kurz nachdem sie zu ihren Großeltern gezogen waren. Dieser Laden war das Einzige, was sie beide damals aufzumuntern vermochte – die Eisdiele, und die Extraportion Schokostreusel, die ihr Großvater ihnen auf ihre Eisbecher streute. »Meine zwei Eisprinzessinnen«, hatte er oft zu ihnen gesagt, und darüber hatten sie jedes Mal sehr gelacht.

»Meine Eisprinzessinnen«, flüsterte Lila mit Blick auf das Foto. Dann bemerkte sie, dass Sam sie ansah, und schüttelte verlegen den Kopf. »Entschuldige, das hat mein Großvater immer zu uns gesagt. Ich hab gar nicht mehr daran gedacht.«

Sams Lächeln war voller Wärme. »Das hier ist ein fantastischer Ort, Lila.«

Lila sah sich im Geschäft um und versuchte, es mit seinen Augen zu betrachten. Der Laden war sauber, aber alt, mit abblätterndem Linoleumboden und feinen Rissen in den Ecken der gelb gestrichenen Wände. Die Geister der Vergangenheit lauerten überall: die schweigende Jukebox, die das Zimmer einst mit Musik erfüllt hatte, die ordentlich gestapelten, gebogenen Eisschalen, in denen früher Bananensplit serviert worden war. Die Sunshine Creamery hatte mehr von Lilas Familiengeschichte miterlebt als sie selbst. Die Eisdiele hatte ihre Kindheit begleitet, ebenso wie die ihrer Mutter und das Leben ihrer

Großmutter als frisch verheiratete junge Frau. Und ihren Großvater als kleinen Jungen.

Sie blinzelte die Tränen fort und schlang die Arme um den Körper. An der Rückwand hing ein gerahmter Druck von einem Hund, der an einer zu Boden gefallenen Eiswaffel leckte. Auf dieses Bild konzentrierte sie sich jetzt. Sie hatte es immer sehr gemocht.

»Warum hat der Laden zugemacht?«, fragte Sam und ließ sich auf einen der Thekenhocker sinken. Er drehte sich zur Seite, bis er ihr ins Gesicht sehen konnte.

Lila verlagerte das Gewicht von einem Fuß auf den anderen und hoffte, dass ihre Stimme trotz der übermächtigen Gefühle fest bleiben würde. »Mein Großvater ist vor ein paar Monaten gestorben.« *Verdammt.* Wäre ja auch zu schön gewesen. Sie klang zittrig, und jetzt bebte ihr auch noch die Unterlippe. Sie räusperte sich und versuchte, sich zusammenzunehmen.

Sie musste Sam beweisen, wie besonders dieser Ort für sie war. Sie durfte sich ihren Plan nicht von vornherein selbst ruinieren, indem sie in Tränen ausbrach.

»Und du wolltest den Laden nicht übernehmen?«

Lila lachte leise. »Ich liebe dieses Geschäft, aber nein, das wollte ich nicht. Dafür mag ich meine eigene Arbeit viel zu sehr. Meine Schwester –« Sie unterbrach sich, um nicht zu viel preiszugeben. »Meine Schwester würde die Eisdiele gern weiterführen.«

Sam schob die Unterlippe vor und nickte, während er sich erneut im Raum umsah. »Gut. Ich fände es schade, wenn eine alte Institution wie diese einfach verschwindet.«

»Ich auch.« Lilas Stimme war belegt. »Mary hat kürzlich nach Feierabend etwas Eis gemacht«, sagte sie dann und lächelte schon wieder. »Falls du Lust hast, empfehle ich dir eine Kugel Minze mit Schokosplittern. Die Sorte mag ich persönlich am liebsten.«

»Gut, also einmal Schoko-Minze, bitte.« Als sie hinter die Theke trat, drehte er sich auf dem Hocker wieder zurück.

Lila sah ihn misstrauisch an und sagte: »Na, das ist ja mal was Neues.«

»Was denn?«

Sie öffnete den Eisschrank, und ihr Herz setzte einen Schlag aus, als sie die vertrauten weißen Plastikbehälter mit der Handschrift ihres Großvaters darauf entdeckte. Sie mussten seit Monaten hier stehen, Mary hatte sie nie weggeräumt. Und Lila war ihr dankbar dafür.

»Ach, weißt du«, meinte sie und griff nach einem der neueren Behälter mit Marys runder, ausladender Schreibschrift darauf, »du nimmst nicht so oft einen Vorschlag von mir an, das ist alles.«

»Ich möchte darauf hinweisen, dass ich mir mit Freude alle deine Vorschläge anhöre, Lila. Und wenn sie gut sind, akzeptiere ich sie auch.«

Schweigen breitete sich zwischen ihnen aus, und Sams Augen bohrten sich in ihre. Er rieb sich das Kinn, seufzte schwer, und Lilas Blick wanderte zu seinen Lippen. Sie musste unwillkürlich daran denken, wie sich sein Mund auf ihrem angefühlt hatte.

Herrgott! Wenn sie so weitermachte, würde ihr das Eis noch über die ganze Hand laufen.

Sie fand Gramps' metallenen Eisportionierer neben einem Haufen Zettel und Farbmuster, die Mary bei ihrem letzten Besuch liegen gelassen haben musste, und schnappte sich ein Eisschälchen. Sie hatte Sam aus einem bestimmten Grund mit hierhergenommen. Sie wollte ihm zeigen, woher sie kam. Wollte, dass er die Wichtigkeit von Tradition anerkannte.

Wann, wenn nicht jetzt, dachte sie, und ihr Magen zog sich sorgenvoll zusammen.

»Hier, bitte sehr, der Herr.« Sie lächelte Sam zurückhaltend an, während sie mit dem Eislöffel durch das Eis fuhr und ihm anschließend das gefüllte Schälchen über die Theke schob.

Er probierte einen Löffel und lächelte sie reumütig an. »Das ist köstlich.«

»Ein Familienrezept«, erklärte Lila. »Mary übt schon länger für die Zeit, in der sie die Eisdiele mal übernimmt.« *Falls* sie die Eisdiele mal übernimmt, besser gesagt. Sie würden die Miete für das leere Geschäft nicht mehr lange aufbringen können.

Sam sah Lila nachdenklich an. »Isst du keins?«

Sie schüttelte den Kopf. »Ich hab eine Idee, die ich gern mit dir besprechen würde.« Sie war stolz auf ihren Einfall, aber sie hatte keine Ahnung, wie Sam darauf reagieren würde.

Oder was passieren würde, falls er ihn ablehnte.

»Was fühlst du, wenn du an Speiseeis denkst?«, fragte sie. Sam warf ihr einen langen Blick zu, aber sie sagte nur: »Jetzt mach schon mit.«

»Sommer. Süße. Kälte. Cremigkeit. Kindheit. Sorglosigkeit.« Sein Gesicht verdüsterte sich, doch Lilas Herz schlug schneller.

»Ich denke an Ferien, Wochenenden, länger aufbleiben, als man eigentlich darf, ein Abend auf einer Parkbank, Schlecken an einer Eiswaffel, die Hände ganz klebrig. Ich denke an Ruhe, Frieden. Die Sonne im Gesicht. Man sitzt ganz still da, genießt die Einfachheit des Augenblicks. Glück.« Sie schluckte den Kloß hinunter, der sich in ihrer Kehle festgesetzt hatte. »Ich denke an diesen Ort hier.«

Sie verstummte, ging ins Hinterzimmer, schnappte sich einen Sack Zucker von der Arbeitsfläche und schleppte ihn etwas unbeholfen in den Verkaufsraum. Sie wuchtete ihn mit lautem *Rumms* auf die Theke und deutete auf das Etikett. »Reed Sugar.« Sie sah Sam aufmerksam an und wartete auf seine Reaktion. Er gab sich Mühe, keine zu zeigen. »Nichts hiervon wäre möglich ohne Reed Sugar.«

Sam schob seinen leeren Eisbecher beiseite, seufzte und stützte die Ellenbogen auf die Ladentheke. »Also gut, ich höre.«

»Eine Eisdiele ist … ein freundlicher Ort. Ein Ort, um das Leben zu feiern. Besonders. Echt. Traditionell. Zeitlos. Man kommt nach einem miesen Tag hierher, um die schlechte Laune zu vertreiben. Hier entstehen Erinnerungen. Schöne, glückliche Erinnerungen. Die man mit seinen Kindern teilen möchte. Die man sich bewahren will, die einem ganz einfach ein gutes Gefühl geben. Reed Sugar macht all das möglich. Reed Sugar … die süßere Seite des Lebens.«

Sam nickte nachdenklich, sagte jedoch nichts und sah sie unverwandt an. Lila hielt den Atem an und wartete auf sein Urteil, wappnete sich für eine abfällige Bemerkung.

Er fuhr sich mit der Hand über den Mund und kicherte. »Ich glaube, du bist da an was dran.«

»Meinst du wirklich?«, keuchte Lila.

Sams Blick wanderte über ihr Gesicht. »Ich bin beeindruckt, Lila. Normalerweise zieht so was bei mir nicht, aber … ich mag deine Idee. Ich mag sie wirklich.«

Sie musterte ihn misstrauisch und wartete auf den Anflug eines ironischen Grinsens, aber da war nichts. »Also gut. Wunderbar. Ich bin froh, dass wir vorankommen.« *Jetzt bloß professionell bleiben, Lila. Zeig ihm nicht, wie viel dir das bedeutet. Wie sehr du dich danach gesehnt hast.*

Sie kam hinter der Theke hervor und glitt auf den Hocker neben ihm. »Mein Großvater lächelt uns jetzt sicher zu.« Sie deutete nach oben und grinste, aber Sams Lächeln verrutschte.

»Er ist sicher stolz auf dich.« Seine Stimme klang merkwürdig, und seine Augen wirkten traurig. »Weißt du, so sehr ich mir auch wünschen würde, die Vergangenheit ändern zu können, irgendwie glaube ich, dass du genau den Weg gegangen bist, der für dich vorgesehen war.«

»Du meinst den Weg in die Eisdiele?« Lila lachte leise.

»Ich meine den Weg hierher, zu deiner Familie, wo du dein eigenes Ding machen kannst. Und das machst du gut. Du hast schon immer an deine Ideen geglaubt, auch wenn ich es nicht getan habe. Jetzt bist du frei und kannst sie umsetzen. Nicht jeder hat so viel Glück.«

»Sagt der Mann, der von allen vergöttert wird …«

Sam schüttelte den Kopf. »Sagt der Mann, der sich noch immer jemandes Stolz verdienen will.«

Lila forschte in seinem Gesicht nach einer Spur seines Egos, des großen Selbstbewusstseins, der Arroganz. Aber der Mann auf dem Hocker neben ihr wirkte verloren und ernüchtert.

»Du siehst erschöpft aus«, sagte sie leise.

Er nickte. »Das bin ich auch. Erschöpft davon, andere zu enttäuschen. Dich habe ich auch enttäuscht.«

»Ach, Sam …« Sie schüttelte den Kopf.

»Weißt du eigentlich, dass du immer noch das hübscheste Mädchen bist, das ich verdammt noch mal je geküsst habe?« Sam grinste, und Lila kämpfte die Gefühle nieder, die mit aller Macht an die Oberfläche drängten.

Bevor sie noch irgendetwas tun konnte, hatte Sam sich zu ihr vorgebeugt und streifte ihre Lippen flüchtig mit seinen. Der Kuss war sanft und zärtlich und ließ Verlangen in ihr aufwallen, das sich kribbelnd über ihren Rücken ergoss und tief in ihrem Innern eine noch stärkere Begierde weckte. Das hatte sie vermisst. Dieses Gefühl seiner Lippen auf ihren, die Wärme seines Körpers. Die Berührung seiner Hände.

Langsam öffnete sie den Mund und ließ ihn ein. Er küsste sie behutsam, und dann rutschte er von seinem Hocker und zog sie näher an sich, mit größerem Verlangen. Mit den Lippen an seinen stöhnte sie auf, während sie einander erkundeten und eine große Wärme sich in Lilas Körper ausbreitete. Seine Hände lagen an ihrem Rücken, glitten tiefer, bis zu ihrer Hüfte. Zögerlich legte sie eine Hand an seine Brust, spürte seinen Herzschlag unter den Fingern und schlang den anderen Arm um seinen Rücken, zog ihn an sich.

Er löste sich von ihr und beugte sich ein Stück zurück, sah sie eindringlich an, die Augen verschattet vor unausgesprochenen Gefühlen.

Lila strich sich das Haar aus dem Gesicht und legte nachdenklich den Finger an die Lippen. »Weißt du, ich glaube, jetzt nehme ich doch ein Eis«, sagte sie und trat einen Schritt zurück zur Theke.

Sam blieb, wo er war, und sah sie an, sagte jedoch nichts. Sie nahm ein weiteres Schälchen vom Regal und hob den Eislöffel. Sie hatte vergessen, das Eis wieder zurückzustellen, und es war schon weich geworden.

»Nachschlag gefällig?«, fragte sie Sam.

Er nickte. »Ein Nachschlag wäre toll«, erwiderte er, und Lila biss sich auf die Lippen, um nicht zu sehr zu lächeln, während sie den Löffel in das Eis senkte.

Sie hätte schwören können, dass er gerade an etwas anderes dachte als an Speiseeis.

***

Sams Gedanken kreisten immer noch um Lila, als er aus dem Taxi stieg und die kühle Nachtluft einsog. Das Hotel leuchtete im Dunkeln und warf ein warmes Licht auf die Michigan Avenue und die Edelboutiquen ringsum, die mittlerweile geschlossen waren. Er wusste, eigentlich sollte das beruhigend auf ihn wirken – als Erinnerung daran, wie weit er es gebracht hatte –, doch wie er so vor dem prächtigen Hoteleingang stand, allein mit dem steifen Türsteher in seiner Livree, fühlte er sich ausgesetzt, als wäre ein Scheinwerfer auf ihn gerichtet. Er war entblößt, jeder konnte sehen, wer er wirklich war. Vor seinem inneren Auge erschien seine Großmutter, die auf ihn herabblickte und enttäuscht den Kopf zu schütteln schien.

Das Hotelfoyer war still und leer. Sam ging mit leisen Schritten zu den Aufzügen hinüber, obwohl sich seine Füße tonnenschwer anfühlten. Er drückte den Aufzugknopf und vergrub die Hände in den Hosentaschen, wippte auf den Fersen vor und zurück und wartete, dass die Türen vor ihm aufgleiten würden.

Es war spät, und er hatte in den vergangenen Nächten nicht besonders gut geschlafen, aber er brauchte jetzt etwas, das seine Anspannung lösen würde, seinen Geist von allem befreite, was sein Urteilsvermögen trübte und ihn so unruhig machte. Wenn er jetzt sofort ins Bett ginge, würde er bloß daliegen und an die Decke starren. Als der Fahrstuhl oben angekommen war, ging Sam geradewegs auf die Bar zu.

»Einen Whiskey«, sagte er zum Barkeeper und ließ sich auf einen Hocker sinken. Er warf einen Blick zum Fernseher an der Wand, überflog die Baseball-Ergebnisse und nahm mit einem Nicken sein Glas entgegen. Er ließ das Eis darin kreisen und trank einen Schluck, wartete auf die erhoffte Wirkung.

Lila glaubte, er verstünde nicht, woher sie kam, was ihr wirklich wichtig war. Er hatte sich unglaublich zusammenreißen müssen, um ihr nicht zu sagen, wie sehr sie sich täuschte – wie ähnlich sie sich in Wahrheit waren. Dass er ganz genau wusste, wie es sich anfühlte, nach Hause in eine beengte Wohnung zu kommen, es aber gar nicht weiter schlimm zu finden. Dass ihm Familie entgegen landläufiger Meinung mehr bedeutete als Geld.

Er trank einen weiteren Schluck. Sein Magen brannte – nicht vom Alkohol, sondern wegen der Entscheidung, die er vor vielen Jahren getroffen hatte. Er hatte sich damals eingeredet, dass er nur herausfinden wollte, woher er stammte, aber manchmal, wenn er an seine Kindheit zurückdachte, so schlicht und glücklich, fragte er sich, ob er nicht eigentlich dem Menschen, der er wirklich war, und dem Mann, der er hätte werden können, den Rücken gekehrt hatte.

Vermutlich sollte er erleichtert sein, dass der Pitch für Reed näher rückte. Dass er den Auftrag mit hoher Wahrscheinlichkeit an Land ziehen würde. Dass die Agentur ihren Ruf würde wahren können. Dass sein Vater vielleicht stolz auf ihn wäre. Und dass sein Bruder dann vielleicht endlich aufhören würde, ihn zu erinnern, wo sein Platz innerhalb der Familie war.

Doch er konnte bloß an den knarrenden, alten Schaukelstuhl denken, in dem seine Großmutter früher immer gesessen hatte, wenn sie ihm Geschichten vorlas, und an das Foto von ihr, das er in seiner Wohnung aufbewahrte – seine einzige Erinnerung an sie.

Er hätte Lila heute Abend so gern von ihr erzählt. Zum Teufel, er hatte Lila schon unzählige Male von ihr erzählen wollen. Sie hätte ihn verstanden, anders als die meisten anderen Frauen, die ausschließlich Sam Crawford in ihm sehen wollten, den Sohn von Preston, mit all seinem

Geld und Geprotze. Aber Lila … Sie mochte diese Seite an ihm gar nicht besonders, oder?

Er nahm einen weiteren großen Schluck und kämpfte gegen die Erinnerung an Lila an, versuchte die Aufregung zu dämpfen, die er beim Wiedersehen mit ihr an diesem Abend empfunden hatte. Doch es nützte nichts. Sie hatte sich in seine Gedanken eingeschlichen, und nichts konnte sie wieder daraus vertreiben. Sein Verlangen nach ihr konnte nur auf eine einzige Weise gestillt werden – er konnte ihr und den Fantasien von ihrer glatten Haut nicht entgehen. Er hatte sich noch nie so sehr zu einer Frau hingezogen gefühlt; normalerweise fiel es ihm leicht, einfach wieder seiner Wege zu gehen. Gemeinsam eine schöne Nacht zu verbringen und dann weiterzuziehen. Aber bei Lila … nur ein einziger Kuss, und er wollte so viel mehr.

Ein schleichendes Unbehagen überkam ihn. Auf unheimliche Weise ahnte Sam, dass er seine Seelenverwandte gefunden hatte. Und er wusste nicht so recht, wie er damit umgehen sollte.

10

Sam schob die Schlüsselkarte in den Schlitz, wartete auf das Piepsen und betrat die stille Hotelsuite. Er hatte geglaubt, eine Runde an der Seepromenade würde ihm die Sinne klären, doch seine tosenden, Verwirrung stiftenden Gedanken konnte er einfach nicht beruhigen. Er nahm eine Wasserflasche aus dem kleinen Hotelkühlschrank und sah auf sein Handy. Keine verpassten Anrufe. Dann ging er seinen Posteingang durch, überflog einige Mails und nahm sich vor, ein paar davon noch einmal genauer anzusehen, sobald er seinen Laptop voll aufgeladen hatte.

Vom Zimmertelefon rief er die Rezeption an und bestellte sich Mittagessen. Er zog seine verschwitzten Laufklamotten aus und drehte die Dusche im Bad auf die heißeste Stufe, sodass der Spiegel beschlug. Seine Muskeln schmerzten, und von der Klimaanlage hatte er eine leichte Gänsehaut bekommen. Er überlegte, im Spa des Hotels eine Massage zu buchen, entschied sich dann aber dagegen. Für heute hatte er lange genug Pause gemacht. Er musste sich wieder hinter die Arbeit klemmen.

Er beendete seine Dusche, trocknete sich ab und zog sich eilig an. Barfuß tapste er ins Wohnzimmer und rief im Büro an. Rex ging schon beim zweiten Klingeln dran.

»Irgendwelche neuen Entwicklungen, über die ich Bescheid wissen sollte?«, fragte Sam.

»Ich kann nicht oft genug sagen, wie dringend wir diesen Auftrag von Reed brauchen, Sam.« Rex' Stimme klang harsch und eine Spur drohend, das war nicht zu überhören.

In Sam wallte Ärger auf. Er hatte nach der Uni gleich bei PC Advertising angefangen – nur zwei Jahre später als Rex –, aber irgendwie hielt sein Bruder sich immer noch für den Mentor, den Anführer. Im Grunde wusste Sam, dass Rex auch jetzt noch das Bedürfnis hatte, seine Stellung als Preston Crawfords rechtmäßiger Sohn zu behaupten, ebenso wie Sam sich seinen eigenen Platz in der Familie erkämpfen wollte. Egal, wie viel Vertrauen die Brüder inzwischen zueinander aufgebaut hatten, bei beiden saßen die Ängste tief.

»Ich hab dich auch schon beim ersten Mal verstanden, Rex«, erwiderte Sam ausdruckslos. »Ich meinte damit eigentlich Dad.«

»Er ist mürrisch wie eh und je«, sagte Rex, und in diesem Fall war das ausnahmsweise mal ein Grund zur Erleichterung. »Natürlich kann man sich kaum vorstellen, wie sehr es ihn aus der Fassung bringen würde, wenn er von den Vorgängen in der Agentur wüsste. Ich hoffe, so weit muss es nicht kommen.«

Sam biss die Zähne zusammen. »Ich hab dir ja gesagt, dass du dir über die Sache mit Reed keine Sorgen zu machen brauchst. Ich bleib da dran.«

»Tja, besser wär's. Wenn du das nicht gebacken kriegst, sind wir unseren Ruf los.«

»Ich finde, du siehst das ein wenig zu fatalistisch«, meinte Sam in sanfterem Tonfall. Es klopfte, und er bat seinen Bruder, kurz dranzubleiben, während er zur Tür ging. Der Zimmerservice rollte ein Servierwägelchen herein, und Sam gab dem Hotelangestellten ein Trinkgeld. Doch der Appetit war ihm plötzlich vergangen, und von dem Essensgeruch drehte sich ihm beinahe der Magen um. Er wartete, bis die Zimmertür wieder ins Schloss fiel, und hob dann erneut das Handy ans Ohr, kochend vor Wut, weil sein Bruder einen derartigen Druck auf ihn ausübte. »Was treiben eigentlich unsere Kundenbetreuer, Rex? Es gibt Hunderte Firmen von ähnlichem Kaliber wie Reed Sugar oder Jolt Coffee.«

»Natürlich gibt es die, das ist nicht das Problem. Unser Problem ist Zeit, Sam. Du hast nur noch etwas über eine Woche, um den Deal in trockene Tücher zu bekommen. Niemand bleibt freiwillig auf einem sinkenden Schiff. Die Leute entscheiden sich für uns, weil wir die Besten sind. Weil alle anderen großen Fische auch bei uns sind. Wenn wir die nicht mehr haben … Von dir hängt jetzt alles ab, also versau es nicht.«

Eine Woche. Sam rieb sich den Nacken und verzog das Gesicht, weil sein oberer Rücken verspannt war. Innerhalb einer Woche konnte alles Mögliche passieren, nur eins war sicher: »Ich hab nicht die Absicht, das zu versauen«, versicherte er seinem Bruder.

Nicht die geringste Absicht.

***

Penny hatte bereits Feierabend gemacht, als Lila endlich ihren Laptop zuklappte. Sie lehnte sich in ihrem Stuhl zurück und reckte sich. Es war ein produktiver Tag gewesen. Und ein ruhiger. Keine Nachricht von Sam, nicht dass ihr das irgendetwas ausmachte. Zumindest nicht viel.

Wenn sie an diesen Kuss zurückdachte, stockte ihr unweigerlich der Atem. Das Gefühl seiner Lippen auf ihren, die Hitze seiner Hände auf der Haut. Das wild pochende Herz unter seinem Shirt. Seine harte Brust, so eng an ihrem Körper.

Sie verscheuchte den Gedanken. Es war ein Ausrutscher gewesen. Sie waren in alte Verhaltensmuster zurückgefallen. Es war ein Fehler. Und es würde nicht noch einmal passieren. Es *durfte* nicht noch einmal passieren.

Bald würde Sam zurück nach New York gehen, und sie … Ja, sie und Mary könnten die Sunshine Creamery wiedereröffnen. Sie würde jeden Tag ins Büro gehen, sich Pennys Geschichten über ihre neuesten katastrophalen Internetbekanntschaften anhören (der letzte Typ hatte ihr nach dem Essen eiskalt die Rechnung zugeschoben) und dem kleinen Hüttensänger zusehen, wie er aus seiner Kuckucksuhr hervorschnellte. Sie würde bei Hailey ihren Kaffee bestellen, Jim Watson zuwinken und mit Mary auf der Feuertreppe sitzen. Und schon bald würde Sam wieder der Vergangenheit angehören.

Lila durchquerte das kleine Vorzimmer. »Gute Nacht, Fred«, sagte sie, als sie das Licht ausknipste und die Bürotür hinter sich zuzog.

»Sprichst du jetzt schon mit deiner Zimmerpflanze?«, fragte eine tiefe Stimme hinter ihr.

Lila fuhr zusammen. Sie spürte ihr Herz pochen, als sie durch die angelehnte Tür des Verbindungsgangs hinausspähte und Sam mit einem schiefen Grinsen im Gesicht am Fuß der Treppe stehen sah.

»Du hast mich erschreckt. Was … was machst du denn hier?«

Sam hielt zwei große Papiertüten in die Höhe. »Hunger?«

Lila zögerte, eine Hand am Treppengeländer. Sie hatte außer einem Croissant im Café um elf Uhr bisher nichts gegessen, aber wenn sie in diese blauen Augen sah, verging ihr trotzdem jeder Appetit.

Sie hätte sich niemals erlauben dürfen, ihn zu küssen. Jetzt … jetzt konnte sie an nichts anderes mehr denken.

Sams Grinsen wirkte unbekümmert, als sie zu ihm auf den Bürgersteig trat. »Ich hab mich erinnert, dass du gern Sushi isst.« Seine Stimme klang tief und weich, und sofort wirbelten die Erinnerungen und widerstreitenden Sehnsüchte nur so in ihr durcheinander und versetzten sie zurück in ihre Tage und Nächte in New York, die allesamt mit einem perfekten Bild von Sam kontaminiert waren.

»Immer freitagabends.« Sie spürte einen kleinen Stich im Herzen, wenn sie an ihr gemeinsames Ritual zurückdachte und daran, wie sie sich jede Woche aufs Neue darauf gefreut hatte. Es war etwas Besonderes gewesen, dass sie schon so früh eine eigene Tradition hatten, fand sie. Sie hatte damals gehofft, dass es die erste von vielen sein könnte.

Seit ihrem Weggang aus New York hatte Lila kein Sushi mehr gegessen, obwohl es einmal ihr Lieblingsessen gewesen war. Zugegeben, dieser Gedanke war pathetisch, aber andererseits sagte er alles. Sie war nie über ihn hinweggekommen. Sechs lange Jahre und sein grausames Verhalten hatten wenig dazu beigetragen, all die schönen Erinnerungen auszulöschen, an denen sie weiterhin hing. Und jetzt … Sie musterte ihn von der Seite und verdammte sich dafür, dass es dermaßen angenehm war, neben ihm herzugehen, mit ihm durch ihre Nachbarschaft zu schlendern, dieses sanfte Kribbeln zu genießen, das ihr jedes Mal über den Rücken lief, wenn er sie anlächelte. Sie fragte sich allmählich, ob sie nach alldem je über ihn hinwegkommen würde.

Sie spazierten zum Lincoln Park und setzten sich ins kühle Gras, in eine abgeschiedene Ecke, die stets verlassen und von bunten, blühenden Büschen in hellen Lila- und Rottönen umgeben war. Sam nahm die Sushischachteln aus einer der Tüten und reichte ihr zwei hölzerne Einwegstäbchen.

»Ich hab noch was anderes.« Aus der zweiten Tüte zog er eine Flasche Sekt und zwei Pappbecher. »Das ist das Beste, was ich auftreiben konnte«, meinte er grinsend. Er zauberte ein Taschenmesser hervor, klappte den Korkenzieher aus und reichte ihn ihr, wobei sich ihre Finger kurz streiften. Lilas Hand erstarrte unter seiner warmen Berührung, doch zugleich erschauderte sie.

Wie lächerlich! Vermutlich lag es bloß am Wind.

Sie stach die Spitze des Korkenziehers in den Korken, während Sam das Sushi auf Teller verteilte. Er sah immer mal wieder zu ihr hinüber, um zu prüfen, wie sie vorankam, und sie bemerkte eine leichte Belustigung in seiner Miene. Schließlich beugte er sich über ihre Schulter und kam ihr so nah, dass sie seine Körperwärme wahrnahm und geschworen hätte, seinen Atem auf dem Nacken zu spüren.

Sie konzentrierte sich weiter auf den Korken und versuchte, nicht darauf zu achten, wie sein Bein nun an ihrem entlangstrich, sodass sie sich vor Aufregung völlig versteifte. Sie musste einen kühlen Kopf bewahren. Okay, dann fand sie Sam eben attraktiv. Das ging bestimmt vielen Frauen so. Es hieß aber nicht, dass daraus je etwas werden könnte … nichts Gutes jedenfalls.

Sie warf ihm einen Blick zu und erhaschte erneut diesen amüsierten Ausdruck, der über sein Gesicht huschte.

»Brauchst du Hilfe?«, fragte er, und Lila hielt inne und vergaß für einen Augenblick, was er eigentlich von ihr wollte, bis er sich über sie beugte, seine Hand um ihre legte und sich mit ihr zusammen am Korken zu schaffen machte. Das Gefühl seiner Finger auf ihren sandte elektrische Stöße durch ihren gesamten Körper, und sie zog rasch die Hand zurück. Sie konnte einfach nicht verhindern, dass seine Hitze ihren Körper und Geist in heftige Schwingungen versetzte.

Der Korken knallte aus der Flasche, und sie zuckten beide leicht zusammen. Lila lachte auf und war froh, dass die Anspannung dadurch ein wenig wich, bis sie bemerkte, dass sie sich rückwärts in seine Arme hatte fallen lassen.

Um Himmels willen. Seine Brust hob und senkte sich mit jedem Atemzug, und sie schmiegte sich an ihn, genoss das sanfte Schaukeln.

Sams Stimme drang leise und bedeutungsvoll an ihr

Ohr. »Vielleicht sollten wir darüber reden, was gestern Abend passiert ist.«

Lila erstarrte und richtete sich wieder auf. Falls er hier war, um sie auf schonende Weise zu enttäuschen, konnte er sich auf was gefasst machen. Diese Genugtuung würde sie ihm nicht gönnen. Nicht noch einmal.

»Ich bin schon ein großes Mädchen, ich weiß, was es bedeutet.« Na bitte. Sie hatte ihre Worte mit weit weniger Anteilnahme geäußert, als sie in Wahrheit empfand. Klar, ein Teil von ihr wünschte sich, dass dieser Kuss sehr wohl etwas bedeutete – ihr eine Zukunft verhieß, die die Vergangenheit wiedergutmachen würde –, aber sie war klug genug, um es besser zu wissen. Das konnte Sam ihr nicht bieten, wie sehr sie es sich auch wünschen mochte.

»Und was bedeutet es deiner Meinung nach?«, fragte Sam und zog eine Augenbraue hoch.

»Es war ein Versehen«, erwiderte Lila und rückte ein Stück von ihm ab.

Sam sah ihr in die Augen. Er nickte und sagte schließlich: »Tja, ich muss nur dauernd daran denken.«

Lilas Herz schwebte wie auf Wolken, aber sie pfiff es schnell wieder an seinen angestammten Platz zurück. Sam würde nur noch eine Woche in der Stadt sein. Länger nicht. Ihre gemeinsame Vergangenheit war ein Desaster, und auf eine Zukunft durften sie nicht hoffen. Sie hatten bloß noch die Gegenwart. Das Hier und Jetzt.

Er streckte die Hand aus und fuhr ihr mit dem Finger den Nacken entlang, und Lilas Haut kribbelte vor Genuss. Sie biss die Zähne zusammen. So einfach konnte es nicht sein. Nicht jetzt, nach allem, was zwischen ihnen vorgefallen war.

»Hast du meiner Kampagnenidee deshalb so schnell zugestimmt?« Sie musste ihn das fragen. Sie wollte sicher sein.

Sam runzelte die Stirn. »Lila. Hast du je erlebt, dass ich irgendetwas schönrede, wenn es ums Geschäft geht?«

Lila seufzte. »Mir kommt das absolut sinnlos vor, Sam. Du lebst in New York, ich lebe hier.«

»Ich glaube, du willst mir nur um jeden Preis widersprechen.«

Lila zog die Augenbrauen hoch. »Widersprechen? Das sind schlicht und einfach Tatsachen.«

Sam lächelte ungerührt, mit unerschütterlicher Zuversicht. »Ich hab da so eine Ahnung, dass ich dich umstimmen könnte …«

»Umstimmen?! Sam, das hier ist keine Werbekampagne. Ich weiß, wie ich zu der Sache stehe, und ich werde meine Meinung nicht so leicht ändern.« Oder zumindest versuchte sie das. Sie wand sich unter seinem eindringlichen Blick und wünschte, sie hätte lieber nichts gesagt. Damit er sie nicht widerlegen konnte.

Endlich wandte er sich ab, goss ihnen Sekt ein und reichte ihr einen Becher.

»Worauf trinken wir eigentlich?«, fragte Lila.

»Auf Reed Sugar. Und … auf unverhoffte Überraschungen.«

Lila nahm einen kleinen Schluck und stellte den Pappbecher dann auf dem Boden ab, stabilisierte ihn mit Mühe im Gras. Sie musste heute Abend einen klaren Kopf bewahren. »Hat es dich dermaßen geschockt, dass mir etwas eingefallen ist, was du wirklich gut findest?«, fragte sie und brachte ein ironisches Lächeln zustande.

Sam sah sie lange an. »Ich habe von dir und mir gesprochen, Lila. Dass wir uns nach all der Zeit wiedergefunden haben.«

Oh. Lila schluckte schwer und rutschte ein wenig im Gras hin und her, so gut es ihr enger Rock erlaubte. Sie griff erneut nach dem Sektbecher. Noch ein Schlückchen. Das hatte sie jetzt nötig.

Okay, oder vielleicht noch zwei.

Sam riss ein Tütchen Sojasauce auf und rührte ein wenig Wasabi hinein. Lila nahm sich mit ihren Stäbchen eine California Roll und war dankbar für die Ablenkung. Sie aßen schweigend, wie es nur zwei Menschen können, die sich gut kennen und die Stille miteinander aushalten – und die nicht andauernd fieberhaft nach dem nächsten Thema suchen müssen. Nur vermutete Lila in diesem Fall, dass Sam ihr in Wahrheit eine ganze Menge zu sagen hatte. Und wider besseres Wissen sehnte sie sich danach, es zu hören.

»Tut mir leid, dass ich keinen Nachtisch besorgt habe«, meinte Sam, nachdem sie ihr Sushi aufgegessen hatten. »Aber das Eis von gestern Abend wäre ohnehin nicht zu übertreffen gewesen.«

»Im Sommer schmeckt Eis immer noch ein bisschen süßer«, stimmte Lila ihm zu und lächelte. Sie wusste, dass Mary die Sunshine Creamery am liebsten noch vor Ende der Saison wiedereröffnen würde. Mit etwas Glück könnte ihr das gerade noch gelingen. »Aber im Sommer sind wohl die meisten Dinge süßer.«

»Sogar ich?« Sam hob erneut eine Braue, und über sein neckisches Grinsen musste Lila lachen.

»Ja«, gab sie zu. »Sogar du.«

***

Sam lehnte sich ins Gras zurück und widerstand dem Drang, einfach die Arme um Lila zu schlingen und sie mit sich nach hinten zu ziehen, sich auf sie zu legen, seinen Mund an ihrem Hals zu vergraben und sie zu küssen, bis sie aufstöhnte. Sie hatte recht. Der gestrige Abend war ein Fehler gewesen – ein Versehen. Was auch immer sie einmal miteinander geteilt hatten, sie lebten in zwei verschiedenen Welten. Das hatten sie schon immer getan.

Sein Kiefer spannte sich an. *Nein, nicht immer.*

»Du fängst jedes Mal an zu strahlen, wenn du von deinen Großeltern sprichst«, sagte er und lächelte betrübt. Er dachte an seine eigene Großmutter zurück, die ihn aufgezogen hatte, und wie immer fühlte er Scham in sich aufsteigen.

Lila zuckte die Achseln und wandte den Kopf, um ihn anzusehen. Das Haar floss ihr über den Rücken, und die letzten goldenen Sonnenstrahlen verfingen sich darin. »Sie waren etwas Besonderes. Sie hatten nicht viel, aber das haben wir gar nicht bemerkt. Wir waren glücklich, und mehr konnten wir wirklich nicht verlangen, nachdem unsere Eltern …«

Sam lächelte traurig. »Du hast Glück, dass du sie hattest«, sagte er.

Lila bemerkte den seltsamen Klang in seiner Stimme und musterte ihn aufmerksam. »Ist alles in Ordnung?«

Sam stützte sich auf einen Ellenbogen. »In New York ist gerade eine Menge los. Ich bin ein bisschen … angespannt.«

»Beruflich oder familiär?«

»Mein Vater – « Sam unterbrach sich. Er setzte sich wieder auf und starrte finster auf den Rasen hinab. »Mein Vater und ich standen uns nie sehr nahe«, sagte er und konnte die Gedanken, die ihn derzeit so sehr beschäftigten, einfach nicht zurückhalten.

Lila neigte den Kopf. »War das schon immer so, auch als du noch klein warst?«

Gut, jetzt war es so weit. Der Augenblick war gekommen, um ihr die Wahrheit zu sagen – über die dunkle Vergangenheit zu sprechen, die er vor allen Menschen in seinem neuen Leben verborgen hielt. Über das beschämende Familiengeheimnis, über das niemand reden durfte, weil es das Vermächtnis der Crawfords beschmutzt hätte.

Sam räusperte sich. »Als ich klein war, habe ich meinen Vater nicht gekannt«, sagte er.

Lilas Stirn legte sich in feine Fältchen. »Aber … ich dachte, deine Eltern sind verheiratet.«

»Mein Vater ist verheiratet, ja. Aber nicht mit meiner Mutter.«

Sam warf Lila einen erneuten Blick zu, und sie versagte jämmerlich bei dem Versuch, ihre Betroffenheit zu verbergen. »Tut mir leid«, stammelte sie. »Ich – «

Sam hob die Hand. »Ist schon okay. Niemand weiß davon. Na ja, ein paar Leute wahrscheinlich schon, aber die sind schlau genug, den Mund zu halten.« Er atmete scharf ein und kämpfte gegen den schneidenden Schmerz in seiner Brust an, der sich angesichts der Entscheidungen seines Vaters unweigerlich einstellte. »Als Rex noch ganz klein war, hatte mein Vater eine Affäre. Und ich war das Ergebnis.« Er zuckte die Achseln, aber die steile Falte auf Lilas Stirn verriet ihm, dass sein gleichgültiges Verhalten sie kein bisschen mehr überzeugte als ihn selbst. »Meine Mutter hat ihm gesagt, dass sie schwanger ist, und er wollte sie mit einer Abfindung dazu bringen, Stillschweigen zu bewahren«, sagte Sam, und seine Stimme klang durch die Wucht der auf ihn eindrängenden Gefühle plötzlich rau. Er war es nicht gewohnt, auf diese Weise über seine Familie zu sprechen. Sie war, wie sie war, und er sah keinen Sinn darin, auf den unschönen Details herumzureiten. Aber das alles einmal laut auszusprechen, war befreiend. Auch wenn es schmerzliche Empfindungen an die Oberfläche spülte, die er normalerweise verdrängte, so gut es ging. »Er hatte wohl keine Lust, dass ich ihm sein Leben verkompliziere.«

Lila schüttelte den Kopf und zog ein finsteres Gesicht. »Hat *sie* dir das so gesagt?«

»Nein.« Er mahlte mit den Zähnen und wünschte sich, er müsste nicht weiter über dieses Thema sprechen oder auch nur daran denken. Er hätte diese schmerzlichen Erinnerungen am liebsten verdrängt, wie schon seit so vielen Jahren, aber der angestaute Ärger brauchte ein Ventil. »Ich habe meine Mutter nie kennengelernt. Sie ist gleich nach meiner Geburt gestorben. Es gab … Komplikationen.«

Schweigend streckte Lila die Hand aus und griff nach seiner. Sam umschloss ihre Finger fest und hatte nicht die Absicht, sie bald wieder loszulassen.

Er stieß die Luft aus. Scham schnürte ihm die Kehle zu, wenn er an die Frau dachte, die er nie gekannt und von der er nur durch Erzählungen gehört hatte. Die Frau, von der sein Vater sich abgewendet hatte. »Ich bin bei meiner Großmutter aufgewachsen. Der Mutter meiner Mutter.«

Lila blinzelte überrascht. »Genau wie ich«, sagte sie so leise, dass er sie kaum hörte.

Er streichelte mit dem Daumen über ihre Finger. Sie fühlten sich in seinen eigenen ganz klein und weich an. »Ja, genau wie du.«

»Wie hast du deinen Vater schließlich gefunden?«, fragte Lila.

»Meine Großmutter ist gestorben, als ich gerade mein Studium angefangen hatte, und als ich ihr kleines Apartment ausgeräumt habe, hab ich meine Geburtsurkunde gefunden.«

Lila runzelte die Stirn, stärker als zuvor. »Ihr Apartment?«

»Ja, ich bin in Queens aufgewachsen. Nicht auf der Park Avenue, wie du vielleicht gedacht hast.« Er sah sie unsicher an.

Lila schwieg einen Augenblick. »Nein«, sagte sie endlich und schüttelte den Kopf. »Das hätte ich wirklich nicht erwartet.«

»Manchmal war es ziemlich schwer für uns. Wir hatten kein leichtes Leben.« Und leicht war sein Leben auch jetzt noch nicht. Er wollte zu den Besten gehören und seinen Platz an der Spitze behaupten. Nur, dass es ihm dabei nicht ums Geld ging. Anders, als die meisten Leute glaubten.

»Aber das Geld, das dein Vater –«

Sam schüttelte den Kopf. »Meine Mutter hat es nicht angenommen. Dafür war sie zu stolz.«

»Aber deine Großmutter hätte ihn doch sicher kontaktieren können …«

Sam rieb sich den Nacken und starrte durch den Park, erinnerte sich an den harten Ausdruck, der jedes Mal über das Gesicht seiner Großmutter gehuscht war, wenn er nach seinem Vater gefragt hatte. »Nein. Nein, ich glaube, sie wollte nichts mit Preston Crawford zu tun haben, auch wenn es ihr das Leben wohl erleichtert hätte.« Er sah Lila an. »Deshalb habe ich auch bis nach ihrem Tod gewartet, um richtig nach ihm zu suchen. Ich habe gespürt, dass er irgendwo da draußen sein muss, aber ich habe sie nicht gedrängt. Ich wusste, dass sie fand, ohne ihn wäre ich besser dran.«

Und immer häufiger fragte er sich, ob sie damit nicht vielleicht recht gehabt hatte. Er liebte seinen Vater, aber er konnte nie sicher sein, ob dieses Gefühl auch erwidert wurde. Und jetzt … Er dachte an die verrinnende Zeit, an die mit jedem Tag schwindenden Erinnerungen. Jetzt würden seine Gefühle vielleicht nie mehr erwidert.

Lilas weiche, haselnussbraune Augen waren weit aufgerissen. »Ich hatte keine Ahnung. Das hast du mir nie erzählt.«

»Ich kann nicht sagen, dass ich besonders stolz darauf bin, aber ich musste einfach nach ihm suchen. Nachdem meine Großmutter gestorben war, hatte ich keine Familie mehr. Zuerst wollte ich nur meine Neugier aus Kindertagen befriedigen, ihn einfach kennenlernen. Und dann …« Er lächelte betrübt. »Tja, dann ist mehr daraus geworden.«

Lila sah ihn skeptisch an und holte tief Luft, sagte jedoch nichts. Sie war mit den Entscheidungen seines Vaters eindeutig ebenso wenig einverstanden wie er selbst. »Und Rex?«, fragte sie schließlich.

»Oh, Rex wird immer der einzig wahre Sohn bleiben. Wahrscheinlich sollte ich froh sein, dass ich bei der ganzen Geschichte auch noch einen Bruder dazugewonnen habe, selbst wenn es schwierig mit ihm sein kann.«

»Du sehnst dich nach der Liebe deines Vaters«, bemerkte Lila, und Sam biss die Zähne zusammen, um die anschwellenden Gefühle zu bändigen.

»Ich habe alles getan, um mir seine Anerkennung zu verdienen, um ihm zu beweisen, dass ich ebenso gut bin wie Rex. Ich habe meinen Namen geändert und seinen angenommen, um ihm irgendwie zu zeigen, dass ich wirklich sein Fleisch und Blut bin. Vielleicht wird er es eines Tages tatsächlich auch so sehen.«

Oder vielleicht, dachte Sam und kämpfte mal wieder mit seiner altbekannten Angst, *vielleicht waren all die Opfer völlig umsonst.*

Lilas Hand lag ruhig auf seiner, warm und fest. Er streichelte erneut mit dem Daumen über ihre Finger, sah ihr in die Augen. Ihre Lippen öffneten sich sanft, und er erwartete, dass sie gleich zurückschrecken, sich ihm entziehen würde, aber das tat sie nicht.

Sam streckte die Hand aus und schob ihr eine Haarsträhne hinter die feine Rundung ihres Ohrs. Dann beugte er sich vor und flüsterte: »Ich werde dich jetzt noch einmal küssen, Lila. Und diesmal werden wir es nicht als Fehler bezeichnen.«

Er umschloss ihr Ohrläppchen mit den Lippen und knabberte sanft daran. Lila seufzte auf, und er spürte an seiner Wange, wie sie lächelte. Er legte ihr den Arm um die Hüfte und wanderte mit den Lippen behutsam bis zu ihrem Mund, küsste sie zuerst ganz sanft, langsam, wollte ihren Geschmack auskosten. Ihr Körper hob und senkte sich in Einklang mit seinem, und er zog sie näher an sich, spürte ihre Brüste an seiner Brust, bettete sie rückwärts ins kühle Gras. Ihr Haar breitete sich wellenförmig um ihren Kopf aus, und sie lächelte zu ihm auf. Er wischte eine weitere Strähne von ihrer Stirn und beugte sich über sie, um sie erneut zu küssen, und das hoffentlich nicht zum letzten Mal.

***

Ihre Lippen kribbelten noch immer von seinem Kuss, und das Herz hämmerte ihr in der Brust. Sie nahm die letzte Stufe. Sie waren jetzt im zweiten Stock angekommen. Das Haus wirkte ruhig und friedlich, nur aus der Wohnung unter ihnen drang ganz leise das Geräusch eines Fernsehers. Sam war in ihrem Haus, in ihrem Zuhause, ihrem sicheren Hafen. Das kleine Fleckchen Welt, das sie sich geschaffen hatte, nachdem er ihr Leben zerstört hatte.

Die Tür zu ihrer Wohnung flog auf, bevor sie überhaupt die Klinke drücken konnte.

»Da bist du ja endlich!«, rief Mary aus. »Ich warte schon seit über einer Stunde auf dich. Am Ende hab ich aufgegeben und – oh …« Bei Sams Anblick hielt sie abrupt inne. Ihr Blick wanderte zu Lila zurück. »Oh, *so* ist das! Gut, ich will euch auf *keinen* Fall stören. Ich habe dir eh gerade einen Zettel hingelegt: Ich hab für heute Abend eine Extraschicht übernommen. Also …« Sie starte Sam noch immer leicht verwirrt an.

»Mary, darf ich dir Sam Crawford vorstellen? Sam, das ist meine Schwester.«

»Hallo.« Sam reichte ihr die Hand, und Mary strahlte bei seinem Händedruck über das ganze Gesicht.

»Ich hab schon so viel von Ihnen gehört, Sam«, flüsterte sie, als würde sie ganz im Vertrauen zu ihm sprechen.

»Nur Gutes, hoffe ich?« Sam zwinkerte ihr zu.

»Nun ja …« Mary kicherte, und Lila umklammerte den Riemen ihrer Handtasche ein wenig fester. Mary hielt immer zu ihr, aber sie war von Natur aus kein bisschen nachtragend. Im Gegensatz zu Lila hatte ihr auch noch niemand so richtig das Herz gebrochen. Lila hoffte, dass das auch so bleiben würde.

»Dann sehen wir uns also morgen früh?«, fragte Lila und spürte, wie ihre Wangen feuerrot anliefen. Sie konnte sich gut vorstellen, wie das alles auf Sam wirken musste. Ein Abend ganz allein mit ihr in ihrer Wohnung. Ihr Schlafzimmer nur wenige Schritte vom Wohnzimmersofa entfernt. Plötzlich schien diese Nacht mehr bereitzuhalten, als sie je geahnt oder auch nur erhofft hatte.

Mary lächelte verschmitzt. »Oh, darauf kannst du Gift nehmen«, erwiderte sie vielsagend und eilte die Treppe hinunter.

Lila seufzte, als sie die Wohnung betrat und Sam die Tür aufhielt. Der Trockenblumenkranz, den sie am Samstagmorgen auf dem Markt gekauft hatte, hing an der Haustür. Jetzt kannte Sam diesen Kranz. Jetzt würde er genauso lässig ihr Zuhause betreten wie er auch zurück in ihr Leben spaziert war, nur um eine Woche später ebenso geschmeidig wieder daraus zu verschwinden.

Oder vielleicht würde es diesmal anders kommen.

»Trautes Heim …«, sagte sie.

»Deine Schwester wirkt nett«, bemerkte Sam, als sie hinter ihm die Tür zuzog. »Ich hätte erwartet, dass sie mir eine reinhaut oder so.«

Lila musste grinsen. »Warum sollte sie?«

Sam grinste ebenfalls, und Lila genoss diesen unbeschwerten Moment. Es fühlte sich gut an, ehrlich zueinander zu sein, die Vergangenheit nicht einfach totzuschweigen. Nur so würden sie beide je darüber hinwegkommen.

Ihr Herzschlag beschleunigte sich, wenn sie daran dachte, was das bedeuten konnte. Gab es möglicherweise doch noch eine gemeinsame Zukunft für sie beide? Oder war diese kurze Zeit zu zweit nur dazu gut, die Sache mit einem etwas besseren Gefühl beizulegen als zuvor? Ein zartbitteres Lebewohl anstelle eines gänzlich bitteren.

Sie folgte Sam ins Wohnzimmer, wo das Mondlicht durch die Fenster fiel und ihre kostbarsten Schätze erhellte. Sie musste zugeben, dass der Raum in diesem natürlichen Licht hübsch aussah – fast schon romantisch. Sie zögerte kurz, den Lichtschalter zu betätigen, doch als sie Sams leidenschaftlichen Blick auffing, knipste sie mit rasendem Puls doch lieber die Lampe an.

Auf einem kleinen Beistelltisch gleich neben ihr stand ein Foto ihrer Familie. Sie war darauf fünf Jahre alt, das erkannte sie an dem gelben, gepunkteten Badeanzug, den sie trug – sie hatte dieses Teil heiß und innig geliebt. Ihre Mutter hatte ein rosa Strandkleid an, umfasste mit einer Hand Lilas Schulter und schirmte mit der anderen ihre Augen vor der Sonne ab, die glitzernd vom See zurückgeworfen wurde. Mary, rundgesichtig und lächelnd, saß auf dem Schoß ihres Dads. Keiner von ihnen hatte ahnen können, dass dies ihr letztes gemeinsames Bild sein würde. Dass die Hälfte der Personen auf dem Foto im Sommer darauf nicht mehr da sein würde. Dass eine regnerische Nacht und eine rutschige Nebenstraße ihre Familie für immer verändern würde – dass Lila und Mary, warm und sicher in ihren Betten, mit der über den Hausaufgaben brütenden Babysitterin im Erdgeschoss, ahnungslos auf ihre Eltern warten würden, die nie mehr nach Hause zurückkehren sollten.

Lila schluckte schwer und schloss die Augen, um das Foto nicht länger ansehen zu müssen.

»Wohnst du schon lange hier?«, fragte Sam, und sie war dankbar für die Ablenkung.

»Seit ich zurückgezogen bin«, sagte sie. *Zurück aus New York.* Dieser unausgesprochene Zusatz hing zwischen ihnen in der Luft. »Uns gefällt es hier. Die Nachbarn sind ruhig, und ich hatte Glück und habe ein Büro ganz in der Nähe gefunden.«

»Das Bild da habt ihr auch in der Eisdiele«, sagte Sam und deutete auf ein weiteres Foto, das gleiche, das er schon am Vorabend gesehen hatte. Mary hatte einen Abzug in einem Silberrahmen auf den Kaminsims gestellt.

Lila nickte. »Es ist ein besonderes Bild. Der Laden bedeutet uns viel. Ehrlich gesagt, ist es mir deshalb auch so wichtig, diesen Auftrag zu kriegen. Ich will das Geld dafür nutzen, Mary bei der Wiedereröffnung der Eisdiele zu helfen. Das wird teuer, man muss noch eine ganze Menge Arbeit reinstecken. Mary würde den Laden allein führen, aber … Es ist ein Familiengeschäft. Gramps wollte, dass wir beide es erben. Das war gewissermaßen sein letzter Wille.«

»Dann darfst du auf keinen Fall aufgeben«, meinte Sam.

Lilas Herz machte einen kleinen Satz. »Ja, das stimmt. Ich hoffe nur, dass bei dem Auftrag nichts mehr dazwischenkommt.«

Sam nickte nachdenklich. »Da sind wir schon zwei«, meinte er sanft und trat einen Schritt näher. Er legte ihr eine Hand an die Hüfte und strich ihr mit der anderen das Haar aus dem Gesicht. »Morgen müssen wir uns zusammensetzen und ein paar Ideen für das Designteam austüfteln. Aber heute Abend …«

Lila atmete überrascht ein, als sein Mund sich erneut auf ihren legte. Ihr Körper versteifte sich unter seiner Berührung, wollte ihm ebenso sehr widerstehen wie sie sich nach ihm verzehrte. Er küsste sie erneut, umfing ihre Zunge mit seiner, und sie stöhnte auf.

Sein Atem ging schwerer, und er zog sie fester an sich. Seine Hände umspielten ihre Hüfte, zupften sanft an ihrer Bluse, bis seine Finger ihre Haut kitzelten. Ihr Körper erhitzte sich so schnell wie seiner, und mit wachsendem Verlangen wartete sie darauf, dass seine Lippen erneut ihren Mund finden würden. Sie bog den Kopf zurück, atmete seinen Duft ein, während seine Lippen ein Muster auf ihren Hals küssten, hierhin und dorthin wanderten, bis ihr Körper sich immer stärker anspannte vor Begierde und Verlangen nach mehr.

Sie entzog sich ihm, nahm ihn bei der Hand und führte ihn in ihr Schlafzimmer. Das Mondlicht warf Schatten auf Wände und Bettdecke, als er sie sanft auf das Bett drückte. Langsam öffnete er einen Blusenknopf nach dem anderen. Er fuhr mit der Hand über ihren Seiden-BH und legte ihre Brüste frei, streichelte sie genüsslich und senkte dann den Kopf. Lila bäumte sich auf und unterdrückte ein Stöhnen, fuhr ihm voller Leidenschaft mit der Hand durchs Haar, während er sie mit den Zähnen neckte und ihre Brustwarzen umspielte.

Schließlich ließ er von ihr ab und richtete sich gerade so lange auf, dass er sein T-Shirt ausziehen und die glatten Linien seines durchtrainierten Brustkorbs entblößen konnte. Lila streckte die Hand aus und fuhr mit den Fingerspitzen die breiten, stahlharten Schultern entlang, ließ ihre Hände langsam weiter nach unten wandern, zur Wölbung seines Bizeps und über die glatte Fläche seiner Brust. Seine Haut war heiß und weich, und sie hielt den Atem an und wartete darauf, dass er sich zu ihr hinabbeugen, seinen starken Körper an ihren schmiegen würde.

Er schob ihren Rock hoch und fuhr entschieden mit den Fingern an ihren Schenkeln abwärts, drängte sich zwischen ihre Beine, beschrieb mit den Fingerspitzen einen kleinen Kreis unter ihrer Kniekehle und glitt dann wieder nach oben, weiter und weiter, bis … Sie grub ihm die Nägel in den Rücken, spürte seinen heißen Körper schwer auf sich lasten, und seine Finger erkundeten und streichelten sie, während seine Lippen sich erneut auf ihre legten.

Sein Kuss war voller Lust und Begierde, und sie presste sich an ihn, wollte ihm noch näher sein. Sie hatte diesen Mann schon immer geliebt. Sie hatte gewartet und gehofft und dann versucht, ihn zu vergessen. Aber jetzt würde sie diesen Augenblick einfach nur genießen.

11

Sonnenlicht sickerte durch die hellblauen Leinenvorhänge in Lilas Schlafzimmer, und ein sanfter Wind wehte durch das halb offene Fenster und bauschte den Stoff knapp über dem Boden. Vögel zwitscherten auf der Feuertreppe und ließen sich die Körner schmecken, die Mary ihnen immer in eine kleine Futtervorrichtung füllte.

Lila streckte sich und lächelte unweigerlich in ihr Kissen, als der gestrige Abend wieder in ihr Bewusstsein drang – das Verlangen in seinen Küssen, sein Anschwellen in ihr. Sie hätte niemals gedacht, dass sie noch einmal einen solchen Moment miteinander erleben würden. Das wollte sie auskosten und so lange daran festhalten, wie sie nur konnte.

Sie schloss die Augen, klammerte sich an die Erinnerung an Sams Berührungen, das Gefühl seiner warmen Haut auf ihrem Körper, den Geschmack seiner Lippen. Sie rollte sich auf die Seite und streckte den Arm aus, tastete nach der glatten Stärke seiner Brust, doch sie fand nur ein kaltes Baumwolllaken auf einer leeren Matratze.

Sie setzte sich auf, doch als sie Sam auf ihrem Bürostuhl beim Fenster erblickte, atmete sie wieder etwas ruhiger. Er tippte etwas in sein Handy. Als er ihren Blick bemerkte, lächelte er lässig, doch seine Augen wirkten seltsam leer und fern.

»Da bist du ja«, sagte sie verschlafen und zog die Bettdecke ein wenig höher. »Wie lange bist du schon wach?«

»Eine Weile.« Sam wirkte angespannt und machte keine Anstalten, zu ihr ins Bett zurückzukommen. Stattdessen stopfte er sich das Handy in die Hosentasche und stemmte die Hände in die Seiten. »Tut mir leid, Lila, ich muss los. Es ist was in New York. Mein Bruder hat mir heute Morgen geschrieben. Es ist … wichtig.«

Sie drückte die Decke fester an sich und wünschte, ihr Morgenmantel wäre in Reichweite. »Jetzt sofort?«

Er nickte. »Jetzt sofort. Ich hab einen Flug gebucht. Das Taxi steht schon unten vor der Tür, ich muss zurück ins Hotel und mich umziehen. Es ist wichtig«, betonte er noch einmal.

Lila zog die Stirn kraus. Natürlich war es wichtig. Bei Sam war die Arbeit immer wichtig. Sie nickte und versuchte, ihre Enttäuschung nicht zu zeigen. Wenn sie jetzt etwas sagte, würde es nur falsch herauskommen, und sie wusste nicht einmal, was sie überhaupt dazu sagen sollte. Es war ein normaler Arbeitstag, und Sam musste arbeiten.

Doch der Ausdruck in seinen Augen verriet ihr, dass da noch etwas anderes war, und das machte ihr Sorgen.

Ein bitterer Geschmack breitete sich in ihrem Mund aus. Es ging immer nur um seine verdammte Karriere. So war es seit jeher gewesen, und so würde es auch immer bleiben.

»Und was ist mit Reed?«, fragte sie und zwang sich, ihre persönlichen Gefühle auszuklammern und das Ziel in den Blick zu nehmen, das sie weiterhin teilten. »Wir haben noch keine Präsentation.«

»Darum kümmern wir uns, wenn ich zurück bin.«

»Und wann soll das sein?« Das Treffen mit Reed war bereits in einer Woche, und bis dahin lagen noch viele Stunden Arbeit vor ihnen. Sie hatten vielleicht ein allgemeines Konzept, aber um ein Unternehmen von Reeds Kaliber wirklich zu begeistern, würden sie schon ein bisschen mehr vorweisen müssen.

»Weiß ich noch nicht.« Sam wirkte geistesabwesend, zog seine Schuhe an und band sich die Schnürsenkel zu.

»Du *weißt* es noch nicht?«, wiederholte Lila ungläubig.

»Ich mach mir im Flugzeug schon mal ein paar Gedanken«, fügte er hinzu. »Und bespreche das mit dem Team.«

»Ich gehöre ebenfalls zu diesem Team«, erinnerte sie ihn. »Vielleicht sollte ich mir auch ein Ticket buchen.«

»Nein.« Er klang forsch und sah sie scharf an. Möglicherweise bemerkte er ihren entsetzten Gesichtsausdruck, denn rasch fuhr er sich mit der Hand durchs Haar und seufzte schwer. »Hör zu, das sollte nicht lange dauern. Ich bin pünktlich zum Meeting wieder zurück.«

Lila nickte. Pünktlich zum Meeting. Wieder ging es nur ums Geschäft.

Dabei hätte sie es von vornherein belassen sollen.

»Eigentlich dachte ich ja, wir frühstücken heute vielleicht zusammen oder so.« Sie hasste sich dafür, dass man ihr anhörte, wie verletzt sie war. Sie hatte sich schon vor langer Zeit geschworen, dass dieser Mann sie niemals weinen sehen würde, dass sie ihm auf keinen Fall zeigen wollte, wie weh er ihr getan hatte. Und jetzt hatte er es wieder geschafft. Und sie hatte es zugelassen.

Dummes Ding.

»Sie brauchen mich sofort in New York. Tut mir leid, Lila. Wirklich.« Sie sah den schmerzlichen Ausdruck in seinen Augen. Er hatte bereits eine Hand auf der Türklinke und wartete darauf, dass sie ihm Auf Wiedersehen sagen würde.

Da sie wusste, dass sie keine andere Wahl hatte und ihn ohnehin nicht zurückhalten konnte, nickte sie.

Er sah sie für einen kurzen Moment hoffnungsvoll an, dann atmete er tief ein und wandte sich ab. Lila blickte ihm schweren Herzens hinterher, als er ihr Schlafzimmer verließ und dann aus der Wohnung ging. Kein Abschiedskuss. Kein Wort zur vergangenen Nacht. Keine Anspielung auf eine mögliche Fortsetzung.

Noch vor ein paar Stunden hatte er in ihren Armen gelegen, und jetzt war sie wieder allein. Auch wenn sie verdammt noch mal selbst schuld daran war, fühlte sie sich dadurch kein bisschen besser. Lila sah sich kläglich in ihrem leeren Schlafzimmer um, nun, da Sam wieder spurlos daraus verschwunden war, und ließ den Tränen freien Lauf.

Sie hatte geglaubt, diesmal könnte es anders werden, aber es hatte sich rein gar nichts geändert. Nicht ein verfluchtes bisschen.

Sie liebte Sam, ob es ihr gefiel oder nicht. Und gerade jetzt gefiel es ihr ganz und gar nicht.

***

Die knapp fünfzig Kilometer vom LaGuardia Airport nach Greenwich, Connecticut, fühlten sich eher wie zweihundert an. Schon zum dritten Mal innerhalb einer halben Stunde schielte Sam ungeduldig auf seine Armbanduhr, und seine Anspannung wich erst, als der Fahrer in die vornehme Wohnstraße einbog, die ihm seit seinem ersten Besuch an einem kalten Herbsttag vor zwölf Jahren, in seinem ersten Jahr an der Uni, so vertraut geworden war.

Die steinerne Villa stand ein ganzes Stück von der Straße zurückgesetzt, verborgen hinter hohen Eisentoren und einer stattlichen Buchsbaumhecke. Der Zufahrtsweg zwischen den penibel gepflegten Rasenflächen endete in einem Wendekreis genau vor dem Eingang, der von übergroßen Pflanzkübeln mit in Form getrimmten Büschen und kleinen, roten Blumen flankiert war. Selbst jetzt schüchterte Sam dieser Ort noch ein, genau wie beim ersten, steifen Kennenlernen. Die Flure des Hauses wirkten so riesig wie die Foyers großer Hotels, und die Gärten so ausgedehnt wie die Parks, in denen Sam als kleiner Junge gespielt hatte. Alles hier befand sich an seinem Platz; kein Vorhang hing schief, und auf den Beistelltischchen lag keine einzige Zeitschrift herum. Vasen voller Schnittblumen standen auf Tischen und Anrichten und wurden wöchentlich ausgetauscht. Professionell aufgenommene Fotos hingen in Silberrahmen an der Wand, und darunter prangten Porzellanfigürchen, die täglich abgestaubt wurden. Sam wusste, dass manche Menschen bloß einen Blick auf dieses Haus und seine Einrichtung warfen und sofort den Wunsch verspürten, das alles selbst zu besitzen, sich zu nehmen, was eigentlich ihnen gehörte, doch Sam hatte das damals wenig beeindruckt. Er war wütend gewesen. Und traurig. Und voller Hoffnung.

Sein Bruder empfing ihn am Eingang, mit finsterem, müdem Gesicht. Sein braunes Haar, das dem von Sam so sehr ähnelte, war ungekämmt und zerzaust.

»Wie geht es ihm?«, fragte Sam und fürchtete zugleich die Antwort. Er folgte Rex in die Eingangshalle und stellte seine Aktentasche auf einen Beistelltisch und dann, nach kurzem Nachdenken, doch lieber auf den Fußboden. Auch jetzt noch sorgte er sich darum, etwas kaputt zu machen, und die Kristallvase mit dem Dutzend gelber Rosen auf dem Tischchen sah so aus, als könnte sie bei der kleinsten Berührung umkippen.

»Besser als gestern, aber immer noch nicht gut. Er ist auf der Veranda«, erwiderte Rex und ging voran. »Er hat gestern Abend eine ganze Zeit gebraucht, um sich wieder zu beruhigen. Er ist sogar auf die neue Haushälterin losgegangen. Sie hat vor einer Stunde ihre Kündigung bei mir eingereicht.«

Prestons Reizbarkeit war ein weiteres Symptom der Krankheit, und das ständig wechselnde Hauspersonal machte die Sache nicht besser. »Er braucht einen geregelten Tagesablauf«, meinte Sam.

»Erzähl mir nicht, was mein Vater braucht«, entgegnete Rex eisig.

Sam ballte die Hand zur Faust und drückte so lange zu, bis seine Finger verkrampften. Es würde sie nicht weiterbringen, wenn er seinem Bruder eine reinhaute, obwohl es ihn stark danach verlangte. Sie standen beide unter höllischem Druck.

Dennoch hasste er es, wenn Rex sich so benahm. Er verteidigte seine Stellung, erinnerte Sam an seinen Platz in der Familie. Die Feindseligkeit zwischen ihnen war über die Jahre allerdings verflogen, und irgendwie konnte Sam Rex ja auch verstehen. Er war in einer Zwickmühle. Sein Vater hatte seine Mutter betrogen. Sam achtete Rex dafür, dass er zu ihr hielt, aber er wollte nicht für Prestons Fehltritte büßen.

Rex hatte offensichtlich wenig geschlafen, das bewiesen auch die zwölf Textnachrichten, die er Sam im Laufe der vergangenen Nacht geschickt hatte –, und die Sam erst am Morgen las, als er in Lilas sonnigem Schlafzimmer erwachte, den Arm fest um ihre Hüfte geschlungen, das Gesicht in ihrem Haar vergraben. Er hätte den ganzen Tag so liegen bleiben können, doch sein Handy hörte einfach nicht auf zu vibrieren, und er wusste, dass er es nicht für immer ignorieren konnte.

Er musste schlucken, wenn er an Lilas Gesichtsausdruck am Morgen zurückdachte. An den Schmerz in ihrem Blick. Er hatte ihr alles erklären, ihr verständlich machen wollen, warum er sich so überstürzt aus dem Staub machte, aber er hatte es nicht gekonnt. Und nun … Er schüttelte den Kopf, um die Erinnerungen zu vertreiben. Er durfte jetzt nicht an Lila denken.

»Erzähl mir noch mal, was genau passiert ist«, bat Sam Rex, und sein Bruder fing ganz von vorn an und beschrieb ihm noch einmal ausführlich die Ereignisse, die Sam bisher nur bruchstückhaft auf dem Handy erreicht hatten. Ihr Vater war mit Rex zum Abendessen verabredet gewesen. Rex hatte eine Stunde lang auf ihn gewartet, dann hatte er Sam geschrieben. Nach zwei Stunden hatte er die Polizei gerufen. Sie fanden Preston in seinem Wagen, er hörte Radio, irgendwo in der Nähe der Staatsgrenze von Connecticut. Als die Polizisten ihn fragten, wohin er wolle, konnte er sich nicht erinnern. Als sie ihn fragten, wo er wohne, wusste er auch das nicht mehr.

»Es wird schlimmer«, stellte Rex nüchtern fest.

Sam nickte in Richtung der Veranda. »Gehen wir zu ihm.«

Als Sam und Rex durch die offenen Terrassentüren traten, saß Preston in einem Korbstuhl, nippte an einem Glas Eistee und las Zeitung. Hinter ihm glitzerte der Pool, nur wenig benutzt und mehr aus ästhetischen als aus praktischen Gründen angelegt, und hinten bei den Tennisplätzen erkannte Sam Rex' Mutter, die mit ihrem Privattrainer an ihrem Aufschlag feilte.

In gebügelter Khakihose und Golfshirt war ihr Vater noch die gleiche imposante Erscheinung wie an dem Tag, als Sam ihm bei seinem ersten verwirrenden Besuch in diesem Haus die Hand geschüttelt hatte. Damals, mit gerade einmal Anfang zwanzig, hatte Sam sich im Vorhinein gefragt, wie dieses Treffen wohl ablaufen würde. Ob sein Vater ihn umarmen, ob er vielleicht sogar weinen würde. Oder ob er Sam einfach wieder wegschicken würde. Doch Preston hatte ihm bloß unnachgiebig und tief in die Augen geschaut und ihm dann die Hand hingehalten. Sam hatte erleichtert aufgeatmet und sie ergriffen. Es war das Erste gewesen, was sein Vater ihm im Leben je angeboten hatte; er hätte es niemals zurückgewiesen.

»Wie ich höre, warst du in Chicago«, dröhnte sein Vater mit seiner vollen, tiefen Stimme, die Sam einst furchtbar eingeschüchtert hatte. Er war ohne Mann im Haus groß geworden, und die Geschichten seiner Großmutter hingen ihm während der ersten Jahre mit den Crawfords noch nach, bis er erkannte, dass seine einzige Chance darin bestand, sie für sich ad acta zu legen.

»Ich habe gerade ein paar Treffen mit Reed Sugar«, antwortete Sam und nahm den Krug mit Eistee vom Tablett.

»Was ist dein Ansatz?«, fragte sein Vater, und Sam musste lächeln. Preston war noch immer auf Zack. Noch immer neugierig. Noch immer darauf aus, überall mitzumischen.

Sam schenkte sich ein Glas Eistee ein und nahm einen tiefen Schluck. »Wir verhandeln im Moment noch ein paar Einzelheiten.«

»Wir?« Preston runzelte die Stirn.

Über den Terrassentisch hinweg blitzte Rex Sam warnend an und sagte: »Es ist ein großer Kunde, Dad. Wir sind alle involviert.«

»Gut«, meinte Preston und griff wieder nach seiner Zeitung. »Ich wusste ja, dass ich mich auf euch verlassen kann und ihr Jungs den Laden am Laufen haltet. Ich hab zehn Jahre keinen Urlaub gemacht, ich schätze, die paar Tage weg vom Büro hab ich mir verdient.«

Mit leichtem Unbehagen setzte Sam sich neben seinen Vater. »Es ist schön, sich ab und zu mal eine Pause zu gönnen«, sagte er vorsichtig.

»Ach ja, aber nicht zu lange. Die Leute sollen sich während meiner Abwesenheit ja nicht auf die faule Haut legen, was?«

Rex lehnte sich gegen die steinerne Brüstung und sah Sam vielsagend an.

»Die Fliegerei hat mich ein bisschen hungrig gemacht«, meinte Sam und stand auf. Er ging auf die Terrassentür zu, und Rex folgte ihm rasch. »Ich frag mal die Haushälterin, ob sie uns ein paar Sandwiches macht.«

»Gut, gut. Und frag deine Mutter, ob sie uns Gesellschaft leistet, ja?« Preston sah Sam geradewegs in die Augen.

Die beiden Brüder erstarrten. In all den Jahren war Sams Mutter mit keinem Wort erwähnt worden. Nicht von Rex, nicht von dessen Mutter und nicht von Preston. Nicht einmal, wenn Sam mit den dreien allein war. Sie taten, als wäre er wie aus dem Nichts an ihrem Tor aufgetaucht, und über die Einzelheiten seiner Herkunft wurde schlicht nicht gesprochen. Einmal hatte er etwas von seiner Großmutter erzählt, eine schöne Erinnerung, die er während eines Weihnachtsessens erwähnte. Sofort war es mehrere angespannte Minuten lang totenstill am Tisch geworden, bis Rex' Mutter die Unterhaltung taktvoll auf die Hausbeleuchtung brachte. Ein paar Glühbirnen seien offenbar etwas früh durchgebrannt, und nun müsse jemand eine Leiter holen und sie auswechseln.

Jetzt starrte Sam seinen Vater an, und das Herz hämmerte ihm in der Brust –, bis er begriff, dass Preston von seiner Ehefrau, Rex' Mutter, sprach. »Klar«, sagte er und räusperte sich.

Er mied Rex' Blick, während er zurück ins Haus mit den vielen kühlen, tadellos ausgestatteten Zimmern trat. Mit schrecklich weichen Knien lief er über die auf Hochglanz polierten Böden, sodass er fürchtete, jeden Moment auszurutschen. Er versuchte, nicht an sie zu denken, an seine Mutter – und was sein Vater ihr angetan hatte –, aber manchmal, wenn er in die kalten blauen Augen dieses Mannes blickte, der seine Mutter und ihr Kind im Stich gelassen und in aller Ruhe sein behagliches Leben weitergeführt hatte, ohne auch nur einen Blick zurückzuwerfen, fragte Sam sich, was er hier eigentlich suchte.

»Was zum Teufel geht hier vor?«, fragte er, nachdem Rex die Tür des Arbeitszimmers fest hinter ihnen geschlossen hatte. Der Raum mit der dunklen Holzvertäfelung und den Ledersesseln war ihrem Vater der liebste. Hier wurde übers Geschäft gesprochen. Hier waren die meisten Bande zwischen Sam und seiner Familie geschmiedet worden.

Doch als er nun in diesem Zimmer stand, wurde ihm klar, wie sehr er es im Grunde hasste. Es war dunkel und erdrückend, und es war leer. Keine gerahmten Bilder. Keine schönen Erinnerungen. Es war kalt. Genau wie sein Vater.

Rex trat an die Hausbar und schenkte sich einen Drink ein. »Du hast ihn gehört. Er denkt, er macht nur ein paar Tage Urlaub. Er will nächste Woche wieder ins Büro kommen!«

Sam runzelte die Stirn. »Meinst du, das zieht er durch?«

»Da bin ich überfragt.« Rex leerte sein Glas in einem Zug. Das einzige vernehmliche Geräusch kam von der tickenden alten Uhr auf dem Bücherregal.

»Können wir ihn irgendwie davon abbringen?«, fragte Sam.

»Haben wir ihn je von irgendetwas abbringen können, was er sich mal in den Kopf gesetzt hatte?« Rex goss sich einen zweiten Drink ein und trank nachdenklich einen Schluck. »Wenn er das mit Jolt Coffee rausfindet, flippt er aus. Oder er versucht, sie umzustimmen. Und wenn ich daran denke, wie er in letzter Zeit drauf ist, wird das nicht gerade gut ankommen.«

»Er versteht doch sicher, dass Kunden manchmal abspringen – «

»Nein, Sam, das versteht er nicht. Preston Crawford sind nie Kunden abgesprungen. Preston Crawford hat Jolt ja überhaupt erst für sich gewonnen.«

Sam schüttelte aufgebracht den Kopf. »Tja, irgendwann wird er es so oder so erfahren.«

»Stimmt«, pflichtete Rex ihm bei. »Aber ich würde es gern noch so lange vor ihm geheim halten, bis wir den Schock mit einer guten Neuigkeit aufwiegen können. Also, was gibt's Neues in Bezug auf Reed?«

Sam erzählte Rex von Lilas Idee und dem besonderen Dreh, den er dem Konzept gern verpassen wollte. »Da gibt es noch eine ganze Menge durchzusprechen.«

»Tja, dafür haben wir jetzt keine Zeit mehr«, meinte Rex trocken. »Zieh das Treffen auf Montag vor. Ich komme mit.«

Sam zögerte. Der Ton seines Bruders gefiel ihm nicht. »Aber was ist mit Lila?«

Rex zuckte die Achseln. »Was soll mit ihr sein?«

Sam versuchte, seine Verärgerung zu verbergen. So etwas hatte er schon früher erlebt. Die Richtung, in die sich diese Unterhaltung bewegte, schmeckte ihm ganz und gar nicht. »Reed will sie. Das hat er ziemlich deutlich gemacht.«

Rex sah ihn mitleidig an. »Ich weiß, dass du was auf dem Kasten hast, Sam, aber ich habe dieses Geschäft schon mit der Muttermilch aufgesogen. Im Endeffekt will er den Namen Crawford für seinen Deal. Er will die große Show. Eine Kampagne, die Geld bringt. Punkt.«

»Er will aber auch, dass Lila Harris mit dabei ist«, wiederholte Sam.

»Und wir sollen das Honorar mit ihr teilen? Unseren anderen Kunden signalisieren, dass wir gerne Geld zum Fenster rausschmeißen, wo wir doch selbst erfahrene Leute haben, die das alles besser können? Warum zur Hölle hast du dich überhaupt auf diesen lächerlichen Kompromiss eingelassen?« Rex schüttelte mürrisch den Kopf. »Lass mich raten: Das Mädchen ist schuld. Du konntest ihr nicht widerstehen. Du hattest schon immer eine Schwäche für sie, das weiß ich noch.«

»Sie wissen über Jolt Coffee Bescheid«, sagte Rex.

Sein Bruder zeigte keine Regung. »Wie meinst du das, sie wissen über Jolt Coffee Bescheid?«

»Ich hab keine Ahnung, was genau sie wissen und wo sie es herhaben, aber sie wussten Bescheid, dass da was im Busch ist. Ich habe sie so verstanden, dass wir entweder die Freelancerin nehmen, die sie haben wollen, oder das Ding ist gelaufen.«

Rex begann leise zu kichern. »Das ist genial!«, röhrte er dann und hieb mit der Faust auf den Mahagonischreibtisch. »Die haben doch überhaupt nichts in der Hand. Die wollen einfach das Beste aus beiden Welten. Einerseits uns und andererseits eine einheimische Werbetexterin, um sich einen heimatverbundenen Anstrich zu geben und um dieses schöne, heimelige Gefühl auch noch einzusacken. Sie wussten, dass uns gerade ein wichtiger Kunde flöten geht, und das haben sie eiskalt ausgenutzt. Aber was sie nicht wissen ist … wir brauchen sie gar nicht!«

»Was redest du denn da, Rex?«

»Ruf Reed an und verschieb das Treffen auf Montag. Wir machen das zu unseren Bedingungen, und wir sorgen dafür, dass sie uns noch mehr wollen, als wir sie.«

»Damit gehst du auf volles Risiko«, warnte Sam.

»Und das ist unsere einzige Chance«, beharrte Rex.

Sam sah seinem Bruder für einen Moment in die Augen und trat dann auf ihn zu, um ihm die Whiskeyflasche abzunehmen. Er schenkte sich selbst ein Glas ein und leerte es in einem Zug. Wenn er bei dieser Sache mitmachte, verbaute er sich jede Hoffnung auf eine mögliche Zukunft mit Lila. Endgültig. Er würde in ihren Augen als genau der Mann dastehen, den sie bereits all die Jahre in ihm gesehen hatte. Ein Mann, den sie verachtete.

Ein Mann, der er nicht sein wollte.

»Das ist unsere einzige Möglichkeit, Sam«, drängte Rex, der die Skrupel seines Bruders spürte. »Tu es für die Firma. Für die Familie.«

Für die Familie. Sam war es nie auch nur annähernd so vorgekommen, als wäre er wirklich Teil dieser Familie, und jetzt sollte er ein Opfer für sie bringen. Erneut. Nur ein Mal hätte er sich ein anerkennendes Schulterklopfen gewünscht, ein winziges Lob für all die Mühen. Nur einmal hätte er gern von jemandem aus seiner Familie gehört, dass diese sein Leben vor seiner Ankunft bei ihr anerkannte und dass sie sich zumindest ein wenig dafür interessierte.

Rex und sein Vater warfen mit dem Wort *Familie* um sich, wie es ihnen gerade passte. Aber gehörte er wirklich dazu, oder würde er für sie auf ewig eine Randerscheinung bleiben?

Er konnte das Risiko eingehen und es auf die harte Tour herausfinden, oder er konnte sich weiterhin treiben lassen, abwarten und die Dinge einfach geschehen lassen.

Im Grunde war das hier der Moment der Entscheidung. Jetzt lag es an ihm.

12

»Ich kann es immer noch nicht fassen.« Penny schüttelte den Kopf und kniff die Lippen zusammen. »Ich *kann* es einfach nicht fassen. Ich dachte, er wär's, Lila. Ich dachte, er wäre der Richtige.«

Lila warf einen unauffälligen Blick auf die Kuckucksuhr hinter ihrem Besucherstuhl. Sie hörte Penny jetzt schon geschlagene fünfundfünfzig Minuten dabei zu, wie sie ihr Leid klagte, aber das machte ihr nichts aus. So wurde sie ein wenig von ihren eigenen Sorgen abgelenkt. Und so kam sie auch nicht in Versuchung, den Telefonhörer zu nehmen und den einen Menschen anzurufen, den sie auf gar keinen Fall anrufen sollte. Gestern hatte sie die Zügel locker gelassen. Aber heute …

Sie hatte erwartet, dass er sich an diesem Tag bei ihr melden würde. Zumindest wegen der Präsentation.

»Er sah überhaupt nicht so aus wie auf dem Foto. Kein bisschen!« Pennys große Augen füllten sich mit Tränen, und Lila zog ein Taschentuch aus der Box auf ihrem Schreibtisch und reichte es ihrer Assistentin. »Ich muss total lächerlich aussehen; da heule ich wegen einem Mann, weil er zehn Jahre älter ist und mindestens zwanzig Kilo schwerer als auf seinem Profilbild, aber darum geht's ja nicht mal. Ich meine, klar, mit dem ausgeschlagenen Zahn hatte ich jetzt nicht gerechnet, aber ich bin bestimmt nicht oberflächlich. Und auch nicht wählerisch. Es ist nur … Ich dachte, das mit uns wäre was Besonderes.«

Jetzt war es an Lila, die Lippen zusammenzukneifen. Sam hatte sich ihr am vorigen Abend mehr geöffnet als in den gesamten sechs Monaten ihrer Beziehung in New York. Sie hatte den ganzen Tag über seine Worte nachgegrübelt und versucht, ihn sich als kleinen Jungen vorzustellen, wie er zusammen mit seiner Großmutter in einer beengten Wohnung lebte und die ganze Zeit wusste, dass sein Vater ihn und seine Mutter im Stich gelassen hatte, den Mann aber trotzdem ausfindig machen wollte. Sie litt mit diesem Jungen und mit Sams weicherer, zarterer Seite, an der sie niemals Zweifel gehabt hatte.

Nur wurde sie heute wie damals das Gefühl nicht los, dass diese weiche Seite allzu sehr von Sams anderer Seite überschattet wurde. Seiner Crawford-Seite.

»Unsere Mails waren so lustig. Ich kann dir gar nicht sagen, wie sehr ich mich immer darauf gefreut habe. Jedes Mal, wenn eine neue Nachricht in mein Postfach geflattert kam, hab ich sofort auch Herzflattern gekriegt.« Penny schniefte. »Und dann, bei unserem Treffen? Schweigen. Wir hatten uns überhaupt nichts zu sagen. Ich hab unter allen möglichen Vorwänden dauernd die Kellnerin an unseren Tisch gerufen, nur um die Stimmung ein bisschen aufzulockern. Es war schrecklich. Einfach *schrecklich*. Und jetzt … keine Mails mehr, auf die ich mich freuen könnte. Zurück auf Los.«

Lila atmete tief ein und langsam wieder aus. Das Gefühl kannte sie.

»Ich wünschte, ich hätte mich gar nicht erst mit ihm getroffen!« Plötzlich funkelten Pennys Augen zornig. »Ich wünschte, ich hätte es einfach dabei belassen, nichts an der Situation verändert. Aber stattdessen musste ich es ja übertreiben und alles kaputt machen!«

»Indem du ... dich persönlich mit ihm getroffen hast?«, fragte Lila stirnrunzelnd.

»Ich hab diese Mails von ihm geliebt, Lila!«, rief Penny aus. Dann schnäuzte sie sich nachdrücklich. »Warum wollte ich unbedingt mehr? Warum muss ich mein Glück immer auf die Probe stellen, kannst du mir das mal sagen?«

Oh, diese Frage konnte Lila gut nachempfinden. Gerade, als die Wunden ihrer eigenen Vergangenheit endlich zu heilen begannen, musste sie ihr Schicksal erneut herausfordern. Was hatte sie sich eigentlich davon erhofft? Bestenfalls würde Sam nach New York zurückkehren, und sie bliebe in Chicago. Schlimmstenfalls ... Sie zog ein weiteres Taschentuch aus der Box und knetete es zwischen den Fingern. Wenn es um Sam Crawford ging, gab es etliche Katastrophenszenarien.

Die Kuckucksuhr schlug zur vollen Stunde, und der kleine Hüttensänger schnellte hervor. Diesmal zuckte Lila nicht zusammen, sondern sah zu, wie die Mechanik arbeitete, bis all die kleinen Figürchen wieder im Innern der Uhr verschwunden waren und Stille einkehrte. Penny schniefte immer noch in ihr zerknülltes Taschentuch und starrte niedergeschlagen zu Boden.

»Gut, es ist jetzt fünf. Ich denke, ich gehe mal in meine leere Wohnung zurück. Und verbringe ein weiteres Wochenende allein.«

»Ach, Penny!« Lila lächelte ihr aufmunternd zu. »Man kann nie wissen. Beim Nächsten funkt es vielleicht. Das Leben hält die verrücktesten Überraschungen bereit.«

Oh Gott, kam sie sich heuchlerisch vor. Warum hörte sie dann nicht einfach auf ihren eigenen Rat und eignete sich einen Funken des Optimismus an, den sie hier so penetrant versprühte?

Weil ihr Herz sich immer wieder schmerzhaft verkrampfte, darum. Weil sie sich Gefühle für Sam erlaubt hatte. Weil er ihr wichtig war und es ihr richtig erschien.

Und weil er sie ins Vertrauen gezogen hatte. *Er hat mir vertraut.* Sie schüttelte den Kopf. Sie konnte jetzt nicht weiter darüber nachdenken. Sam hatte sie gestern nicht angerufen und auch am Tag davor nicht, und jetzt war es Zeit, Feierabend zu machen. Vielleicht würde sie sogar bis Montagmorgen ihr Handy ausschalten. Oh ja, das könnte sie tatsächlich tun.

»Na komm, ich geh mit dir raus.« Lila sammelte ein paar Akten zusammen und steckte sie ein, nur für den Fall, dass sie am Wochenende etwas Ablenkung brauchen würde. Arbeit war immer eine gute Ausflucht; zum Glück mochte sie ihren Job.

Sie dachte an Mary, die in der Arztpraxis schuftete und hinterher noch in der Bar, und sie musste sich von Penny abwenden, um ihre Trauer zu verbergen. Ihre Schwester hätte das Gleiche verdient wie sie. Den Stolz auf ihre Arbeit und das Gefühl, etwas Eigenes zu haben. Das wäre ihr auch möglich … mit der Sunshine Creamery.

Lila knipste das Licht in ihrem Büro aus und trat mit

Penny in den Vorraum. Auf Pennys Schreibtisch stand die Zimmerpflanze und sah ebenso traurig und einsam aus wie die beiden Frauen. »Ach, warum nimmst du Fred dieses Wochenende nicht mit nach Hause? Er könnte ein bisschen Gesellschaft bestimmt gut gebrauchen.«

Penny hob eins der schlaffen Blätter an. »Ich wahrscheinlich auch.« Sie musterte Lila nachdenklich. »Wie läuft's eigentlich mit der Kampagne für Reed Sugar? Schmust du noch immer mit Sam Crawford rum? Hab lange nichts mehr von ihm gehört …« Sie klemmte sich die Pflanze unter den Arm und folgte Lila nach draußen.

»Sam musste geschäftlich zurück nach New York fliegen«, erwiderte Lila. Sie drehte mit Nachdruck den Schlüssel im Schloss, bis es klickte. »Außerdem ist das mit uns rein geschäftlich.«

Penny hob die Augenbrauen. Ein feines Schmunzeln war auf ihre Lippen zurückgekehrt. »Na, wenn du meinst.«

***

Am Samstagmorgen, als Lila keinerlei verpasste Anrufe auf ihrem Handy entdecken konnte und das Treffen mit Reed nur noch fünf Tage entfernt war, machte sich langsam Panik in ihr breit. In Gegenwart ihrer Schwester durfte sie allerdings auf keinen Fall durchdrehen. Und ausgerechnet heute hatte Mary ihren freien Tag.

»Letzte Nacht hatte ich mal wieder eine super Idee«, berichtete Mary, während sie die Stufen vor ihrem Wohnhaus hinunterhüpfte. »Ein Kunde in der Bar hat einen

Apple Martini bestellt, und da dachte ich: Wie wär's mal mit Eis mit Cocktail-Geschmack?«

Sie schlenderten zum Park, und Lila rückte ihre Sonnenbrille zurecht. Ihr Stoffbeutel war leer und bereit für den Marktbesuch, auch wenn sie selbst mit ihren Gefühlen und Gedanken ganz woanders steckte.

»Du bist wirklich mit Herzblut dabei, Mary. Ich kann dir gar nicht sagen, wie froh mich das macht.« *Und wie nervös.*

Marys Lächeln wurde schüchtern. »Ich weiß schon, ich muss ziemlich flatterhaft auf dich wirken …«

Lila blieb überrascht stehen. »Flatterhaft? Wieso denn das?«

Mary zuckte verlegen die Schultern und sah auf den Bürgersteig hinab. »Na ja, wo ich doch mein Studium im Abschlussjahr abgebrochen habe – «

»Aus gutem Grund«, erwiderte Lila. Sie fühlte sich noch immer schrecklich, dass ihre Schwester zu diesem Schritt gezwungen gewesen war, aber Lila hatte damals bereits gearbeitet, und irgendjemand musste ja das Geld für die Miete reinholen. »Mensch, Mary, weißt du eigentlich, was für ein Opfer du für unsere Familie gebracht hast? Dafür muss man sich nun wirklich nicht schämen.«

»Ja, aber ich hab's nie zu Ende gebracht«, meinte Mary. »Und schau dagegen dich an. Mit dir werde ich mich nie messen können.«

»Messen?« Lila schüttelte den Kopf. Hatte ihre Schwester das schon immer so empfunden? Wenn Lila darüber nachdachte, machte sich tiefe Trauer in ihr breit. »Mary, ich bin bestimmt nicht das Paradebeispiel für beruflichen

Erfolg. Bei meinem ersten Job nach der Uni wurde ich nach nicht mal einem Jahr gefeuert. Ich hatte keinen Freund mehr seit …« *Sam.* »Und im Moment ist auch keiner in Sicht.« Schon wieder musste sie an Sam denken. Den Mistkerl.

»Ja, aber guck doch mal, wie weit du es inzwischen gebracht hast! Seit wann bist du jetzt zurück in Chicago? Seit etwas mehr als sechs Jahren, oder? Du hast aus einem Fehlschlag eine Riesenchance für dich gemacht. Du verdienst dein eigenes Geld. Du liebst deine Arbeit. Du hast es geschafft, Lila.«

Lila versuchte, ihr eigenes Leben mit Marys Augen zu sehen. Ihr Büro auf der Armitage Avenue war klein, aber immerhin, es war ihr eigenes. Und sein eigener Chef zu sein, war eindeutig besser, als für jemand anderen zu schuften. Klar, sie hatte Verpflichtungen gegenüber Kunden und Agenturen, für die sie Projekte übernahm, aber dieser Austausch fand auf Augenhöhe statt. Das war nichts gegen den Stress, dem sie in New York ausgesetzt gewesen war, als sie ihre Ideen in der Gruppe durchsetzen und hoffen musste, dass man ihr eine Chance gab. Als Freiberuflerin hatte sie ein Maß an Freiheit und Wertschätzung erfahren, das während der ganzen Zeit bei PC Advertising unvorstellbar gewesen war. Sie war ein Risiko damit eingegangen, es ganz allein zu versuchen – die Sicherheit eines regelmäßigen Gehalts bei einem großen Unternehmen aufzugeben –, aber nach all den Vorkommnissen war sie zu sehr durch den Wind gewesen, um es gleich wieder mit der großen Geschäftswelt zu versuchen.

Das alles hatte sie vermutlich Sam zu verdanken.

Sie hatten jetzt den Park erreicht, doch statt gleich zum Bauernmarkt zu gehen, zog Lila ihre Schwester zu einer Bank und setzte sich. »Ich hab nachgedacht: Auch wenn wir ausgemacht hatten, dass wir die Sunshine Creamery nur bis zum Ende des Sommers halten, sollten wir die Frist verlängern, finde ich.«

Mary sah sie fragend an. »Was? Nein.«

Lila biss die Zähne zusammen. Sie hasste es, Marys Hoffnungen zu zerstören, aber ihre Schwester war entschieden zu zuversichtlich. Es war an der Zeit, der Realität ins Auge zu sehen. »Mary, die Gefahr ist hoch, dass das mit Reed nichts wird. Das ist eine überregionale Marke, und es war von Anfang an eine unsichere Sache.«

»Ja, aber du kennst doch Jeremy!«

»Ein wenig«, betonte Lila. »Es ist über zehn Jahre her, dass wir zusammen zur Schule gegangen sind. Das ist ein netter, kleiner Vorteil, aber noch lange keine Garantie.«

»Aber was ist mit Sam? Der ist doch ein dicker Fisch. Und wenn Reed auf jeden Fall dich als Texterin will – «

Lila versuchte, ihre Anspannung nicht zu zeigen. »Ich sag ja nur, dass wir nicht mit Sicherheit wissen, wie es ausgehen wird, und ich für meinen Teil habe es satt, dass alle meine Hoffnungen und Zukunftspläne an den Launen einer einzigen Firma hängen.« *Oder eines einzigen Mannes.*

»Aber Lila, das hatten wir doch alles schon. Auch mit meinem zweiten Job und deinen Ersparnissen kommen wir gerade so über die Runden. Und dazu noch die Bestattungskosten, die offenen Krankenhausrechnungen und die laufenden Steuern für die Eisdiele … Es ergibt einfach keinen Sinn, den Laden länger zu halten, wenn wir ihn nicht wieder aufmachen können.«

Lila sah düster drein. »Wir könnten vielleicht in eine kleinere Wohnung ziehen. Eine, die ich mir auch ohne deinen Anteil leisten kann. Dann müsstest du dich darum nicht mehr kümmern und könntest einen deiner Jobs aufgeben und die gewonnene Zeit in die Eisdiele stecken.«

Mary schüttelte wehmütig den Kopf. »Nein, Lila. Das klappt doch nie. Außerdem wissen wir beide, dass im Laden noch jede Menge zu tun ist. Und dafür muss man im Voraus investieren.«

»Es ist doch nur … Ich weiß, dass dir das unheimlich viel bedeutet.«

»Stimmt«, sagte Mary sanft. »Ich gebe es nur ungern zu, aber Gramps war sozusagen der einzige Vater, den ich je gekannt habe. Ich … ich kann mich an Mom und Dad kaum noch erinnern.« Sie wischte eine Träne weg, die langsam ihre Wange hinabgekullert war. »Ich bin nur noch nicht bereit, Lebewohl zu sagen. Ich glaube, indem ich die letzten paar Monate all meine Energie in die Eisdiele gesteckt habe, habe ich den möglichen Verlust einfach verdrängt. Das hat mir Hoffnung gegeben. Ein Ziel vor Augen.«

Jetzt war es an Lila, sich eine Träne wegzuwischen. Sie schniefte laut und war froh, ihre dunkle Sonnenbrille auf der Nase zu haben. »Und das will ich dir um nichts in der Welt nehmen.«

Mary tätschelte Lilas Hand und drückte sie dann fest. »Das könntest du auch gar nicht. Allein das Wissen, dass du mich unterstützt, dass du das alles für mich machst …

Ich schätze, wir haben beide Opfer für die Familie gebracht.« Sie lächelte traurig.

»Sam ist weg«, platzte es aus Lila heraus, die sich nicht länger beherrschen konnte.

Mary runzelte die Stirn. »Wie meinst du das, er ist weg?«

»Er musste zurück nach New York«, sagte Lila. »Am Mittwochmorgen schon.«

Mary grinste sie wissend an. »Hab ich mir doch gedacht, dass ich an dem Morgen irgendwas bei dir gehört habe … Als ich am Abend vorher nach Hause gekommen bin, war das Licht bei dir schon aus, und die Tür war zu. Es war ja auch spät, da hab ich gedacht, du schläfst sicher. Willst du mir etwa erzählen, dass du nicht allein geschlafen hast?«

Lila verdrehte die Augen. »Darum geht's doch jetzt gar nicht. Die Sache ist: Er ist abgehauen, und seitdem habe ich nichts mehr von ihm gehört.« Drei Tage ohne ein einziges Wort. Drei volle Tage. Und das Treffen mit Reed rückte unerbittlich näher.

»Hast du mal versucht, ihn anzurufen?«

Lila zögerte. Sie hatte gestern im Büro mehr als einmal nach dem Hörer gegriffen, aber jedes Mal hatte sie sich zurückgehalten und sich gesagt, dass nichts Gutes dabei herauskommen konnte. Sams Schweigen sprach Bände, und er wollte ihr damit garantiert irgendetwas mitteilen. Sie wusste nur nicht so recht, was. Und auch nicht, ob sie das überhaupt herausfinden wollte. »Nein, hab ich nicht.«

Mary sah sie ein wenig erstaunt an. »Okay, und hat er gesagt, wann er zurückkommt?«

»Er hat versprochen, dass er pünktlich zum Meeting wieder hier ist. Und wir haben vorher auch noch eine ganze Menge zu tun. Aber er hat's versprochen.« Ihr Unbehagen war zurück, presste ihr den Magen zusammen und verursachte ihr Übelkeit. Lila legte sich eine Hand an den Bauch und atmete langsam aus.

»Und meinst du, er hält Wort?«

Lila sah ihrer Schwester in die Augen. »Das hoffe ich, Mary. Das hoffe ich sehr.«

***

Sam warf einen Blick auf sein Handy, und als er den Namen auf dem Display las, wurde ihm die Brust eng. Er ließ es weiter klingeln, doch das Geräusch machte ihn fertig. Es zerrte gewisse Gedanken an die Oberfläche, die er lieber tief in sich vergraben wollte. Gedanken, die mit Zweifeln und Scham behaftet waren. Er drückte einen Knopf, das Handy verstummte, und der Anrufer wurde direkt mit der Mailbox verbunden.

Er wusste, was Lila ihm sagen, was sie ihn fragen würde. Er hatte keine Antworten für sie. Nicht in Bezug auf Reed. Nicht in Bezug auf sie beide. Jedenfalls noch nicht.

Er kämpfte die Schuldgefühle nieder, die sich in ihm breitmachen wollten, gemischt mit Verlangen und der Sehnsucht nach etwas, das er vielleicht niemals haben würde. Er hatte am Tag zuvor zu viel Kaffee getrunken und zu wenig geschlafen, war aufgekratzt und fahrig, und allein der Gedanke an Lila ließ seinen Puls rasen, und das nicht auf eine gute Art. Er konnte eine solche Ablenkung jetzt überhaupt nicht gebrauchen, ebenso wenig wie die Gefühle, die sich einzuschleichen drohten.

Er musste einen kühlen Kopf bewahren. Musste ehrlich zu sich sein. Sein Doppelleben beenden und endlich das Leben führen, das er sich wünschte. Das er sich *wirklich* wünschte.

Jahrelang hatte er geglaubt, sein sehnlichster Wunsch wäre der Name Crawford, die Absicherung durch den Umstand, Preston Crawfords Sohn zu sein. Doch die Vergünstigungen, die das mit sich brachte, wogen die Kosten kaum auf – all die Opfer, die er gebracht hatte.

Er wusste, dass die Crawfords ihre Fehler hatten, und er wusste auch, dass seine Großmutter ihn deshalb immer vor einem Kennenlernen mit ihnen geschützt hatte. Doch irgendetwas tief in ihm fand zu keiner Zeit Ruhe. Zwölf Jahre lang lebte er nun schon unter ihnen, führte ein Leben, das so ganz anders war als jenes, das er in seinen ersten zwanzig Lebensjahren gekannt hatte.

Es ging ihm nicht ums Geld – seinem Vater vielleicht schon, aber ihm nicht. Es ging darum, der einzigen Familie zur Seite zu stehen, die ihm auf der Welt noch blieb, auch wenn er sich nicht sicher sein konnte, ob sein Vater das Gleiche auch für ihn getan hätte. Jedes Mal, wenn sich eine passende Gelegenheit bot, wenn er seinem Vater zeigen konnte, dass er etwas taugte, wenn es die Chance gab, den kühlen Mann stolz zu machen, hatte Sam das starke Bedürfnis, sie zu ergreifen, denn er fürchtete sich vor dem, was sonst geschehen könnte.

Er hatte versucht, diesbezüglich ehrlich und aufrichtig zu sich zu sein. Seit er im Unternehmen seines Vaters arbeitete, hatte er stets sein Bestes gegeben, Kunden angeworben und sich seinem Vater gegenüber bewährt. Er opferte dafür sein Privatleben; die einzigen Menschen, die er brauchte, waren die Mitglieder seiner Familie, auch wenn sie für ihn nie ganz greifbar wurden. Und dann musste ausgerechnet Lila wieder in sein Leben treten und ihn daran erinnern, was ihm fehlte. Eine andere Zeit in seinem Leben wachrufen. Eine Zeit, die er vergeblich zu vergessen versucht hatte.

Er wusste noch sehr genau, wie er sich gefühlt hatte, als sein Vater Lila damals ins Visier nahm. Dieser eisige Schauer, der seinen Körper durchflutete. Er sah noch immer die Verachtung in Prestons Augen, als er selbst ihn bat, ihr noch eine Chance zu geben. Sein Vater wertete das als Schwäche und wies ihn zurecht, dass er nur weiterkommen würde, wenn er sich mit ihm ebenbürtigen, starken Persönlichkeiten umgab. Mit Menschen, die einen dahin brachten, wo man hinwollte, und einen nicht etwa ausbremsten.

Und wohin haben all meine Entscheidungen mich geführt?, dachte Sam. Er war allein, und der einzige Mensch auf der Welt, der ihn wirklich kannte, dem er wirklich etwas bedeutete, würde ihn nun vielleicht für immer hassen.

Der Taxifahrer spähte in den Rückspiegel und suchte Sams Blick. »An der Ecke?«

Sam schaute aus dem Fenster auf die Reihe von backsteinernen Wohnblocks und nickte steif. »Eigentlich genau hier.«

Er beglich rasch den Fahrpreis und öffnete die Wagentür. Es war ein schwüler Tag, und das Hemd klebte ihm am Rücken und ließ ihn an all die langen Sommerabende denken, die er hier mit seiner Großmutter verlebt hatte. Sie trank damals gewöhnlich Limonade und plauderte mit den Nachbarn, und er fuhr auf seinem gebrauchten Rad den Bürgersteig entlang, manchmal bis zu dem kleinen Laden an der Ecke, um sich ein Eis am Stiel aus der Tiefkühltruhe auszusuchen. Er erinnerte sich noch gut an das heitere Funkeln in ihren lieben, blauen Augen, wenn sie nach einem feuchten Küchenhandtuch griff, um ihm das verschmierte Gesicht abzuwischen, und wie sie dabei in gespielter Strenge mit der Zunge schnalzte.

Jetzt fühlte sich die Straße irgendwie anders an. Die Bäume erschienen ihm größer, die Mietshäuser kleiner. Er war nicht mehr in diese Gegend gekommen, seit seine Großmutter gestorben war; seit die einzige Familie, die er bis dahin gekannt hatte, verschwunden war, während eine andere, die er noch nicht kannte, sich irgendwo da draußen befand.

Er hatte sich einsam gefühlt. Einsam und verängstigt und entschlossen. Er hatte sich in sein Studium gestürzt, wollte etwas Besseres aus seinem Leben machen. Für ihn gab es kein Sicherheitsnetz. Kein Zuhause mehr, in das er hätte zurückkehren können. Wenn die anderen Studenten aus seinem Schlafsaal während der Ferien nach Hause fuhren, blieb Sam zurück. In der langen Sommerpause suchte er sich Ferienjobs und Mitbewohner auf Zeit. Er recherchierte über Preston Crawford, vertiefte sich in die Einzelheiten, die er über ihn herausfand, und versuchte, sich ein vollständiges Bild von diesem Mann zu machen. Von seinem Vater. Er musste Bescheid wissen. Musste mehr erfahren. Er wusste, dass er nicht nachlassen würde, bis er genug wusste.

Sam schob die Hände in die Hosentaschen und lief die Straße entlang, drehte eine Runde um den Block. Er erkannte das Haus wieder, in dem sein bester Freund aus Kindertagen gewohnt hatte, und fragte sich stirnrunzelnd, was wohl aus ihm geworden war. Vielleicht war er verheiratet, hatte Kinder. Vielleicht lebten seine Eltern noch immer in der gemütlichen Dreizimmerwohnung, über die Rex garantiert nur die Nase gerümpft hätte. Weiter die Straße hoch lag der Spielplatz, auf dessen Klettergerüst Sam unzählige Stunden verbracht und versucht hatte, seinen eigenen Hangelrekord von einer Seite zur anderen immer wieder zu brechen. Kinder riefen und kreischten, rannten die Treppe zur Rutsche hoch und stießen sich ab, um die Rutschbahn hinunterzugleiten. Sam ließ sich auf einer Bank unter einem Ahorn nieder und schaute ihnen beim Spielen zu, genau wie seine Großmutter es vor so vielen Jahren getan hatte.

Ihm war alles noch genau im Gedächtnis. Jedes verdammte Detail. Wie er sich weinend nach einem Vater gesehnt hatte, wenn seine Mitschüler damit angaben, dass sie mit ihren Dads ins Stadion gingen. Wie er sich selbst im Spiegel betrachtet und sich gefragt hatte, warum sein eigener Vater ihn nicht wollte, warum er wertlos war. Und auch, wie seine Großmutter ihm die Tränen abgewischt, den Kopf zurechtgerückt und ihm versichert hatte, dass Preston Crawford ihn überhaupt nicht verdiente und dass Sam ohne ihn besser dran war.

Sam stand auf. Vielleicht war er ohne Preston wirklich

besser dran gewesen. Aber vielleicht war es andererseits auch besser, Bescheid zu wissen, alles versucht zu haben und sich am Ende geschlagen zu geben.

Nach einer Weile machte er sich auf, legte ein paar Blocks bis zu einer belebten Kreuzung zurück und winkte ein Taxi heran. Während es ihn zurück nach Manhattan brachte, starrte er schweigend aus dem Fenster – auf diese vollkommen andere Welt, die er sich aufgebaut hatte.

Im Foyer seines Wohnhauses begrüßte ihn der Portier und holte für ihn den Aufzug. Sam betrat die kühle, klimatisierte Kabine, und der Schweiß rann ihm den Körper hinab, sodass er fröstelte. Seine Wohnung nahm eine komplette Etage ein. Durch die Eingangstür betrat man sofort das Wohnzimmer, eine riesige, leere Fläche mit einer großen Fensterfront zum Central Park und den Gebäuden dahinter, und irgendwo weit in der Ferne befand sich der Ort, an dem er aufgewachsen war.

Der Ort, den er zurückgelassen hatte.

13

Die Skyline von Chicago zeichnete sich in der Ferne vor dem hellblauen Himmel ab. Kein Wölkchen war in Sicht. Sam ließ den Kopf gegen die lederne Kopfstütze der Limousine sinken, beobachtete, wie die Gebäude näher kamen, und wünschte sich, er könnte in die entgegengesetzte Richtung davonlaufen. Seit sie den Flughafen verlassen hatten, wehte ein anhaltender, leichter Wind; optimales Segelwetter. Doch heute würde es keine Verabredung mit Lila auf dem See geben. Vielleicht nie wieder.

»Wird diese freie Werbetexterin auch da sein?«, fragte Rex. Die beiden Brüder hatten den Großteil des Flugs in angespanntem Schweigen verbracht, und Sam musste sich betrübt eingestehen, dass sie abgesehen vom Geschäftlichen und dem Wunsch, sich die Anerkennung ihres Vaters zu verdienen, kaum Gemeinsamkeiten hatten.

Er wandte sich Rex zu, der sich ans gegenüberliegende Fenster lehnte und ihn erwartungsvoll ansah.

»Keine Ahnung«, erwiderte Sam, dachte an all die Anrufe, die er nie beantwortet hatte, und verachtete sich dafür. Er hatte es nicht über sich gebracht, die von Lila hinterlassenen Nachrichten überhaupt abzuhören. Er hatte Angst. Angst, dass der Klang ihrer Stimme ihn die Nerven kosten könnte. Angst, was passieren würde, wenn das

Einzige, worauf er im Leben je hingearbeitet hatte, passé wäre. Ganze zwölf Jahre hatte er damit zugebracht, der Sohn seines Vaters zu werden. Wenn er das nicht war, was war er dann?

Ein Feigling, dachte er finster.

»Ich hab ihr nicht Bescheid gesagt, aber Reed Sugar vielleicht«, sagte er zu Rex.

»Na, ist wahrscheinlich auch egal«, meinte Rex achselzuckend, und Sam schwieg. Ihm war noch gar nicht in den Sinn gekommen, dass Lila dabei sein könnte, dass er ihrem fragenden Blick standhalten, ihren Gesichtsausdruck ertragen müsste, wenn er mit Rex den Raum betrat. Sie musste das Schlimmste von ihm denken. Musste glauben, dass er sie hintergangen hatte. Und hatte er das in gewisser Weise nicht auch getan?

»Wir sind fast da«, sagte Sam, als der Fahrer auf die rechte Spur einscherte.

»Machen wir's kurz und schmerzlos, Sam«, mahnte Rex. »Wenn sie uns mit im Boot haben wollen, müssen sie sich an unsere Spielregeln halten.«

Sam starrte die Rückseite des Fahrersitzes an und konnte seinem Bruder nicht in die Augen sehen. »Ich krieg das schon hin. Ich weiß echt nicht, warum du unbedingt dabei sein willst«, meinte er.

»Um Reed zu zeigen, dass es uns ernst ist«, erwiderte Rex. »Und um sicherzugehen, dass du wegen diesem Mädchen nicht das große Flattern kriegst.«

»Jetzt mach aber mal halblang«, raunzte Sam und funkelte seinen Bruder wütend an. Er dachte daran, was er schon alles geleistet, welche Entscheidungen er bereits getroffen hatte, erinnerte sich an Lilas Blick, als sie an jenem schrecklichen Tag vor sechs Jahren die Agentur verlassen hatte. In seinem Leben hatte es nur ein einziges Ziel gegeben – bloß eines –, doch selbst jetzt, nach all der Zeit, lag es immer noch knapp außerhalb seiner Reichweite.

Rex' Handy piepste, und er blickte auf das Display und war kurzzeitig abgelenkt. Sam umfasste seine Aktentasche fester und dachte an ihren Inhalt, an die Präsentation, die auf Lilas Ideen beruhte. Sie fuhren gerade von der Autobahn ab. Ihm blieb nicht mehr viel Zeit.

»Ich wüsste immer noch zu gern, wo zum Teufel sie das mit Jolt Coffee herhaben«, überlegte Rex.

»Ist doch egal«, sagte Sam. Die Panik stieg immer heftiger in ihm auf, je näher das Ende der Fahrt rückte. Sie würden jede Minute da sein. »Sie wissen es eben einfach, und bald weiß es die ganze Welt.«

»Wie zynisch von dir, Sam.«

Plötzlich hatte Sam eine Eingebung: »Jolt Coffee ist ein Kunde von Reed! Reed liefert ihnen die kleinen Zuckertütchen.«

Langsam verzogen sich Rex' Mundwinkel zu einem schiefen Grinsen. »Mensch, da hast du recht.«

Sam drehte sich so, dass er seinem Bruder direkt in die Augen sehen konnte. »Sag mal, Rex, interessierst du dich eigentlich für irgendetwas, für nur eine *einzige* Sache außer dieser verdammten Firma?«

»Hey, wir reden hier vom Unternehmen meiner Familie«, zischte Rex. »Das ist ein Teil von mir, du kannst das halt nicht verstehen.«

Sam starrte seinen Bruder an und wusste nichts zu erwidern. Er atmete schwer, und sein Herz hämmerte vor Aufregung. Für seinen Vater war die Agentur das Ein und Alles – die erste große Liebe. Vielleicht sogar die einzige. Und Rex lag mit dieser Liebe ebenso erbittert im Wettstreit wie Sam. Doch sie war unmöglich zu übertreffen – einen Sieger konnte es in diesem Kampf nicht geben.

Er bedauerte seinen Bruder. Doch auf sich selbst konnte er nur sauer sein. Im Grunde war er der Glücklichere von ihnen beiden. Er hatte achtzehn Jahre lang auch noch etwas anderes gekannt.

Der Fahrer stoppte am Bordstein. Sam hielt nach Lila Ausschau, aber das dunkle Innere des Restaurants gab nichts preis.

Rex zahlte und legte die Hand an den Türgriff. »Bereit?«

Sam rührte sich nicht. Jetzt oder nie. Das Leben hatte ihm eine zweite Chance geschenkt. Mit seiner Familie. Und mit Lila. Heute war der Tag der Entscheidung.

»Ich muss vor dem Meeting noch schnell was erledigen«, sagte er. Seine Stimme klang aufs Äußerste gespannt; er wusste, was er hier gerade in Gang setzte.

Rex sah auf die Uhr. »Unser Meeting beginnt in einer Stunde!«

»Es dauert nicht lange«, versicherte Sam.

Rex' mahlte mit den Zähnen, zog dann jedoch am Türgriff. »Versau es nicht, Sam«, warnte er, stieg aus dem Wagen und knallte die Tür hinter sich zu.

Sam atmete erleichtert aus. Er hatte gar nicht bemerkt, wie lange er schon die Luft anhielt.

Oh, das hab ich nicht vor, dachte er.

***

Lila öffnete die Tür zum Café, schloss die Augen und atmete tief ein. Sie liebte den Duft nach frisch gemahlenem Kaffee, heute sogar noch ein bisschen mehr als sonst. Außerdem brauchte sie ihn, um den Tag durchzustehen, der ein sehr langer Montag zu werden versprach.

»Was darf's heute sein?« Hailey stand hinter der Theke und lächelte ihr entgegen. »Ein Croissant?« Das war Lilas Standardbestellung, wenn sie nicht bloß einen Kaffee trank. »Oder eine Zitronenschnitte?« Ein sommerlicher Leckerbissen.

»Einen extragroßen Cappuccino und einen doppelten Karamellbrownie, bitte«, antwortete Lila.

Hailey verging augenblicklich das Lächeln. Dieser Brownie verhieß nichts Gutes. »Oh-oh, was ist passiert?«

Lila zögerte, doch dann dachte sie: *Ach, was soll's?* Es musste schließlich einen Vorteil haben, selbstständig zu sein, da konnte sie ruhig mal ein bisschen später ins Büro kommen, und außerdem hatte sie eine gute Freundin jetzt bitter nötig. Im Moment erschien ihr alles besser, als am Schreibtisch zu sitzen und den Auftrag für Reed zu bearbeiten, während sie sich zugleich fragte, was zur Hölle da eigentlich vorging.

Je mehr Zeit ohne einen Rückruf von Sam verging, desto misstrauischer wurde sie. Und mit dieser Art Paranoia konnte sie absolut nicht umgehen. Sie bekam Bauchschmerzen und Augenringe davon, denen selbst mit haufenweise kühlenden Kompressen und Abdeckstift nicht beizukommen war.

Hailey bereitete den Cappuccino zu und reichte Lila den dampfenden Becher. Die trank einen Schluck. *Ah.* Schon besser.

Sie zahlte und ging hinüber zu einem Platz an der Theke, von dem aus sie mit Hailey an der Espressomaschine plaudern konnte. Der Automat zischte und dampfte, und allein der Geruch munterte Lila bereits auf. Der Tag kam ihr gleich ein bisschen heiterer vor.

Aber wirklich nur ein bisschen.

»Okay, was hat er angestellt?«, fragte Hailey.

»Woher weißt du, dass es um einen Er geht?«

Hailey hob eine Augenbraue. »Ist das nicht immer so?«

Lila lachte. Da hatte ihre Freundin leider recht. »Okay, ja, es gibt da einen Typen, aber es ist anders, als du denkst.« Tja, das war es wirklich, aber Lila war überhaupt nicht danach, ihre Gefühle auszubreiten und zu beschreiben, wie ihr Herz in alle möglichen Richtungen gezerrt und gezogen wurde. Ihre einzige Rechtfertigung für Süßkram mit etwa tausend Kalorien zum Frühstück lautete, dass sie am Vortag kaum etwas hatte bei sich behalten können. Sie hatte Liebeskummer. Die Symptome kannte sie. Das hatte sie alles schon einmal erlebt … als Sam ihr das letzte Mal das Herz gebrochen hatte.

»Und weiter?«, drängte Hailey sanft. Sie goss etwas Milch in einen Edelstahlbecher und fing an, sie aufzuschäumen.

Lila sah ihr für einen Augenblick bei der Arbeit zu und überlegte, wo sie anfangen sollte, da klingelte plötzlich ihr Handy. Ihr Herz machte einen kleinen Satz, und sie stieß ihren großen Kaffeebecher um, sodass sich das heiße Getränk über die gesamte Theke und leider auch über ihren köstlichen Brownie ergoss.

Hailey ließ einen Lappen auf die Lache fallen. »Keine Sorge, geh ruhig ran. Irgendwie hab ich das Gefühl, das könnte er sein.«

Lila ärgerte sich schrecklich über die übermächtige Hoffnung, die sich in ihr breitmachte. Auch sie hatte irgendwie das Gefühl, dass es Sam sein könnte.

Sie fummelte das Handy aus der Handtasche, und durch ihren Kopf jagten bereits all die Dinge, die sie zu ihm sagen wollte, wenn sie endlich die Gelegenheit dazu bekäme. Wenn er glaubte, dass sie ihm die Sache leicht machen würde, konnte er sich auf etwas gefasst machen. Er würde eine verdammt gute Ausrede brauchen, um das wieder geradezubiegen.

Doch so sauer sie auch war, ihre Erleichterung war größer. Endlich meldete er sich. Sie würden über Reed sprechen. Vielleicht war doch alles in Ordnung. Bis zum Meeting waren es immerhin noch zwei Tage.

Lila hielt endlich das Handy in der Hand und schaute auf das Display, doch als sie den Namen las, stockte ihr der Atem. Jeremy Reed. Das konnte nichts Gutes bedeuten.

Sie nahm den Anruf entgegen und presste das Telefon ans Ohr. »Hallo?«

»Lila? Hier ist Jeremy. Hör mal, ich wollte nur Bescheid

sagen, dass mein erster Termin etwas länger gedauert hat und wir uns ein bisschen verspäten.«

Lila runzelte die Stirn. »Wie bitte?«

»Wir sind wahrscheinlich erst so um Viertel nach da. Tut mir leid.«

Lila umklammerte ihr Handy fester. Sie würde gleich einen Herzkasper kriegen. »Jeremy, tut mir leid, ich – ich weiß überhaupt nicht, wovon du redest.«

»Unser Treffen. Heute Vormittag. Sam hat den Termin doch vorgezogen.« Im Hintergrund hörte man noch einen anderen Mann sprechen. Mitch Reed. Sie waren also alle beieinander. Alle bereit und in den Startlöchern, während sie selbst …

Lila blinzelte. Um sie herum war alles schwarz geworden, die Stimme am anderen Ende der Leitung drang nicht mehr zu ihr durch. Das Blut rauschte ihr in den Ohren, ließ sie schwindeln und ihre Finger zittern.

»Lila? Bist du noch dran?«

»Ja, Jeremy, ich bin noch da«, brachte sie hervor. Sie biss sich auf die Unterlippe, jetzt musste sie schnell sein. Er hatte es also wirklich getan. Er hatte sie hintergangen, etwas ausgeheckt, sie absichtlich aus der Sache herausgehalten, obwohl er doch wusste, was dabei für sie auf dem Spiel stand, wie wichtig das Geschäft ihrer Familie für sie war. Sie hatte sich ihm anvertraut, ihm den Teil ihrer Seele offenbart, den sie zuvor all die Jahre vor ihm verschlossen hatte.

Und ihm war das egal. Sie war ihm egal. Mary war ihm egal. Die Sunshine Creamery war ihm egal.

Voller Schmerz verzog sie das Gesicht, als sie an ihre

Schwester dachte; an Marys niedergeschlagenen Gesichtsausdruck, als sie über einen möglichen Verkauf der Eisdiele gesprochen hatten.

Mary hatte etwas Besseres verdient. Und das hier war Lilas Chance, es ihr zu ermöglichen.

Sie atmete langsam aus. Sie durfte sich jetzt nicht von ihren Gefühlen überwältigen lassen. Nicht, wenn es um so viel ging.

Sie hatte sich einiges von Sam abgeschaut, und so gesehen hatte sie vom Besten gelernt. Sie würde zu dem Treffen mit Reed gehen, und wenn es ihr irgendwie möglich war, würde sie diesen Auftrag an Land ziehen. Mit oder ohne Sam Crawford.

***

Lila steckte das Handy in die Handtasche zurück und stand auf. Sie musste sich beeilen. Sie musste ins Büro zurück und sich ein paar Notizen machen. Dann brauchte sie ein Taxi, um ins Zentrum zu kommen. Hatte sie überhaupt noch genug Bargeld dabei? Oh, und dieses Outfit! Sie hatte heute Morgen ein leichtes Sommerkleid übergezogen, weil sie bloß auf den Wetterbericht geachtet und die Möglichkeit eines Meetings überhaupt nicht in Betracht gezogen hatte.

Es würde ausreichen müssen. Ihr blieb keine andere Wahl. Sam hatte ihr keine gelassen.

»Schlechte Neuigkeiten?« Hailey wirkte besorgt, als sie Lila einen frischen Cappuccino reichte. Diesmal in einem Pappbecher mit Deckel.

»Das kannst du laut sagen«, murmelte Lila. »Vielen Dank für den Kaffee. Den kann ich gebrauchen.«

»Aber du hast mir noch gar nicht erzählt, was jetzt mit diesem Typen ist!«, rief Hailey ihr nach, weil Lila sich bereits wieder durch die Leute hindurchschlängelte, die für ihre morgendliche Koffeindosis anstanden.

Lila stieß die Ladentür auf und warf ihrer Freundin einen letzten Blick zu. »Sagen wir einfach: Es gibt nichts mehr zu erzählen«, rief sie. Denn so war es schließlich. Alles, was in der vergangenen Woche passiert war, war eine bloße Täuschung gewesen. Und jetzt war es an der Zeit, der Wahrheit ins Auge zu sehen.

Lila hastete den Bürgersteig entlang, die Handtasche in der einen Hand, den Kaffee in der anderen, und gab sich die größte Mühe, das Getränk nicht über die Sandsteinstufen ihres Bürogebäudes schwappen zu lassen. Jim Watson kam ebenfalls gerade beim Eingang an. Er war montags oft spät dran, manchmal schaute er dann noch bei ihr und Penny vorbei, fragte sie nach ihrem Wochenende, doch als Lila nun an ihm vorübereilte, trat er bloß einen Schritt zurück und ließ sie vorbei. Lila lächelte ihm dankbar zu. Es war schön zu wissen, dass es auch noch ein paar nette Männer auf der Welt gab.

»War das Jim da unten an der Tür?«, fragte Penny, als Lila ins Büro stürzte.

»Ja.« Rasch schaltete Lila die Schreibtischlampe und ihren Laptop ein.

»Oh.« Penny hielt kurz inne und kam dann an die Bürotür. »Ich glaube, er hatte ein neues Hemd an. Das hab ich jedenfalls noch nie an ihm gesehen.«

Lila blickte von ihrem Bildschirm auf. Penny stand im Türrahmen, doch sie verrenkte sich geradezu den Hals, um die Eingangstür im Blick zu behalten, obwohl sie gar nicht weit davon entfernt war. Ein Haarband hielt ihr kinnlanges, blondes Haar zurück, und die Lippen waren recht verräterisch geschminkt. Ein neuer Farbton, wie Lila feststellte.

Als der Laptop hochgefahren war, öffnete sie in Windeseile den Ordner mit ihren Notizen zu Reed. Sie hatte all diese Unterlagen eigentlich mit Sam teilen wollen, aber nun würde sie sie direkt dem Kunden präsentieren. Einige Ideen waren kaum mehr als halbgare Stichpunkte, aber das würde jetzt reichen müssen. Sie würde das Kind schon schaukeln. Sie war gut im Improvisieren. Wenn es sein musste.

Und heute musste sie einfach alles geben. Jetzt noch mehr als je zuvor.

»Jim und ich saßen letztens zufällig abends im gleichen Zugabteil«, erzählte Penny gerade.

Lila blickte zerstreut auf und wusste nicht, was sie darauf antworten sollte. »Das ist ja nett. Wohnt er in deiner Nähe?«

»Ja, wie sich herausgestellt hat schon.« Penny errötete. »Wir haben uns ein bisschen unterhalten. Er ist wirklich nett. Mir ist vorher noch gar nicht aufgefallen, wie grün seine Augen sind.«

Trotz ihrer Anspannung musste Lila grinsen. »Schöne Augen hat er, das muss man ihm lassen«, stimmte sie augenzwinkernd zu.

Im Vorraum klingelte das Telefon, und Penny ging hinüber, um den Anruf entgegenzunehmen. Ihre Schritte wirkten schon viel federnder als noch vor wenigen Tagen. Es war seltsam, was die Liebe mit einem anstellen konnte, dachte Lila. Ganz unverhofft fand man sich auf Wolke sieben wieder.

Und ebenso unverhofft konnte man unsanft auf dem Boden der Tatsachen landen.

Lila biss die Zähne zusammen, zog ihre Notizen aus dem Drucker und steckte alles rasch in einen Hefter. Sie warf einen Blick auf die Kuckucksuhr. Gleich musste sie los. Eilig zog sie ihr Portemonnaie hervor und zählte mit fliegenden Fingern das Bargeld. Für die Fahrt zum Restaurant würde es noch reichen. Wenigstens das ging also glatt.

Sie hielt kurz inne und stützte eine Hand auf der Schreibtischplatte auf, nahm sich einen Moment Zeit, um sich zu sammeln. Sie hatte keine Ahnung, was sie zu Sam sagen würde, wenn sie ihn sah. Wie sie ihm nach diesem Verrat überhaupt in die Augen schauen sollte. Wenn sie nur daran dachte, was er getan hatte … An die Ereignisse, die zu alldem geführt hatten. An seine bewusste Täuschung.

Ihre Augen brannten, doch sie schluckte die Tränen hinunter. Jetzt war keine Zeit zum Weinen. Das würde sie später tun, nachdem sie diesen Vertrag unter Dach und Fach gebracht hatte. Und das hatte sie fest vor.

Sam hatte vielleicht ihre Hoffnungen auf eine zweite Chance für ihre Beziehung zerstört, aber der Sunshine Creamery würde er die zweite Chance nicht verbauen.

Lila schnappte sich ihre Unterlagen und stopfte alles in ihre Handtasche. »Meeting«, rief sie Penny zu, als sie zum Ausgang eilte. Sie streckte die Hand nach der Klinke aus, doch bevor sie sie überhaupt berühren konnte, wurde die Tür bereits geöffnet. Voller Ungeduld trat Lila einen Schritt zurück. Sie wollte so schnell wie möglich weg, um als Erste vor Ort zu sein und Sam mit etwas Glück mit seinen eigenen Waffen zu schlagen.

Die Tür knarrte und öffnete sich Zentimeter für Zentimeter, sodass Lila gespannt abwarten musste. Dann erschien ein Mann im Türrahmen, und sie spürte, wie alle Farbe aus ihrem Gesicht wich.

Es war Sam.

14

»Was zum Teufel machst du hier?«, wollte Lila wissen und versperrte ihm den Weg in den Vorraum ihres Büros. Sie musterte ihn von oben bis unten, bemerkte den Anzug, die Krawatte, und spürte die Wut brodelnd in sich aufsteigen. Er war bereit für das große Treffen mit Reed, während sie selbst sich mit einem rosa Sommerkleid, Flipflops und einem Hefter voll wild zusammengekritzelter Notizen begnügen musste.

Sam wich keinen Zentimeter zurück. Er lächelte nicht, zwinkerte nicht einmal. Er starrte sie bloß mit seinen durchdringenden, blauen Augen an, und zwischen seinen Brauen saß diese kleine Sorgenfalte, die in Lila jedes Mal Zweifel weckte. Sie stellte sich ein wenig aufrechter hin, erinnerte sich an die Funkstille, an ihre vielen Anrufe, die allesamt unbeantwortet geblieben waren. Daran, dass er das Treffen mit Reed umgelegt hatte. Hinter ihrem Rücken.

»Ich muss dringend los«, sagte Lila und drängte sich an ihm vorbei in den Flur. Dort blieb sie noch einmal stehen und nagelte ihn mit einem eiskalten Blick fest. »Und Jeremy Reed zufolge müsstest du das auch.«

Seine Augen wirkten kurz unsicher, aber es war die einzige merkliche Regung. »Lila, gib mir bitte fünf Minuten.«

Sie starrte ihn unentschlossen an, versicherte sich noch einmal ihres Standpunkts. Es gab nur eine einzige Erklärung, die sein Verhalten entschuldigen konnte, und die würde er nicht über die Lippen bringen. Das konnte er nicht. Er hatte nicht den Mumm dazu.

Sam war niemand, der seinem Herzen folgte. Sam hatte überhaupt kein Herz. Inzwischen sollte sie selbst das am allerbesten wissen. Er wollte so unbedingt von seinem Vater akzeptiert werden, dass er sich wirklich alle Mühe gegeben hatte, sich als Crawford zu beweisen.

»Tut mir leid, Sam. Ich habe schon genug Zeit mit dir vergeudet.« Die Worte waren heraus, klar und unerbittlich. Sie konnte das – sie musste es tun. Sie durfte sich nicht noch eine weitere Unachtsamkeit erlauben. Nicht bei Sam.

Wer zweimal auf den gleichen Trick hereinfiel … Sie sollte sich schämen, dass sie ihm erneut ihr Herz geöffnet hatte. Und sie wollte verdammt sein, wenn sie es ein drittes Mal tat.

Über Sams Schulter hinweg bemerkte sie Pennys Blick, aus weit aufgerissenen Augen. Der Mund ihrer Assistentin bildete einen perfekten kleinen Kreis. Hätte Penny eine Schüssel mit Popcorn zur Hand gehabt, sie hätte sicher hineingegriffen und die Show genossen.

Lila seufzte frustriert auf, wandte sich ab und eilte hinaus in die warme Morgensonne. An der ganzen Straße öffneten gerade die Geschäfte, Eigentümer drehten ihre Türschilder um und gossen die Blumen, und Passanten schlenderten mit Strandtaschen vorüber und genossen den perfekten Sommertag. Lila hastete die Stufen zum

Bürgersteig hinab, wollte sich am liebsten unter all die Menschen mischen, alles vergessen, was ihr gerade widerfuhr. Vergessen, wie ihr das Herz gebrochen wurde … ganz genau wie beim letzten Mal.

»Lila, warte!«

Sie war schon halb die Treppe hinunter, als ihr aufging, dass sie tatsächlich warten sollte. Jeremy zufolge hatte Sam selbst das Treffen vorgezogen, und trotzdem war er hier. Falls er ihr irgendetwas zu sagen hatte, bevor sie in ein Taxi stieg, wollte sie es hören.

Aber das war auch alles. Zwischen ihnen gab es nur noch rein berufliche Bande. Keine persönlichen.

Sie sah zu ihm auf. »Du hast fünf Minuten«, erklärte sie und verschränkte die Arme vor der Brust.

Sam kam die Stufen hinab und hob beschwichtigend beide Hände. »Ich will es dir nur erklären. Aber du musst mich bitte ausreden lassen.«

Lila verlagerte ihr Gewicht. Sie spähte die Straße hinunter. Kein Taxi in Sicht.

Sie wandte sich ihm wieder zu, biss die Zähne zusammen und sah ihm in die Augen. Sie würde keinen Millimeter nachgeben. Nicht jetzt. Nicht nach allem, was passiert war. »Was ist mit dem Treffen mit Reed?«

Sam zuckte die Achseln. »Was soll damit sein?«

Eine frische Zorneswoge rollte über sie hinweg. »Spiel hier jetzt keine Spielchen, Sam. Jeremy hat mich angerufen. Ich weiß, dass du das Meeting vorgezogen hast. Danke fürs Bescheid sagen.«

»Das war mein Bruder, Lila. Rex hat Mitch angerufen.«

Lila starrte Sam ungläubig an, doch dann entfuhr ihr

ein trostloses Lachen. »Natürlich. Und als braves Brüderchen hast du natürlich schön die Klappe gehalten und alles zugelassen und mich nicht mal informiert.«

Sam machte ein gequältes Gesicht. »Ich habe dir doch gesagt, Lila … wenn es um meine Familie geht, sind die Dinge kompliziert.«

»Und ich hab dir gesagt, was dieser Auftrag für mich bedeutet, Sam. Was er für meine Familie bedeutet. Die Eisdiele kommt dir vielleicht mickrig vor, aber ich kann dir versichern: Meiner Schwester bedeutet sie alles. Und meinen Großeltern hat sie auch alles bedeutet.« Lila fluchte lautlos, weil ihr heiße Tränen in die Augen schossen. Er sollte sie so nicht sehen. Er sollte nicht wissen, wie sehr er sie verletzt hatte. Das hatte er nicht verdient.

Sie konnte sich gut vorstellen, was Mary sagen würde, wenn sie erfuhr, dass der Auftrag verloren war. Nämlich dass sie die Eisdiele verkaufen sollten – und ihren Großeltern somit von Neuem Lebewohl sagen würden. Sie müssten sich von dem bisschen Familiengeschichte verabschieden, das ihnen noch blieb. Ihre Schwester schuftete in zwei Jobs, um genügend Geld zusammenzukratzen, und dabei war ihr sehnlichster Wunsch doch so schrecklich banal. Sie wollte nicht reich werden. Auch nicht berühmt. Sie wollte einfach nur Eis machen, hart arbeiten und den Menschen ein Lächeln auf die Lippen zaubern. Genau wie Gramps.

Lila schluckte den Kloß hinunter, der sich in ihrem Hals festgesetzt hatte.

»Lila.« Sam machte einen Schritt auf sie zu, doch sie

fuhr zurück und trat auf den Bürgersteig hinab. »Ich weiß, wie viel dir diese Eisdiele bedeutet.«

»Nein.« Sie verschränkte die Arme noch fester vor der Brust und schüttelte energisch den Kopf. »Nein, das kannst du gar nicht wissen. Die Eisdiele ist alles, was mir von meinen Großeltern geblieben ist … und von meiner Mutter. Meine Schwester und ich haben von ihnen nur noch die Sunshine Creamery. Und du hast mir die einzige Chance genommen, sie zu halten. Und wofür? Um deinen Vater stolz zu machen? Indem du ihm zeigst, dass du genauso skrupellos sein kannst wie er? Wenn du mich fragst, ist das eine ganz schön erbärmliche Art, jemanden zu beeindrucken.«

Sam trat ebenfalls auf den Bürgersteig und ließ den Blick über die Geschäfte auf der anderen Straßenseite schweifen, bevor er Lila erneut ansah. Er rieb sich das Kinn und schien über etwas nachzudenken, dann sah er ihr geradewegs in die Augen. »Lila, ich bin letztens nicht wegen irgendwelcher Geschäfte abgereist.«

»Ach nein?« Irgendwo in ihr regte sich Neugier, aber ihr Verstand mahnte sie, jetzt bloß nicht auf seine faulen Ausreden hereinzufallen. Die Zeit lief, und sofern er ihr nichts Relevantes zu diesem Meeting mitzuteilen hatte, durfte sie nicht zulassen, dass er ihr hier weiter die Zeit stahl.

Sie runzelte die Stirn. Wahrscheinlich gehörte das ohnehin alles zum Plan. Sicher hatte Rex ihn geschickt, um sie davon abzuhalten, vor Reed eine Szene zu machen. Um sie hinzuhalten, sodass sie gar nicht erst bei dem Treffen auftauchen würde. Die Crawfords machten vor nichts halt, wenn sie ihren Willen durchsetzen wollten. Wie hatte sie das vergessen können?

»Mein Vater hat sich nicht freiwillig aus PC Advertising zurückgezogen«, sagte Sam und atmete mit einem Seufzer aus.

Lila presste die Lippen zusammen. Als sie gehört hatte, dass der alte Crawford die Firma seinen Söhnen übergab, war sie verwundert gewesen. Preston Crawford war noch nicht einmal siebzig, und die Agentur war sein Leben.

»Mein Vater hat Alzheimer«, erklärte Sam. »Er ist ein stolzer Mann, und die Agentur bedeutet ihm alles. Er ist von sich aus abgetreten, aber im Grunde gegen seinen Willen.«

Lila hörte auf, Ausschau nach einem Taxi zu halten, und musterte Sam vorsichtig. Seine Stirn lag in tiefen Falten. Sein Mund bildete einen schmalen Strich. Und der kleine Teil von ihr, der ihn einst geliebt hatte und der kürzlich zugehört hatte, wie er ihr sein Herz ausschüttete, konnte sich nun nicht von ihm abwenden.

»Sam.« Lila sah ihn fragend an und versuchte zu begreifen, was er ihr da gerade erzählte. »Das tut mir leid. Das wusste ich nicht.«

»Niemand weiß es«, erwiderte Sam mit starrem Blick. »Na ja, kaum jemand jedenfalls. Mein Vater ist stolz. Zu stolz, wenn du mich fragst.«

»Deshalb bist du also zurück nach New York.« Sie schämte sich, wenn sie daran dachte, wie hart sie mit ihm ins Gericht gegangen war. Wenn er ihr doch bloß die Wahrheit gesagt hätte …

Doch dann verbot sie sich solche Gedanken. Sam war nie besonders mitteilsam gewesen.

Sam nickte. »Ja. Er hatte wieder einen Aussetzer. Schlimmer als beim letzten Mal, und … ich hätte mich mies gefühlt, wenn ich nicht zu ihm gefahren wäre. Auch wenn es ihm wahrscheinlich egal war, dass ich gekommen bin.«

Seine Worte brachen ihr schier das Herz, aber trotz allem musste sie immer wieder an die vielen Anrufe denken, die er einfach ignoriert hatte. Das Meeting war ohne ihr Wissen vorgezogen worden. Wenn Preston »Spring« sagte, dann sprang Sam. Und in diesem Fall musste Lila annehmen, dass es Prestons Wille gewesen war, die Sache mit Reed ohne sie durchzuziehen. Ihre Ideen hatten die Crawfords ja jetzt, wozu sollte sie also noch gut sein?

»Und alles andere?«, fragte sie.

»Das hab ich nicht gewollt, Lila. Es ist einfach so gekommen.« Sam biss die Zähne zusammen. »Wir verlieren gerade einen unserer wichtigsten Kunden. Um das Gesicht zu wahren, schien es das Beste, sofort einen neuen zu gewinnen.«

»Und die Lorbeeren mit einer freien Werbetexterin zu teilen, die ihr vor sechs Jahren gefeuert habt, war da natürlich nicht vorgesehen«, bemerkte Lila.

Sam sah sie erschöpft an. »So war es nicht, Lila. Ich wollte den anderen erklären, dass –«

»Du wolltest. So wie du auch deinen Vater damals davon abbringen wolltest, mich zu entlassen?« Sie wusste, dass er den Schmerz in ihren Augen lesen konnte, aber das war ihr jetzt vollkommen egal. »Es wäre ja was anderes, wenn ich die Entlassung wirklich verdient hätte. Aber das hatte ich nicht, Sam. Das weiß ich, und ich glaube, du weißt es auch. Ich hab das nicht verdient. Ich verdiene nichts von alldem.«

»Ich habe dich geliebt, Lila«, sagte Sam leise. »Ich glaube, du bist die einzige Frau, die ich je wirklich geliebt habe. Du hast mich so gesehen, wie ich wirklich bin.«

»Oh, darauf kannst du Gift nehmen.« Bei ihrem bitteren Lachen brach ihr die Stimme. Sie wandte den Blick ab, bevor er ihre Tränen bemerkte.

»Du hast mein wahres Ich gesehen. Nicht den Menschen, der ich sein wollte.« Sam trat einen weiteren Schritt auf sie zu und umfasste ihren Arm, bevor sie noch mehr zurückweichen konnte. »Dieser Mensch will ich nicht mehr sein, Lila. Ich will nicht länger Sam Crawford sein.«

»Aber was ist mit deinem Vater? Deinem Bruder? Der Agentur!«

»Die Agentur kann mir gestohlen bleiben«, sagte Sam angewidert.

Lila sah ihn überrascht an. »Aber –« Ihre Gedanken rasten. Das Meeting. Reed Sugar. Was redete er da?

»Mir reicht's, Lila. Ich weiß auch nicht … ich kann den Menschen nicht ausstehen, zu dem ich geworden bin. Ich habe mich so sehr bemüht, meinen Vater kennenzulernen, ihn stolz zu machen, ihn dazu zu bringen, mich in sein Leben zu lassen. Und jetzt ist mir endlich klar geworden, dass das niemals passieren wird.« Sam bemerkte ihren Blick und fügte hinzu: »Nicht wegen seiner Krankheit, sondern weil ich einfach nicht mehr glaube, dass ich ihn dazu bringen kann, mich wirklich zu lieben. Er ist nun mal, wie er ist. Ich wollte ihn kennenlernen, und das habe ich getan. Es ist Zeit, diesen Kampf aufzugeben.«

Lila schüttelte den Kopf und versuchte sich vorzustellen, wie es sein musste, jemanden zu lieben, der das Gefühl niemals erwidern würde. Sam hatte für eine einzige Person alles aufgegeben. Sie selbst eingeschlossen. »Das tut mir so leid, Sam.«

»Nicht so sehr wie mir«, meinte Sam. »Ich habe schon zu viele Jahre verloren. Die bekomme ich nicht wieder zurück.«

Inzwischen weinte Lila, wegen all der Trauer, die sie in seinen Augen sah, wegen ihres Traums, der nun vollends geplatzt war, wegen des Verlusts der Sunshine Creamery und weil Mary bald erneut bitter enttäuscht werden würde. Sie hatte sich in Sam verliebt. Stark und schnell und unerbittlich, und nichts war ihr geblieben. »Sam –«

Er legte ihr einen Finger an die Lippen. »Ich habe dich schon einmal verloren, Lila. Ich ertrage die Vorstellung nicht, dass mir das noch einmal passiert. Vor sechs Jahren habe ich eine Entscheidung getroffen. Jetzt treffe ich eine andere.«

***

Ein Taxi kam auf sie zu, und Sam hob rasch den Arm, bis der Wagen neben ihnen anhielt. Wenn sie vor den Leuten von Reed Sugar im Restaurant sein wollten, mussten sie sich jetzt beeilen. Wer wusste schon, was passieren würde, falls Rex vor ihnen seine Chance bekam.

»Steig ein«, befahl er Lila entschieden.

»Was?« Sie sah ihn verwirrt an und rührte sich nicht, selbst als er ihr die Autotür aufhielt.

Sam deutete auf den Rücksitz, noch entschiedener als zuvor. »Steig ein. Wir kommen zu spät zum Meeting.«

Lila wirkte geradezu verzweifelt. »Wovon redest du eigentlich, Sam?«

»Von unserem Treffen mit Reed.« Er wartete einen Moment, doch sie blieb einfach stehen, einen guten Meter vom Bordstein entfernt. »Ich hab doch gesagt, Lila: Ich habe mich entschieden. Für dich. Du hast die Kampagne entwickelt, und ich werde alles daransetzen, dass du diesen Auftrag bekommst. Also: Willst du Reed Sugar einfach Rex überlassen, oder steigst du jetzt mit mir in dieses Taxi und schnappst dir den Deal?«

Lila blinzelte rasch, und dann eilte sie zur offenen Wagentür. Sam fasste sie am Ellenbogen und half ihr beim Einsteigen, während er dem Fahrer bereits die Adresse des Restaurants nannte, in dem sein Bruder schon wartete. Er warf Lila einen Blick zu und verfluchte sich für das, was er sah. Er hatte gehofft, er würde sie glücklich machen, und er hatte gehofft, dass sie ihm verzeihen könnte, doch stattdessen starrte sie bloß aus dem Fenster, biss auf ihrem Daumennagel herum und wirkte völlig geistesabwesend.

»Ich bin nicht bereit«, verkündete sie schließlich. »Ich konnte überhaupt nichts vorbereiten.«

»Du vielleicht nicht«, meinte Sam, »aber ich schon.«

Lila riss überrascht die Augen auf. »Du?«

Sam grinste. Er nickte und zog eine Mappe aus seiner Aktentasche. Er zeigte ihr einige Werbebilder, grobe

Skizzen einer möglichen Anzeige. Zwei kleine Mädchen, die sich auf einer Parkbank ein Eis teilten; ein Hund zu ihren Füßen, der an einer heruntergefallenen Eiswaffel leckte.

»Oh, Sam.« Als sie seinen Namen aussprach, brach ihr die Stimme, und sie streckte die Hand aus und umschloss fest seine Finger. »Der Hund. Er sieht genauso aus wie der auf dem Bild in der Sunshine Creamery.«

»Daher hab ich die Idee auch«, meinte Sam. »Gefällt's dir?«

»Ob es mir gefällt?« Lila lachte. »Ich finde es fantastisch! Aber … ich begreife das alles immer noch nicht. Du hast mich nie zurückgerufen –«

Sam klappte seine Mappe zu. Er konnte sich ziemlich genau Rex' Gesichtsausdruck vorstellen, wenn er mit Lila das Restaurant betreten würde, und angesichts seines hinterlistigen Manövers zog sich ihm angstvoll der Magen zusammen. Es sah ihm nicht ähnlich, seine Mitmenschen derart zu hintergehen. Rex dagegen schon. Und Preston auch. Vielleicht eiferte sein Bruder auch bloß ihrem Vater nach. Oder vielleicht hatte er genau das gleiche Ziel wie Sam: Er wollte unbedingt einen Mann beeindrucken, der durch nichts zufriedenzustellen war.

Sam sah auf die Uhr. Wenn sie gut durchkämen, würden sie vor den Leuten von Reed am Restaurant sein. Er könnte mit seinem Bruder sprechen. Ihm sagen, dass er die Agentur verlassen wollte. Aber dass er hoffte, damit nicht zugleich auch seine Familie zu verlassen.

Jetzt lag es an ihnen. Sie mussten ihn so akzeptieren, wie er war. Er würde das Risiko eingehen.

»Ich musste die Dinge erst verstehen, Lila. Ich wollte mir sicher sein.« Und jetzt war er sich sicher. Er hatte dieser Familie Jahre geopfert, verzweifelt versucht, zu ihnen zu gehören, war um jeden Preis bereit gewesen, ihnen seine Zugehörigkeit zu beweisen, auch wenn er dazu so werden musste wie sie. Er war erschöpft. Geschlagen. Und zum ersten Mal, seit er an die Tür jener herrschaftlichen Villa geklopft hatte, durch die kühlen Korridore gewandelt war und die Hand seines Vaters geschüttelt hatte, schien er wieder frei atmen zu können. Es gab nichts mehr zu verbergen. Keine Heuchelei. Er musste niemandem mehr etwas beweisen.

Lilas Blick wanderte über sein Gesicht, und sie wirkte wie zerrissen, als wollte sie ihm gern glauben, wüsste aber nicht, wie. Konnte er ihr das verübeln?

»Bist du dir auch ganz sicher?«, fragte sie.

Er lächelte. »Du warst schon immer die eine für mich, Lila. Sogar, als ich mich noch dagegen gewehrt und mir eingeredet habe, dass das mit uns niemals funktionieren kann. Ich wollte dich vergessen, aber es ging nicht. Das hier ist unsere zweite Chance. Wir können sie immer noch nutzen, wenn du einverstanden bist.«

Eine Träne kullerte ihr die Wange hinunter, und Sam wischte sie mit dem Daumen fort.

»Wir haben schon so viel Zeit verloren, Sam.«

»Und ich habe nicht vor, noch eine weitere Sekunde zu vergeuden«, erwiderte er und beugte sich vor, um sie zu küssen.

Epilog

Die Schlange vor der Sunshine Creamery reichte bis auf die Straße und den ganzen Häuserblock entlang, aber keiner der Anstehenden dachte daran, kehrtzumachen und es woanders zu versuchen. Kinder warteten geduldig an der Hand ihrer Eltern auf eine Kostprobe von Marys beliebtester Kreation: der Vierfachwaffel mit dreifachem Schokoladenüberzug.

»Typisch Mary«, sagte Lila lachend, als sie sich mit Sam hinten einreihte. »Ich wüsste zu gern, was meine Großeltern sagen würden, wenn sie das hier sehen könnten.«

»Ich persönlich mag ja den Probier-alles-Becher am liebsten. Warum sollte man nur eine Sorte wählen, wenn man gleich alle vierzig essen kann?« Sam grinste schelmisch, doch Lila schüttelte nur den Kopf.

Seit die Sunshine Creamery Anfang August offiziell wiedereröffnet hatte, kamen Sam und sie regelmäßig an den Wochenenden hierher, um Mary zu besuchen. Und manchmal krempelten sie auch die Ärmel hoch und halfen ihr bei der Arbeit, wenn der Andrang allzu groß wurde.

Der Juli war arbeitsam gewesen, denn alle drei hatten bis spät in die Abende hinein Ideen gewälzt, wie die Eisdiele aufgezogen und beworben werden könnte. Lila half Mary mit der Website, und Sam dachte sich einen Slogan für die Flyer aus, die Mary in der ganzen Stadt verteilte. Fast jedes Wochenende strichen sie Wände, stöberten nach neuen Tischen und Stühlen und kosteten Marys Eisvariationen – was Sam am allerbesten gefiel, wie Lila unschwer erkennen konnte.

»Ich kann immer noch nicht glauben, dass du dieses Teil wirklich bestellt hast«, meinte sie und dachte an die ungläubigen Blicke der anderen Gäste zurück, als Mary ihnen am letzten Freitagabend freudestrahlend die riesige Eisplatte auf den Tisch gestellt hatte, direkt nach ihrem Sushi-Abendessen.

»Hey, ich unterstütze gern die Geschäfte vor Ort«, erwiderte Sam. »Außerdem liefert einer unserer größten Kunden Marys Hauptzutat. Wie könnte ich da widerstehen?«

»Ach, das ist also deine Ausrede, ja? Du beweist Reed Sugar deine Treue, indem du so viel Eis isst, dass man damit ein ganzes Kinderbaseballteam abfüttern könnte? Vielleicht sollten wir als nächsten Kunden einen Zahnarzt anwerben.«

»Weißt du, Lila, das ist gar keine schlechte Idee. Aber deshalb wollte ich ja auch mit dir zusammenarbeiten.« Sam zwinkerte ihr zu, und Lila griff nach seiner Hand.

Sie hatte Bedenken gehabt, als Sam vorschlug, sich zusammenzutun, aber nur für wenige Minuten – bisher hatte er sie noch jedes Mal überredet. Sicher, Sam war ein Sturkopf, und er war vielleicht nicht immer mit ihren Geniestreichen einverstanden, aber dafür brachte er viele eigene Ideen ein, und als Team waren sie noch besser als allein.

In jeder Beziehung, dachte sie und verflocht ihre Finger mit seinen.

Endlich näherten sie sich dem Eingang der Eisdiele, vor der Mary ein paar kleine Bistrotische und weiße Bänke aufgestellt hatte. Große Blumentöpfe voll unzähliger bunter Blüten flankierten die offene Tür, und darüber wehte eine nagelneue, rosarot gestreifte Markise, die ihre alte, verblichene Vorgängerin ersetzt hatte. Nur das Ladenschild war gleich geblieben, denn manche Dinge ändern sich eben nie, und das, dachte Lila leicht melancholisch, war auch richtig so.

»Oh, schau mal, Penny und Jim sind auch da«, sagte sie zu Sam, als sie das angenehm kühle Ladenlokal betraten. Die Luft aus der Klimaanlage kitzelte auf der feuchten Haut. Es war ein heißer, schwüler Tag gewesen, und sie freute sich schon auf morgen, auf einen weiteren Tag mit Sam auf dem See. Er hatte sich in den Kopf gesetzt, eine Seglerin aus ihr zu machen, und da sagte sie bestimmt nicht Nein.

»Sie scheinen in letzter Zeit sehr gut miteinander auszukommen«, bemerkte Sam mit Blick auf Penny und Jim.

Als Sam und sie sich entschlossen hatten, ihre Geschäfte fortan gemeinsam zu führen, hatten sie wohl oder übel ein größeres Büro anmieten müssen. Der panische Ausdruck, der bei dieser Ankündigung auf Pennys Gesicht erschienen war, hatte Lilas Vermutungen über die Gefühle ihrer Assistentin für Jim endgültig bestätigt, doch Lila konnte Penny gut gelaunt beruhigen, denn sie wollten bloß eine Etage höher ziehen, gleich neben Jims Büro. Schon bald kam Jim regelmäßig und wie zufällig zur Feierabendzeit vorbei, um zu schauen, ob Penny auch gerade Schluss machte, und dann sah man die beiden zusammen zur Haltestelle der Hochbahn schlendern, wie zwei verliebte Highschool-Schüler.

Lila winkte Penny und ihrem Büronachbarn erfreut zu. »Das ist ja ein Zufall, dass die beiden auch hier sind«, sagte sie, auch wenn sie wusste, dass die zwei bei Mary quasi Stammkunden waren, wie so viele ihrer Freunde. Hailey hatte sogar eine Ankündigung an das Schwarze Brett ihres Cafés gehängt und Eisgutscheine für die Eröffnungswoche an ihre Kunden verteilt.

»Ist das da drüben nicht Hailey?« Sam tippte ihr auf die Schulter und deutete in eine andere Ecke, wo Hailey mit einem breiten Grinsen vor einem Bananensplit saß.

Lila winkte erneut. »Wirklich, was für ein Zufall«, murmelte sie.

Hinter der Theke räusperte sich jetzt Mary. »Was darf's denn heute sein?«, fragte sie. Ihre Augen glänzten, wie eigentlich jeden Tag seit Wiedereröffnung der Eisdiele.

»Ich nehme den Sunshine-Becher«, sagte Lila.

»Keine Waffel mit dreifachem Schokoüberzug?« Sam zog eine Augenbraue hoch und versuchte angestrengt, nicht zu lachen.

»Was soll ich sagen? Ich bin nun mal altmodisch«, erwiderte Lila mit einem Augenzwinkern.

»Für mich bitte das Gleiche«, ergänzte Sam die Bestellung. Er warf Lila einen vielsagenden Blick zu und bemerkte: »Ob du es glaubst oder nicht, ich lege nämlich auch großen Wert auf Tradition.«

Lila knuffte ihn in den Arm und ging einen Tisch für sie beide suchen. Sie hätte gern ein bisschen mit Hailey geplaudert, aber die telefonierte gerade, und außerdem hatte ihre Freundin sich an einen winzigen Tisch mit nur einem Stuhl gesetzt. Und Jim und Penny waren zu sehr damit beschäftigt, sich tief in die Augen zu schauen, und schienen Lila gar nicht zu bemerken, als sie den Raum durchquerte und einen kleinen Tisch am Fenster belegte.

Sie ließ sich auf einen der Stühle sinken und sah amüsiert dabei zu, wie Sam zur Jukebox hinüberging und einen Song auswählte. Sie hatte einen alten Hit oder etwas Flottes erwartet, doch aus unerfindlichen Gründen wählte er ein langsames Stück, das sie nicht genau zuordnen konnte, aber irgendwoher kannte.

»Erkennst du den Song?«, fragte er, als er sich ihr gegenübersetzte. Seine blauen Augen funkelten voller Vorfreude, und sie war sich fast sicher, dass er etwas im Schilde führte. »Der lief an dem Abend, als wir unser erstes Date hatten.«

Lila sah ihn erstaunt an. Sie hatte geglaubt, dass nur sie sich noch an ihre erste Verabredung in einem kleinen Lokal wenige Straßen von der Agentur entfernt erinnerte. Sam hatte sie damals zum Abendessen eingeladen, und sie war einverstanden gewesen, auch wenn sie nicht zu hoffen wagte, dass es mehr als ein netter Abend unter Freunden werden würde. Dabei hatte sie sich von ganzem Herzen etwas anderes gewünscht. Sie hatten zusammen gelacht und sich unterhalten und am Ende des Abends hatte er sie geküsst. Mitten auf dem Bürgersteig, während über ihnen das Laub im Wind raschelte.

Sie hatte einen schwarzen Wollmantel und einen roten Schal passend zu ihrem Lippenstift getragen. Er ein blaues Hemd und eine Seidenkrawatte. An die Krawatte erinnerte sie sich noch gut.

Sie hatte geglaubt, jede Einzelheit noch genau im Gedächtnis zu haben. Wie sie den ganzen Abend über nervös an ihren Ohrringen spielte. Wie Sam vorschlug, einen Nachtisch zu teilen. Wie sich feinste Fältchen um seine Augen bildeten, immer wenn er sie anlächelte. Wie ihr Herz dann jedes Mal ein bisschen höhergeschlagen hatte.

»Vorn auf einem Tisch stand eine Jukebox«, meinte sie nachdenklich, während die Erinnerung langsam zurückkehrte. Sie sah ihn scharf an. »Und du erinnerst dich wirklich noch an den Song?«

»Ich erinnere mich an jede Kleinigkeit, Liebling.« Sam zwinkerte ihr verschmitzt zu.

In diesem Augenblick kam Mary an ihren Tisch, in jeder Hand einen großen Eisbecher. Lila lächelte angesichts der kleinen, sonnenförmigen Butterwaffeln, die seitlich im Eis steckten – ebenfalls einer von Marys Einfällen. Das Rezept stammte von ihrer Großmutter.

Lila nahm ihren Löffel und versenkte ihn gedankenverloren im Eis. »Weißt du, es ist seltsam, aber heute Abend kommt es mir noch mehr als sonst so vor, als wäre ich wirklich zu Hause.«

Von der anderen Seite des Tisches aus musterte Sam sie aufmerksam. Sie bemerkte, dass sein Löffel immer noch neben dem Eisbecher lag.

Sie sah ihn ein wenig misstrauisch an. Dann fuhr sie fort: »Vor ein paar Monaten dachte ich, ich hätte alles verloren, und jetzt … Jetzt sind wir alle hier. Du. Ich. Meine Schwester. Hailey. Jim und Penny.« Sie lächelte auf die kleine Sonnenwaffel hinab. »Und es fühlt sich so an, als wären meine Großeltern auch noch da.«

Sie blinzelte ein paar Tränen fort. Es war albern, so gerührt zu sein, an einem warmen Samstagabend im Sommer, vor einem großen Eisbecher – um Himmels willen! Sie lächelte, um sich wieder zu fassen und griff nach der Eiswaffel, und da sah sie ihn. Dort unten, versteckt zwischen einer Kugel Heidelbeer-Cheesecake-Eis (mit ein paar knusprigen Kekskrümeln) und einer Kugel Vanille, funkelte ein Diamant.

Lila keuchte und sah zu Sam auf, der von einem Ohr zum anderen grinste. Nun fielen die Tränen doch, stetig und unaufhaltsam, und sie versuchte gar nicht erst, sie zurückzuhalten. Sam stand auf, kam um den kleinen Tisch herum und kniete vor ihr nieder, und da bemerkte Lila sie: ihre Freunde, ihre Schwester, wie sie hinter ihm standen, sich an den Händen hielten und diesen Augenblick mit ihnen teilten.

Und dort, genau über Marys Schulter, war Gramps in seinem Bilderrahmen und sah ihnen lächelnd zu …

Leseprobe

Jennifer Snow

MAYBE THIS TIME

2

Neues Schuljahr. Neue Saison.

Jackson Westmore pinnte die Terminankündigung für das Eishockeytestspiel ans Schwarze Brett vor der Turnhalle der Glenwood-Falls-Grundschule.

»Hey, Coach, bereit für eine weitere Meisterschaft?«, fragte Darryl Sutton, sein Kumpel und der Sportlehrer der Schule, der gerade auf dem Rückweg von einer Aufwärmrunde über die Laufbahn mit einer Gruppe Zehnjähriger an ihm vorbeikam.

»Worauf du dich verlassen kannst«, bestätigte Jackson und hielt einen der größeren Jungs an. »Solange James hier immer noch vorhat, sich fürs Team zu bewerben.«

Das überdurchschnittlich große, dünne Kind nickte.

»Solange seine Noten weiterhin stimmen«, sagte Darryl – er war der Vater des Jungen.

»Ja, Sir«, erwiderte James und verschwand mit dem Rest der Klasse in der Turnhalle.

Jackson fühlte mit ihm mit. Er wusste, wie es war, einen Elternteil zu haben, der Lehrer war. Seine Mutter hatte mehr als zwanzig Jahre lang an der Glenwood Highschool unterrichtet. Es nervte. Seine Brüder und er waren mit nichts durchgekommen. Obendrein hatten sie in der Schule *und* zu Hause ständig was aufs Dach bekommen. Nur seine Schwester, die keine solche Unruhestifterin gewesen war wie ihre Brüder, hatte es als Einzige von ihnen leicht gehabt.

»Ich hab gehört, dieses Jahr gibt es ein gemischtes Team«, meinte Darryl und betrachtete das Anmeldeformular unter der Ankündigung.

»Ja … Na ja, wir werden sehen, was sich ergibt. Ich bin nicht sicher, ob viele acht- bis zehnjährige Mädchen Interesse an Eishockey haben, aber man weiß ja nie«, sagte er achselzuckend.

In Wirklichkeit war er begeistert von der Entscheidung des Junioren-Eishockey-Verbands, in den Altersgruppen der Sieben- bis Neunjährigen und der bis Elfjährigen gemischte Teams aufzustellen. Bisher hatten sie in Glenwood Falls nicht die Gelder für ein Mädchenteam gehabt, dabei kannte er ein Mädchen, das darauf brannte zu spielen. Seine Nichte Taylor hatte schon auf Schlittschuhen gestanden, bevor sie laufen konnte; bei zwei Onkeln in der NHL, und ihm als Coach des örtlichen Juniorenteams schien es nur natürlich, dass sie sich für den Sport interessierte. Sie war zehn und hatte somit dieses Jahr die letzte Chance, in seinem Team zu spielen. Er konnte es nicht erwarten, sie aufs Feld zu bekommen; sie konnte besser Eislaufen und mit dem Puck umgehen als jeder Junge, den er je trainiert hatte.

»Ich nehme mal an, dass Taylor ein Platz sicher ist?«, fragte Darryl.

Jackson grinste. »Sie wird sich wie alle anderen auch bewerben müssen, aber ich hab so das Gefühl, die *Glenwood Falls Blitze* werden diese Saison eine neue Abwehrspielerin bekommen.«

»Also, ich hab sie spielen sehen und bin voll dafür, aber nicht alle sehen das so.«

Jackson runzelte die Stirn. »Wer hat denn ein Problem damit?«

Darryl senkte die Stimme. »James hat erwähnt, dass einige der Jungs … und ich vermute mal, sie haben das von ihren Vätern aufgeschnappt … der Sache nicht ganz so aufgeschlossen gegenüberstehen.«

Er nickte langsam. Nicht jeder mochte Veränderungen. Das wusste er. Er hoffte einfach, dass sich alle Vorbehalte legen würden, sobald das Team nicht mehr nach Geschlecht zusammengestellt wurde, sondern danach, wer gut spielte. Schließlich waren es noch Kinder, und in der Liga der Neun- bis Elfjährigen ging es darum, den Sport mit Spaß zu lernen. Das Konkurrenzverhalten würde zunehmen, wenn die talentierten, vielversprechenden Spieler in die U13- und U15-Teams aufstiegen. »Danke für die Vorwarnung.«

Als Darryl an ihm vorbei den Flur hinunterschaute, veränderte sich sein Gesichtsausdruck. »Apropos Vorwarnung …«

Oh, nein. Sein Bauchgefühl sagte ihm schon, wer dort stehen würde, bevor er sich überhaupt umdrehte. Er hatte bereits Gerüchte gehört, dass sie wieder da sei. Dennoch war er überhaupt nicht auf den Anblick von Abby Jansen vorbereitet, die in einem schmal geschnittenen Hosenanzug auf sie zukam; das lange blonde Haar fiel ihr offen auf die Schultern, und ihre Sieben-Zentimeter-Absätze klackerten auf dem Fliesenboden.

In zehn Jahren hatte sie sich kein bisschen verändert.

Und seine Gefühle für sie offensichtlich genauso wenig. Verdammt.

Geh weiter. Bleib nicht stehen. Geh einfach weiter.

Einfach einen teuren, hochhackigen Gucci-Schuh vor den anderen … Scheiße. Sie starrten sie beide an. »Hey, Leute«, sagte Abigail knapp, den Blick stur auf Darryl gerichtet. Den zweiten Mann, mit dem sie gemeinsam zur Schule gegangen war, beachtete sie nicht weiter.

Wow – was für eine untertriebene Art, ihre Beziehung zu beschreiben, dachte sie.

»Hi, Abby. Wie geht's dir?«, fragte Darryl und warf seinem Freund einen unbehaglichen Blick zu.

Jacksons Blick bohrte ihr ein Loch in die Stirn, aber sie setzte das falsche Lächeln auf, das sie perfektioniert hatte, seit die Nachricht von ihrer Scheidung landesweit bekannt geworden war, und tat weiterhin so, als wäre er Luft.

»Mir geht's super.« Okay, das war jetzt eventuell leicht übertrieben, aber sie hatte gerade einen Job bekommen, das war doch schon mal was. »Wie steht's?«

»Gut … Bin immer noch Sportlehrer.«

Sie nickte höflich. Er hatte die Stelle von seinem Vater geerbt, als dieser in den Ruhestand gegangen war.

»Tja … Ich geh mal besser wieder da rein.« Darryl schien sich unter der unangenehmen Spannung zu winden, öffnete rasch die Tür zur Turnhalle und duckte sich hinein. »Schön, dich zu sehen«, sagte er noch schnell, bevor die Tür wieder zufiel.

Jackson löste seinen panischen Blick gerade lange genug von ihr, um seinem verschwindenden Freund nachzusehen. Dann standen sie beide allein im Flur.

Sie räusperte sich und wartete darauf, dass er zuerst etwas sagte. Sie hatte dem besten Freund ihres baldigen Ex-Manns nichts zu sagen – er hatte nie ein Hehl daraus gemacht, dass er sie nicht mochte. Die ganze Highschoolzeit über hatte er sie jedes Mal, wenn sie zu dritt irgendwo hingegangen waren, wie das fünfte Rad am Wagen behandelt. Sie hatte sogar versucht, ihn mit diversen Freundinnen von ihr zu verkuppeln, aber er hatte sie mit seiner idiotischen »Ich bin besser als alle anderen«-Haltung alle vergrault. Offenbar verjagte er sie immer noch alle. Sie hatte gehört, dass er Single war, und es konnte nicht seine große, dunkle, gut aussehende Erscheinung sein, die die Frauen fernhielt.

Abgesehen davon, dass sie manchmal über Deans Schulter gelugt hatte, wenn die beiden skypten, hatte sie ihn jahrelang nicht gesehen. Er war größer, als sie es in Erinnerung hatte, ragte über ihr auf, obwohl sie hohe Absätze trug, und seine breiten Schultern und die breite Brust verrieten, dass er viel muskulöser war als er auf dem Computerbildschirm ausgesehen hatte. Sein mittäglicher Bartschatten wirkte so perfekt, als hätte jemand sein Gesicht in Photoshop bearbeitet, und der kantige, ausgeprägte Kiefer machte jede Ähnlichkeit zu dem Jungen, mit dem sie einst zur Schule gegangen war, zunichte. Alles, worüber Dean und er je sprachen, war Eishockey, und sie hatte sich schon oft gefragt, ob es in ihrer Freundschaft neben der gemeinsamen Leidenschaft für den Sport noch irgendeine andere Ebene gab.

Offensichtlich hat der Mann wenig zu sagen, wenn es nicht um Eishockey geht, dachte sie, während sie darauf wartete, dass er den Mund aufmachte.

Die Hände tief in die Hosentaschen vergraben, starrte er zu Boden und wippte auf den Fersen vor und zurück.

Schweigen.

Na schön.

Sie lief an ihm vorbei und ging weiter den Flur entlang.

Seine Stimme hielt sie auf. »Ich glaube nicht alles, was über Dean geschrieben wird.«

Das hatte sie genauso wenig getan, aber ihren Mann tatsächlich mit zwei anderen Frauen im Bett zu sehen, hatte ihr dann als Beweis gereicht.

Natürlich erwartete sie nicht von Jackson, dass er auf ihrer Seite war. Langsam drehte sie sich wieder um. »Glaub doch, was du willst, Jackson. Es ist mir echt egal.«

Als er sich in Bewegung setzte, versteifte sie den Rücken. Seine hellblauen Augen hatten sich verdunkelt, und er sah sie an, als würde er gerade ein Urteil über sie verkünden. »Ehebruch? Misshandlung? Komm schon. Wir wissen beide, dass Dean nicht die Sorte Mann ist.«

Sie hatte auch nicht geglaubt, dass er zu seelischer und verbaler Misshandlung fähig war. Das hatte sich an dem Tag geändert, als sie ihn mit Fotos konfrontierte, die ihn zusammen mit einer Cheerleaderin der *Dallas Stars* zeigte – sie hatte sie im Supermarkt auf dem Titel einer Boulevardzeitung gesehen. Er war in die Defensive gegangen und hatte fiese Dinge gesagt, um ihr das Gefühl zu geben, dass *sie* diejenige war, die sich ins Unrecht setzte, indem sie es wagte, solche Anschuldigungen zu erheben.

Paranoid, dämlich, wahnhaft … das war nur eine kleine Auswahl seiner wütenden Beleidigungen, die ihr seitdem ständig durch den Kopf gingen.

»Diese Unterhaltung werde ich nicht mit dir führen. Beziehungsweise überhaupt keine.« Sie hatten bisher kaum je miteinander gesprochen, warum also jetzt damit anfangen? »Glenwood Falls ist groß genug. Ich denke, wenn wir uns nur genug bemühen, werden wir es weitestgehend vermeiden können, uns über den Weg zu laufen.« Obwohl das jetzt etwas schwieriger werden dürfte, wenn sie viel Zeit in der Schule verbringen würde, die sich direkt neben dem Stadion befand.

»Oh, glaub mir, ich werde mich sehr bemühen«, meinte er, und sie erschauerte unter seinem eiskalten Blick.

Das Klingeln zur Mittagspause hielt sie davon ab, noch etwas zu sagen, denn sie waren augenblicklich von einer riesigen Schar Kinder umgeben, die Richtung Schulmensa ausschwärmten.

Mit den Augen suchte sie die Menge nach Dani ab. Als sie sie auf sich zukommen sah, breitete sich auf Abigails Gesicht ein Lächeln aus – zum ersten Mal an diesem Tag ein echtes. Sie winkte ihrer Tochter zu, erleichtert über den perfekten Vorwand, diese angestrengte, unangenehme Unterhaltung zu beenden.

»Mom? Was machst du denn hier?«, fragte Dani stirnrunzelnd, als sie bei ihr ankam.

Nicht gerade die warmherzige Begrüßung, auf die sie gehofft hatte, aber wenigstens sprach ihre Tochter mit ihr. Dieser kleine Triumph währte allerdings nur kurz, denn sie bemerkte, dass Jackson immer noch neben ihr stand und sie beide beobachtete. Dani hatte Jackson noch nie wirklich kennengelernt, sondern ihn nur gelegentlich auf dem Computer und auf Facebook-Fotos gesehen. Und Abigail hatte nicht vor, sie einander vorzustellen. Wenn die beiden Männer das neun Jahre lang nicht für nötig gehalten hatten, dann tat sie es auch nicht.

»Ich bin hergekommen, um mit Direktorin Breen wegen einer Stelle als Vertretungslehrerin zu sprechen«, erklärte sie und legte einen Arm um ihre Tochter.

Dani machte sich schulterzuckend los.

Ihr Arm fiel an ihrer Seite hinab. Sie wusste, dass das alles nicht leicht für ihre Tochter war. Dani hatte eine enge Beziehung zu ihrem Vater, obwohl er regelmäßig längere Zeit weg war, und sie kam mehr nach ihm, was es zu einer Herausforderung machte, eine Gemeinsamkeit zu finden, die sie einander näherbrachte. Ihre Tochter war zu klein, um richtig zu verstehen, was vor sich ging, aber Abigail hatte ihr Bestes gegeben, ihr die Situation zu erklären. Sie wollte nicht, dass sie alles aus der Boulevardpresse erfuhr. Dennoch hatte sie das Gefühl, dass Dani ihr die Schuld gab, zumindest an dem Umzug, aber sie war entschlossen, ihre Beziehung wieder hinzubiegen. »Sie hat gesagt, dass ich nächste Woche anfangen kann … wann immer sie eine Vertretung brauchen.« Sie blickte kurz zu Jackson. Warum stand er immer noch hier – und hörte zu? »Ist das nicht toll?«

Dani zuckte mit den Schultern.

Hitze schoss ihr in die Wangen, und sie zwang sich, nicht zu Jackson zu sehen. Sie führte ihre Tochter ein Stück weiter weg und kniete sich vor sie hin. »Es tut mir leid, dass du böse bist, und ich weiß, dass dieser Umzug schwer für dich ist«, sagte sie. »Aber ich verspreche dir, dass jetzt alles besser werden wird.« Wie oft hatte sie das in den letzten drei Tagen zu Dani gesagt? Sie fragte sich, ob sie damit wirklich nur ihre Tochter überzeugen wollte. »Bald ziehen wir in unser eigenes Haus, und das wird sich ganz schnell nach Zuhause anfühlen.« Sie strich ihrer Tochter das glatte, dunkle Haar aus der Stirn – das Haar ihres Vaters – und suchte in ihrem Gesicht nach irgendeinem Anzeichen von Verständnis.

Dani wirkte nicht überzeugt, nickte aber schließlich. »Schön. Meinetwegen«, meinte sie schlicht.

Im Moment war ihr jede wie auch immer geartete Zustimmung recht. »Komm schon. Wir gehen zum Mittagessen ins Diner auf der Hauptstraße.« Das Mensaessen war mies. Schon sehr bald würden sie sich beide daran gewöhnen müssen. Aber nicht heute.

Sie nahm außerdem an, sie würde sich schon sehr bald daran gewöhnen müssen, Jackson Westmore zu begegnen. Aber auch das war etwas, das sie nur allzu gern so lange wie möglich hinausschieben wollte.

»Die Hände immer vom Körper weghalten … genau so. Du willst schließlich nicht runter auf den Puck schauen, sonst behältst du ihn nicht lange«, erklärte Jackson, während er rückwärts über das Eis kurvte und Taylor dabei beobachtete, wie sie mit dem Puck quer über die Fläche auf das Netz zusauste.

Das Auswahlspiel war kommende Woche, und er wollte sichergehen, dass seine Nichte vorbereitet war. Darryls

Warnung wegen der anderen Väter beunruhigte ihn immer noch, aber was ihn völlig aus dem Konzept gebracht hatte, war die kurze – und doch viel zu lange – Begegnung mit Abby Jansen diesen Mittag.

Sie würde hier an der Schule unterrichten. Na super.

Er schüttelte den Kopf, um das Bild zu vertreiben, das ihm vor Augen stand – sie in ihrem teuren Hosenanzug, schöner denn je. Er brauchte keine neuen Erinnerungen an sie, die mit den alten wetteiferten.

Er bewegte sich näher auf seine Nichte zu, um ihr den Puck zu klauen, aber sie brachte ihren Körper zwischen den Puck und ihn, wie er es ihr beigebracht hatte. Er lächelte. Das Kind war ein Naturtalent. »So ist es gut. Wo hast du das gelernt?«

»Von Onkel Ben«, neckte sie ihn.

»Ha! Ich hab deinen beiden Onkeln alles beigebracht, was sie können.« Ironischerweise stimmte das. Er war mit vier Jahren der Erste von ihnen dreien gewesen, der Interesse an Eishockey entwickelt hatte. Sein älterer Bruder Ben und sein jüngerer Bruder Asher hatten erst einige Jahre später angefangen zu spielen.

Aber wie sich herausstellte, waren sie beide besser als er. Deshalb spielten sie heute in der NHL, und er war immer noch Trainer in Glenwood Falls.

Taylor lief schneller und zog ab. Der Puck traf den rechten Pfosten.

»Du hast ihn zu früh geschlagen«, sagte er, glitt auf Kufen zu ihr und klopfte ihr auf den Helm. »Halt ihn einfach einen Tick länger. Du bist zu sehr darauf aus, ohne Hilfe ein Tor zu schießen – vielleicht hast du tatsächlich ein, zwei Sachen von deinem Onkel Ben gelernt.« Ben spielte für die *Colorado Avalanche*. Er war seit drei Jahren der Top-Torschütze der Mannschaft, aber er konnte den Puck nicht abgeben.

Jackson glitt an ihr vorbei und sammelte den Puck ein. Mit einem Blick auf die Uhr stellte er fest, dass es nach fünf war. Sie hatten fast zwei Stunden lang trainiert. »Komm, lass uns was essen gehen.«

»Können wir zu *Slope & Hatch* gehen?«

»Hast du Lust auf einen Big Valley Mac?« Sie setzten sich auf die Bank, um ihre Schlittschuhe auszuziehen.

Sie nahm ihren Helm ab und schüttelte das ziemlich kurze dunkle Haar. »Gibt's irgendeinen anderen Hotdog, den es sich zu essen lohnt?«

Er lachte. »Guter Einwand, Kleine. Geh dein Zeug holen.«

Als sie in die Umkleide abzischte, stand er auf und starrte auf die Eisfläche. Über der Mittellinie hingen die Meisterschaftswimpel des örtlichen Eishockeyteams, und an der Wand ihm gegenüber ein Banner, auf dem stand: WILLKOMMEN IN DER HEIMATSTADT DER WESTMORE-BRÜDER!

Ben und Asher – der ganze Stolz der Gemeinde.

Sie waren die Stars von Glenwood Falls – er war bloß jedermanns Lieblingstrainer.

Eine zweite Chance für die Liebe

Olivia Miles
HERBSTZAUBER IN
BRIAR CREEK
Aus dem amerikanischen
Englisch von
Kerstin Fricke
368 Seiten
ISBN 978-3-7363-0197-9

Als Jane Madison erfährt, dass ihr Exmann zum zweiten Mal heiratet, gerät ihre Welt erneut ins Wanken. Sie ist sich sicher, nie wieder glücklich zu werden. Doch dann taucht Henry Birch in Briar Creek auf, der Mann, der Jane die Heirat bis zu ihrem Hochzeitstag ausreden wollte - und ihr Herz auch nach all den Jahren höher schlagen lässt. Aber eine alleinerziehende Mutter kann doch nicht den besten Freund ihres Exmanns lieben ... oder etwa doch?

»Miles' moderne Liebesgeschichte lässt die Leserin nicht mehr los.«
ROMANTIC TIMES

LYX

Sie ist die sündigste Versuchung, die ich je gekostet habe

Sarina Bowen
TRUE NORTH - WO AUCH IMMER DU BIST
Aus dem amerikanischen Englisch von Wiebke Pilz und Nina Restemeier
384 Seiten
ISBN 978-3-7363-0560-1

Wenn Audrey Kidder ihren Job bei einem Lebensmittelkonzern behalten will, muss sie Griffin Shipley seine Ernte zum halben Preis abschwatzen. Eine harte Nuss, denn der Bio-Farmer aus Vermont ist nicht nur ausgesprochen stur – und attraktiv –, sondern seit ihrer heißen Affäre am College auch alles andere als gut auf Audrey zu sprechen ...

»Fantastisch!« USA TODAY

LYX